LE CLUB DES MIRACLES RELATIFS

"Domaine français"

© ACTES SUD, 2016
ISBN 978-2-330-06069-5

© LEMÉAC ÉDITEUR, 2016
pour la publication en langue française au Canada

Financé par le gouvernement du Canada | Canada
Funded by the government of Canada

Leméac Éditeur remercie le Conseil des arts du Canada
du soutien accordé à son programme de publication.

ISBN 978-2-7609-1291-5

NANCY HUSTON

Le club
des miracles relatifs

roman

ACTES SUD/LEMÉAC

pour Guy amour

Tout a été pillé, trahi, vendu
L'aile de la mort noire a frappé
Tout a été dévoré par l'angoisse affamée,
D'où vient alors tant de lumière?

ANNA AKHMATOVA

I

ARRÊTS

Quatre hadrosaures viennent chercher Varian à l'aube, un pour chacun de ses membres au cas où il aurait planqué des armes dans son lit, ils garent leur fourgon blindé pile à l'entrée arrière du chalet des Lupins Rouges, traversent le hall à grands pas sans regarder les distributeurs automatiques qui vendent boissons gazeuses et sandwichs, capotes et barres de chocolat, pénètrent dans l'ascenseur, ignorent patiemment la voix féminine électronique les prévenant que les portes vont se refermer, qu'ils sont arrivés au premier étage et que les portes vont s'ouvrir, longent le couloir à pas lourds et pourtant rapides, passent devant des dizaines de portes identiques hormis le chiffre cerclé de rouge en leur milieu, arrivent à celle qu'ils cherchent et, sans effort et quasiment sans bruit, en font sauter la serrure. Les mains dissimulées par des gants, les yeux par des verres teintés, la tête par un casque, le corps par un uniforme pare-balles noir capitonné et les pieds par des bottes en cuir cloutées d'acier, ils font silencieusement irruption dans la chambre où dort Varian et arrachent ses couvertures. Aucune phrase ne franchit leurs lèvres – même pas, comme parfois dans ses cauchemars, *OK mec c'est terminé*, ou *Cette fois on t'a chopé*,

15

connard, même pas *Vous êtes en état d'arrestation*, ou *Habillez-vous*, ou *Prenez vos affaires*, du reste ils ne lui permettent ni de s'habiller ni de prendre ses affaires mais retournent sur le drap son corps glacé de panique, séparent de force ses mâchoires serrées pour y glisser un bâillon, baissent partiellement son bas de pyjama et enfoncent une seringue hypodermique à la jonction de sa fesse et de sa hanche droites, sans se donner la peine de se gausser de son corps maigre et glabre, attendant simplement, en tapant du pied, que ses muscles se relâchent. Puis ils l'enroulent dans sa couverture et l'embarquent, son poids si dérisoire qu'ils n'ont vraiment pas besoin d'être quatre pour le porter, un seul suffit, celui-là balance le corps de Varian par-dessus son épaule tel un trophée, oui tel un chevreuil mort, un petit caribou ou un orignal tué par un braconnier, tête pendouillant, bras écrasés le long du torse.

À grands pas rapides et silencieux, les hadrosaures parcourent en sens inverse le corridor interminable, et quand l'ascenseur leur explique patiemment que ses portes vont se refermer et se rouvrir, ils l'ignorent comme s'il s'agissait d'un ami. Ayant installé Varian à l'arrière du fourgon, ils quittent le chalet des Lupins Rouges dans un grincement de cailloux et un giclement de boue. Ce n'est qu'au moment d'aborder l'autoroute qu'ils déclenchent la sirène, et, même là, ce n'est que pour s'amuser, parce que la route est encombrée de camions de deux cents tonnes et de VUS et de Hummer parmi lesquels ils pourront slalomer, et aussi parce que le soleil vient de se montrer à l'horizon, hurlement de sirène à vous glacer les sangs pour saluer l'aube sanglante. Même s'ils roulent vers l'est en ce début de trajet, le soleil ne les dérangera pas, ses rayons perçants sont filtrés par une double couche de vitres teintées pare-balles. Toute l'opération n'aura duré que quatorze minutes. Roulant à cent soixante-dix kilomètres-heure et se lançant des vannes laconiques sur d'autres sujets, ils ne se montrent même pas indignés, même pas fiers de leur prise : pragmatiques.

Flasque mais non inconscient sur le siège arrière, Varian entend le rapport que, d'une voix neutre, ils envoient par radio à leurs supérieurs. Il est clair que ce sont des hadrosaures provinciaux et non pas municipaux, dispatchés par les autorités de Terrebrute pour le ramener à la capitale : trajet de six heures pour le commun des mortels, quatre pour ceux-ci. SOIS! Alors qu'ils approchent l'agglomération de Luniville et la dépassent sans ralentir, Varian voit défiler les panneaux d'affichage familiers et entend leur hurlement silencieux. SOIS! CHOISIS TA VIE! OSE OU MEURS! SOIS UNIQUE! GAGNE PLUS, SOIS PLUS! TU ES TOI! TU ES GRAND! SOIS PLUS, GAGNE PLUS! DÉFENDS TON TURF! LA TAILLE COMPTE! TU COMPTES!

Être une bernacle! La vie d'une bernacle voilà la belle vie On n'aurait pas à aller constamment de-ci de-là à s'agiter à faire la conversation ou le plein d'essence à jouer avec les mômes Non on s'accrocherait à sa roche et basta Tout le reste manger digérer déféquer copuler dormir on l'accomplirait sans se déplacer d'un millimètre Comment font les bernacles pour se reproduire ? Sans doute les mâles lâchent-ils leur sperme dans l'eau de mer et l'eau de mer le porte-t-elle jusqu'aux

femelles pour qu'elles conçoivent   Ensuite quand
le bébé bernacle   éclôt   il s'accroche à la roche près
de ses parents   et y grandit passif immobile et
heureux   jusqu'à ce que mort s'ensuive   Ah la
belle vie! Qui sait?   peut-être même que bernacle   on aurait su combler   le désir de Beatrix   d'avoir des petits-enfants

Il est arrivé dans un autre monde mais c'est toujours le même monde. Métal et pierre. L'institution ne porte pas un nom poétique à la manière
des chalets, elle ne s'appelle pas Lupins Rouges ou
Roses Sauvages, Verge d'Or ou Cloche de Fée, Épi-
nette Bleue ou Étoile de Cristal, Chevreuil Blanc ou
Vieil Ours, elle s'appelle tout simplement BigMax,
mais à d'autres égards elle ressemble étonnamment
à l'endroit dont on vient d'extraire Varian : structure géante bâtie à l'écart de la ville, où, quelques
années durant, dans de petites alvéoles individuelles,
des corps d'hommes mangent, dorment, respirent,
souffrent et font de l'auto-assistance. Oui, une fois
terminé le ramdam de l'arrivée – empreintes digi-
tales, boule à zéro, échange standard de son pyjama
contre l'uniforme de l'institution –, tout lui est atrocement familier, le fait d'être seul et de se sentir seul,
les rectangles de dureté, les murs planes et les visages
planes, les visages eux-mêmes des murs, l'ostracisme,
les émissions de télé et les jeux vidéo. Pas d'ordinateur, toutefois... et, surtout, pas de Luka.

Il se laisse glisser vers les gris.

POÊLE

Des mouettes tournoient en criant, tournoient en criant dans le vent et une pluie glaciale griffe le ciel gris sombre du crépuscule tandis qu'ils se dirigent vers le rivage. Les autres hommes voient que Ross MacLeod est inquiet, non, affolé, il a le regard baissé et la langue immobile – a-t-il bien fait de sortir avec eux ce matin, qui peut le dire, qui peut le dire. Une pluie glaciale griffe le ciel gris sombre, leurs mains sont fermes sur le plat-bord et la coque est pleine, oui pleine à craquer de morue, des douzaines de beaux et gros poissons à la peau tachetée brillante et au visage souriant. Oh! ça ne les dérange pas qu'on les attrape, voilà cinq siècles que, le long de cette côte, ils se jettent pour ainsi dire dans les filets des pêcheurs pour être remontés puis séchés, fumés, salés et envoyés vers l'est à travers l'océan, ou vers l'ouest à travers les provinces de l'OverNorth, ou alors apprêtés et dévorés ici même, sur place. Oui, Dieu avait gratifié l'Île Grise d'une pêche miraculeuse, que l'on eût dite jusqu'à cette dernière décennie perpétuelle. Le visage de Ross est tout plissé d'inquiétude car Beatrix son épouse et folamour attend un enfant à l'âge de quarante-cinq ans. Ils avaient cessé de prier pour fonder une famille il y a belle lurette, et du

19

reste n'avaient même pas regretté d'être sans enfants, fous qu'ils sont l'un de l'autre, elle d'ascendance allemande lui écossaise, elle catholique lui protestant, elle artiste de ses fourneaux lui de sa goélette, elle de nature sincère et abstinente, lui peut-être un peu trop porté sur l'Aberlour et le calembour, elle son aînée de sept ans, les deux ravis, le soir venu, de rejoindre dans une salle des fêtes ou une cuisine leurs amis et voisins en train de gratter la guitare, de serrer l'accordéon et de chanter la côte rugueuse, le violent vent du nord-est, le poisson et la passion, la pluie et le vent et la mort par noyade, sur des airs venus d'Irlande, d'Écosse et de leur propre Île Grise bien-aimée. Ross et Beatrix MacLeod sont des piliers de ces soirées bectance-et-bombance.

Le vent mouillé plaque les cirés au corps des hommes, s'efforce d'arracher à leur tête les chapeaux gris ou jaunes à la visière baissée. Ce qui était de la pluie en mer s'avère être de la neige sur le rivage : un vrai blizzard à la fin mai ! Ils voient la blancheur de loin. Alors qu'ils luttent pour se mettre à quai, la peur qui fermentait dans les tripes de Ross se déplace vers le haut et le dehors, lui serre la gorge, lui fige le visage et les mains. Une grosse cloche de peur se met à sonner dans sa tête – *et si ? et si ? et si ?* Ses quatre potes en captent le carillon.

"Vas-y, lui disent-ils, dès la corde lancée.

— Nous aide pas à décharger, Ross. File !

— Fous le camp !"

Il est parti. Penché contre le vent et les flocons tourbillonnants, il s'élance à travers le crépuscule qui noircit, gravit la pente de pierre grise puis traverse le village, le noir de ses toits à peine visible sous l'épaisse couche de blanc. *Oh Dieu oh Dieu oh Dieu ma Bea mon Dieu* : ses mots tourbillonnent en un crescendo de peur. Approchant leur cottage en contre-plaqué gris aux bardeaux gris silex, il voit que les fenêtres brillent de tous leurs feux dans le noir – *Bea d'amour! Tu es en vie?* Il ouvre la porte de devant et tombe sur la scène que très exactement il redoutait : une bande de voisines attroupées dans la cuisine et pas de Beatrix en vue – "Où est-elle?" éclate alors son cri du cœur. D'un mouvement, toutes les femmes se tournent vers lui et disent pour le rassurer, et pour qu'il baisse la voix : "Chut! Tout va bien, Ross, a dort à poings fermés, l'a eu un p'tit gars."

Elles l'obligent à se calmer, à retirer bottes et ciré, à s'essuyer visage, cheveux et mains, avant de le laisser monter jusqu'à la chambre où sa reine est lovée dans un sommeil d'épuisement. Jetant un coup d'œil à la ronde, il voit que le berceau en osier qu'ils avaient préparé pour l'enfant est toujours au même endroit, près de la commode, vide ; dans leur lit Beatrix est seule. Il approche mais "Ne la réveille donc pas! lui dit dans un murmure la voisine qui l'a suivi dans l'escalier. Ça a été une sacrée tempête cet après-midi, dans son corps comme au-dehors. Faut qu'a se repose."

Ross voit que la poitrine de son épouse se lève et s'abaisse tranquillement. De ses doigts encore engourdis de froid, il écarte une mèche de cheveux de son visage. Puis rejoint la voisine sur le palier. "Et le petiot?

— Viens", fait-elle.

Ensemble ils retournent à la cuisine où les autres femmes, laissant de côté les bûches par lui entassées, alimentent le feu du poêle avec des brindilles et des copeaux, rien que du petit bois. L'esprit de Ross est un blizzard de questions. Elles le mettent au courant.

Le soleil ne s'était jamais levé. Les rafales de neige avaient commencé peu après son départ à six heures, et les douleurs de Beatrix en même temps. La parturiente avait convoqué à ses côtés deux ou trois d'entre elles. À midi, ses gémissements étaient devenus intenses, et les routes, impraticables ; le village était enseveli sous la neige. Aucune voiture n'eût pu conduire la femme en gésine à l'hôpital de Codborough, ni un médecin de là-bas jusqu'à leur hameau sur la côte nord. Peu après, grâce aux appels téléphoniques ricochant depuis le cottage de Beatrix, la nouvelle de son besoin était parvenue aux oreilles de Dorothée Lejeune, sage-femme autochtone qui, du temps de sa jeunesse, avait épousé un Blanc et délaissé sa région mi'kmaq dans le Sud pour le suivre jusqu'ici. Après avoir grogné son accord dans le combiné, Dorothée s'était dépêchée. Emmitouflée dans des châles et des couvertures, elle avait grimpé dans un traîneau à chiens, embarquant Diane sa fille adolescente pour l'assister. (Ah ! comme Ross, enfant, avait adoré regarder les chiens zigzaguer à travers la neige pour l'amener à l'école ! Intelligents et intersensitifs, liés les uns aux autres par un harnais relâché, ils perdaient et retrouvaient pied sur les collines croûtées de blanc, pendant que son père guidait le traîneau…)

Le temps que l'équipe médicale gagne le cottage où luttait Beatrix, sept autres voisines étaient venues lui prêter main-forte et tout était fin prêt. La durée du travail avait été moyenne : sept heures. Quand les douleurs la prenaient, Beatrix gémissait et poussait des plaintes, mais dans les intervalles elle blaguait et bavardait comme si elle prenait le thé. Vers la fin de l'après-midi, la douleur étant devenue grave et à peu près continue, le papotage avait disparu. Enfin l'enfant avait jailli de son corps en un geyser rougeoyant – puis, lâchant un soupir, était resté inerte. Beatrix avait demandé qu'on le lui mette au sein mais ses amies voyaient bien qu'arrivé avec un mois d'avance, le garçon était minuscule et presque pas vivant du tout, presque pas humain. Son cœur palpitait, donnant de l'espoir mais point de certitude.

Après avoir rituellement accueilli l'esprit de l'enfant en langue mi'kmaq, Dorothée avait dit en se tournant vers Beatrix : "Repose-toi, l'enfant vivra." C'est alors qu'attrapant l'enfanceau de ses grandes mains brunes et douces pour lui nettoyer le corps, elle avait remarqué qu'un de ses testicules n'était pas descendu. "C'est un homme mi-cuit pour le moment", avait-elle annoncé en anglais. Elle avait emmailloté le bébé et l'avait placé tout contre sa peau en murmurant : "Je le mets dans mon sein." Ensuite elle avait donné des instructions à sa fille en mi'kmaq. Diane était allée tester le poêle à bois, et, après y avoir glissé quelques brindilles, avait acquiescé de la tête, auquel signal Dorothée avait doucement glissé le bébé dans le four. Les sourcils des autres femmes étaient montés en flèche. "Il a encore besoin de la chaleur de sa mère, avait dit Dorothée en guise d'explication. Pendant la demi-lune qui vient, le four lui servira de maman. Veillez à garder le feu toujours doux et égal, chaque minute doux et égal. Et quand il pleure, montez-le à l'étage pour son verre de lait frappé."

Les amies de Beatrix avaient pouffé d'étonnement, et là, quelques heures plus tard, se penchant en un geste de respect sacré, elles ouvrent la porte du four pour le père de l'enfant. "Il s'appelle Varian, disent-elles tout bas. Bea a décidé que son nom serait Varian."

Et c'est ainsi que le pêcheur grisilien fait la connaissance de son fils endormi, petit paquet "qu'on aurait pu prendre pour un rosbif", comme il le dira plus tard, une fois qu'il se sera remis du choc et aura retrouvé son goût pour le bon mot.

Petit à petit, le temps se met au beau. Juin fait timidement verdoyer la province rocailleuse et l'enfant sort du four cuit à point. Son deuxième testicule est descendu, tout comme l'avait prédit Dorothée Lejeune, glissant doucement du canal inguinal jusqu'au scrotum. Toutes les parties de son corps sont désormais présentes, bien que menues.

Beatrix a du mal à croire qu'elle a fabriqué un garçon, qu'un mâle est sorti de son corps de femme. En lui donnant le bain ou en changeant ses couches, elle nettoie méticuleusement ses organes génitaux et sourit quand son petit pénis réagit à son toucher en se raidissant. Dans la maison, un homme lui tient désormais compagnie à tout instant.

Dès le début, elle considère son fils non comme un enfant normal mais comme un messager. Sa grossesse lui a semblé aussi miraculeuse que celle de la Vierge Marie, quoique pour des raisons différentes. Alors qu'elle avançait tranquillement vers la cinquantaine, vers la ménopause… soudain, cette floraison sublime! Voilà que ses seins sont durs, pleins à craquer de lait. Parfois, pendant que l'enfant tète, un grand panache vert éclôt dans sa poitrine ; sa chaleur se répand dans tout son corps et la remplit de plaisir. Pas difficile de voir que la Bible a été écrite par des hommes, songe-t-elle en souriant en dedans. N'ayant pas connu cette joie, ils n'ont pas songé à l'interdire. Et Marie, par bonheur, n'a pas vendu la mèche… sans quoi, il eût fallu rédiger un onzième commandement : Tu ne prêteras nulle attention à l'extase qui t'envahit quand tu allaites!

Les journées qu'elle passe seule avec son fils lui paraissent divines. Elle le dorlote en allemand et en anglais, lui chante les chansons que sa propre mère lui chantait quand elle était *ein kleines Mädchen*, lui chuchote à l'oreille des mots de *Liebe und Leben*, le porte jusqu'aux rochers derrière le cottage et lui montre la mer de juillet qui étincelle. "Comment as-tu fait pour venir ici? lui murmure-t-elle, écartant le cache-nez bleu du bébé pour lui frotter doucement le cou avec son nez. D'où nous tombes-tu, petit Martien? On ne s'attendait pas à ta venue, tu sais? C'est tellement gentil d'être venu nous rendre visite!"

Ses yeux brillent en permanence. C'est un secret. La présence de l'enfant l'aide à traverser les journées les plus glaciales, les plus humides, les plus lugubres. Quand Ross est en mer, elle lui adresse parfois un panégyrique à voix basse.

Depuis toujours, ô époux bien-aimé, tu es les brisants, moi le rivage. Mille et mille fois tes vagues chargées d'amour m'ont inondée, recouverte et enchantée, faisant danser, vibrer et scintiller mes cailloux. Mille et une fois, succombant à ta force merveilleuse, je me suis ouverte pour te recevoir. Et un beau jour, miracle! quand ta vague s'est retirée, un ange avait été déposé sur mon rivage. Je le contemple, incrédule. Voici quelques mois, il n'existait pas, et maintenant il existera à tout jamais. Regarde! Notre amour a ajouté un être au monde! Varian est notre passion faite chair. Merci, ô bien-aimé, d'avoir éveillé la vie en moi alors que je ne m'y attendais plus.

Les MacLeod entrent dans une période de félicité qu'ils n'auraient jamais crue possible. Leur gratitude réciproque pour la présence de l'enfant aiguise encore leur appétit du privilège matrimonial. En tant que chrétiens croyants et pratiquants, ils se doutent vaguement qu'une telle félicité n'est pas autorisée ici-bas ; ils s'efforcent donc de la dissimuler aux yeux de leurs amis, de leurs voisins, des autres pêcheurs... Mais, plus ils la dissimulent, plus elle s'intensifie. Ils s'arrachent des baisers secrets et torrides, comme des adolescents qui craignent d'être surpris par leurs parents, alors qu'ils ont vécu huit décennies à eux deux et que tous leurs parents sont décédés. Ross est fou d'impatience de rentrer chez lui chaque soir – et, attrapant l'odeur du dîner quand il gravit d'un bond les marches du perron après une longue journée dans le chalutier, même si ses narines devinent avec précision les merveilles culinaires qui l'attendent (au lieu du repas standard, chaudrée de cabillaud aux carottes bouillies, patates bouillies ou choux bouillis, Beatrix le régale avec des courges poivrées en purée, de profondes tartes à la rhubarbe, des patates douces à la compote de pommes, et l'une des recettes parmi la trentaine qu'elle connaît pour la préparation du cabillaud ou du capelan), son impatience n'est pas pour la nourriture mais pour les merveilleux seins ronds, lèvres douces et cuisses blanches de son épouse. Parfois il lui arrache le tablier, la plaque contre le mur en plâtre de leur cuisine et la prend comme ça, debout, la caressant fougueusement de ses mains rugueuses et rentrant son désir en elle à coups de murmures puis de râles pendant qu'elle frémit tout autour de lui en hululant son plaisir.

Varian ne pleure jamais ; cela fait partie de leur paradis. Ils savent que les nouveau-nés humains sont censés geindre ou pleurnicher le jour et, la nuit, se réveiller en hurlant leur besoin de lait, de réconfort ou d'une couche propre et sèche. Mais Varian, pour une raison ou une autre, ne se comporte pas ainsi. Lui aussi a l'air surpris et reconnaissant d'habiter ce cottage avec deux vieillards fous l'un de l'autre. Le cottage lui-même est modeste. Comme il n'y a pas de chambre à part pour Varian, il occupe d'abord le berceau près de leur lit dans la chambre mansardée, et, plus tard, quand il apprend à marcher, la banquette-lit de leur cuisine.

Il est blond. Plus précisément, la nuance rousse de son papa étant venue se mêler au jaune de sa maman, il est blond vénitien. Ses grands yeux verts se braquent sur ses parents et enregistrent leur moindre geste. Sans être chétif, il reste petit pour son âge. Ross et Beatrix le taquinent parfois sur sa petite taille, mais leurs moqueries sont affectueuses ; la vérité c'est qu'ils passeraient volontiers le reste de leur vie ainsi, à se délecter de la compagnie de leur Tom Pouce, à le serrer contre eux, à se le lancer comme un ballon, à le nourrir, à changer ses couches et à faire l'amour pendant qu'il dort, ou pendant qu'ils pensent qu'il dort.

Bien avant qu'il ne puisse les comprendre, Beatrix commence à lui lire les frères Grimm en allemand, récits où pullulent nains et géants, animaux parlants et pommes empoisonnées, adultes qui égarent exprès leurs enfants dans la forêt, les engraissent en cage ou les mangent en ragoût.

Quant à Ross, il offre une canne à pêche à son fils dès que celui-ci apprend à marcher, explore avec lui les coins et recoins de la côte rocheuse derrière le cottage, et lui récite des limericks écossais.

> *Un jeune Écossais du nom de Fisher*
> *Cherchait du poisson dans une fissure.*
> *Une morue, en souriant, le tira dans l'eau.*
> *Depuis, on fouille la fissure à la recherche de Fisher.*

Par choix, ils n'ont pas la télévision ; mais ils ont une bibliothèque. Le père de Beatrix était maître d'école en Allemagne avant la guerre, et elle a hérité de sa riche collection de livres. Varian adore les feuilleter, avec ou sans images. À deux ans, il commence à tourner leurs pages avec soin et méthode. Il a une fascination particulière pour l'encyclopédie, et peut passer des heures à compulser en silence ses pages illustrées. Drapeaux. Squelettes humains et animaux. Dinosaures. Mappemondes. Souvent, en descendant le matin, ses parents le trouvent penché sur un gros volume en allemand, en train de déchiffrer des informations imaginaires dans une langue imaginaire.

Quand il atteint quatre ans, Beatrix lui apprend à lire en allemand. C'est un secret magique entre eux : pour Varian, une façon miroitante de se glisser hors de ce monde pour entrer dans un autre ; pour Beatrix, une revanche intime contre les Grisiliens pour les années de la guerre et de l'après-guerre. Comme tous les Allemands à l'époque, elle et sa tante Charlotte avaient été soupçonnées d'espionnage et de trahison et à ce titre vilipendées, ostracisées, couvertes d'insultes et de glaviots. Avec quelle violence, alors, elle avait refoulé sa langue maternelle dans sa gorge et dans son cœur, de peur que sa précieuse beauté ne moisisse et ne se dessèche sur pied, la condamnant à demeurer vieille fille! Et, là, quelle joie elle éprouvait à la parler à nouveau! à la ressusciter pour son fils en chuchotant, et à la lui enseigner en riant!

Dès le début, c'est par giclées irrégulières que sort la parole de Varian, aussi heurtée et incertaine qu'une barque en mer agitée. Dans le chant, au contraire, sa voix est lisse et pure. Parfois, alors qu'il cueille des myrtilles sauvages parmi les ronces derrière la maison ou trie des cailloux sur le perron, ses parents l'entendent fredonner tout seul et s'en émerveillent. Il possède ce don inné, hérité ni de l'un ni de l'autre! Un jour où il est seul dans son bain, Varian reproduit à la perfection, d'une voix de soprane, *Oh la baie est mon chez-moi*, chanson interprétée la veille au soir dans une bectance-et-bombance alors qu'ils l'avaient cru endormi. Ils se regardent, ahuris.

À l'église aussi, dans la somptueuse et grise cathédrale anglicane de Codborough à laquelle le couple se rend en pick-up chaque dimanche depuis vingt ans (la secte anglicane ayant été retenue comme compromis acceptable entre leurs deux cultes disparates), Varian apprend les cantiques par cœur et les entonne d'une voix forte et claire.

> *Reste près de moi ; alors que s'épaissit la noirceur*
> *Oh oui le jour tombe vite ; reste près de moi, Seigneur.*

Ross et Beatrix se demandent quelles ténèbres leur fils minuscule peut bien avoir fréquentées pour chanter ces vers avec une telle ferveur.

> *Quand d'autres soutiens s'effondrent et que s'envole*
> *toute joie,*
> *Force des faibles, ô mon Seigneur, reste près de moi.*

Ils voudraient presque lui demander d'arrêter. Ça leur fait honte qu'un enfant perce ainsi l'obscurité adulte. Il a le droit de comprendre les mots... mais pas le sens, pas le sens.

Le cantique qui marque la fin de l'office les soulage et leur réjouit le cœur.

> *Alléluia! chante pour Jésus!*
> *À lui le triomphe, à lui la gloire!*
> *Alléluia! Oui à jamais : à lui sceptre, trône, victoire!*

Beatrix prépare leur dîner dominical. Elle a ôté la peau de la morue, l'a assaisonnée de sel et de poivre fraîchement moulu, l'a nappée d'une onctueuse sauce jaune pâle, mélange de crème et de moutarde, maintenant elle la décore de brins d'aneth, cueilli dans le minuscule potager tout contre la maison.

Surgissant soudain à ses côtés, Varian prononce la phrase la plus longue de sa vie. " Jésus   n'était pas un roi   et jamais il ne s'est assis   sur un trône

— Tu as raison, répond Beatrix aussitôt. Jésus était pauvre et il aimait les pauvres. Il disait que c'était plus difficile pour les riches d'entrer dans le royaume de Dieu que pour un chameau de passer par le chas d'une aiguille.

— Oui, interjette Ross. Il aimait les pêcheurs, comme moi et mes potes. De nos jours, c'est nous qu'il choisirait comme disciples, pas la reine Élisabeth! Les sceptres et les trônes, très peu pour lui.

— Alors pourquoi   on le chante   si on sait   que c'est pas vrai?"

Surnage dans la mémoire de Ross, de ses lointains cours de catéchisme, un passage de l'Évangile selon saint Marc. "« Et Jésus leur dit : Suivez-moi, et je vous ferai pêcheurs d'hommes. Aussitôt, ils laissèrent leurs filets, et le suivirent. »

— Pourquoi les hommes valent plus que les poissons? demande Varian.

— Parce que nous on a une âme, *mein klein Liebchen*.

— Ils ont pas d'âme les poissons?

— Si, bien sûr. Ils ont une âme de poisson.

— Mais ils vont pas au Ciel parce qu'ils pourraient pas respirer tout là-haut, dit Ross pour rire.

— Et Dieu il n'aime pas l'âme des poissons?

— Bien sûr que si, *Engelein*.

— Mais moins que la nôtre?"

En glissant le gratin de morue dans le four, Beatrix ne peut s'empêcher de pouffer.

" *Mutti?*

— Eh bien… il a fait les animaux pour nous, tu vois? Pour nous nourrir. Du moment qu'on ne les fait pas souffrir, l'homme a le droit de les manger.

— L'homme est au-dessus tu veux dire ?

— Oh, ça marche aussi avec la femme au-dessus!" rigole Ross.

Varian ne réagit pas aux calembours de son père. Ça le dérange que les mots aient plus d'un sens. Il déteste le flou. Il veut des réponses nettes à ses questions.

Maintenant il a quatre ans et demi.

Un soir peu avant Noël, alors qu'ils débarrassent la table du souper, ils entendent violemment frapper à la porte. Transi de terreur, Varian se met à sautiller sur la pointe des pieds : ils n'attendaient personne. Quand Ross ouvre la porte, c'est le chaos qui déboule dans leur cuisine : une meute de huit ou neuf personnes grimées et grimaçantes, le visage dissimulé par des écharpes, certains avec des seins énormes sous une robe en loques, d'autres en costume trois pièces avec le pantalon à l'envers, d'autres encore en sous-vêtements longs. Ils dansent, crient et divaguent, entonnent avec sarcasme des chansons sentimentales, puis demandent à boire en tapant sur la table, parlant sur l'inspir pour contrefaire leur voix.

Dissous de peur, l'enfant s'urine dessus. Le sang se précipite vers ses joues, mais Beatrix, tout occupée à chercher la bouteille de rhum puis à remplir une ribambelle de petits verres pour les visiteurs, ne se rend compte de rien. Ensuite, joues rosies, yeux brillants, elle laisse ces inconnus l'enlacer et l'entraîner en riant dans leur danse échevelée. Ross aussi a rejoint les rythmes des sauvages, il s'est mis à taper du pied et des mains – mais, entendant enfin les sanglots de l'enfant, il se tourne vers Varian, le hisse dans ses bras et lui tapote le dos. Pour finir, il remercie les épouvantables visiteurs et les renvoie.

"C'était quoi?

— Oh! ce n'était que les mimateurs! dit Ross. Vieille coutume de Noël. Au Moyen Âge, les pauvres avaient le droit de déranger les riches en faisant les fous une nuit par an. Ils font le tour du village chaque année. Tu ne te souviens donc pas de l'an dernier?

— Mais   c'est qui?

— Rien d'autre que nos amis, amour. Nos voisins déguisés. Nous aussi, on le faisait autrefois!

— Mais c'est   affreux

— Pourquoi affreux, *Liebchen*? dit Beatrix tout en lui ôtant tranquillement son slip souillé, en lui lavant doucement le bas du corps avec un linge chaud et en l'aidant à enfiler son pyjama.

— Le bruit qu'ils faisaient   leur voix   Dis-
leur   de ne plus   jamais venir   ici   Jamais!"

Cette nuit-là, Varian a le cerveau en pagaille.
Des heures durant, il reste allongé sur le dos, droit
et raide dans le noir, à fixer le plafond en écoutant
le rugissement des brisants sur les rochers et les cris
rythmiques de sa mère à l'étage au-dessus.

*Mime et   maman et marmonner   Mutti et
Mutter et marmotter et mummer mummy marmut-
ter   et   mère et murmure   et meine Mutter mother
mimateur*

VIOLET

En longeant le couloir moquetté pour répondre à la sonnerie de la porte, Andrea Anderson sent un élancement dans l'oignon se trouvant à la base de son gros orteil droit. Merde, merde, merde, et merde, maugrée-t-elle intérieurement, chaque fois que tu t'achètes des chaussures tu fais la même putain d'erreur, tu penses toujours qu'un huit et demi va te suffire parce que le pied gauche y est à l'aise et dès le lendemain tu te retrouves en train de boiter, merde et merde.

John l'avait taquinée là-dessus ce matin pendant qu'ils s'habillaient à la hâte. "T'arrives pas à admettre qu'il te faut passer à neuf, hein ? avait-il dit. Franchement, docteur, j'appelle ça de la dénégation. Dénégation de ton oignon en tout cas, qui te vient de ta mère et que celle-ci a hérité de sa mère à elle. Donc, dans le fond des fonds, dénégation de tout le côté maternel de ta famille." Andrea avait ri. "Pour un agent immobilier t'es pas mal perspicace !" Et pendant qu'ils avalaient leur café et corn-flakes, se dépêchant comme d'habitude pour quitter la maison à huit heures pile afin que John puisse l'accompagner à son travail et être lui-même au bureau à neuf heures, Andrea avait passé mentalement en revue le

34

"côté maternel de sa famille" à Hillsville dans l'Il-
linois. "Comment vouloir ressembler à des nanas
pareilles? avait-elle dit à John. C'étaient des femmes
soumises, des accros de la cuisine, vieilles à trente-
cinq ans. Elles se laissaient aller dès la naissance
de leur premier enfant. Toute femme qui rêvait de
décrocher un diplôme était une envieuse du pénis,
et, si elle se souciait un tant soit peu de son appa-
rence, une pute par-dessus le marché. – Rassure-toi,
jolie Cendrillon, lui avait répondu John. Tes petons
sont si petits que les pantoufles de vair leur iront à
merveille. Par contre, tes seins et tes fesses sont tout
sauf petits, et ce nouveau tailleur-pantalon les met
admirablement en valeur. – Merchi, mon prinche,
avait-elle dit, sa diction déformée par la brosse à
dents qu'elle agitait dans sa bouche, tu ezhe un p'tit
mari très bien éduqué. Ton compliment chuffirait
prechque à me faire chupporter tous les chinglés
que je richque de croizher aujourd'hui, mais tu as
le droit de m'embracher pour faire bonne mejure."

Maintenant Andrea s'oblige à fermer les yeux et à
respirer profondément pour bannir la douleur. Dans
deux, trois ans, je pourrai embaucher une secrétaire,
se dit-elle. N'aurai plus besoin d'ouvrir moi-même la
porte et de longer ce putain de couloir avec le patient
ou la patiente derrière moi en train d'évaluer ce que
John appelle mes *actifs circulants*.

En ouvrant la porte, elle est prise au dépourvu. Elle
s'était attendue à ce qu'un homme doté d'un nom
comme Varian MacLeod soit aussi grand et arrogant
qu'un diplômé de Yale, alors que l'homme en face
d'elle aurait pu poser pour *Le Cri* de Munch. Grâce
au formulaire en ligne qu'il a rempli pour prendre
rendez-vous, elle sait qu'il va sur ses trente ans ; or

son aspect est celui d'un adolescent malingre : fluet, pâle et frêle, voûté. Aucun contact oculaire, aucun.

Elle lui serre la main – "Bonjour, monsieur MacLeod" –, et, jetant un coup d'œil sur sa Swatch violette, ajoute pour le dérider : "Merci de votre quasi-ponctualité !" Mais l'homme, au lieu de rire, tressaille et retire sa main abruptement, comme si le contact avec celle d'Andrea risquait de la souiller.

Dès que le Dr Anderson ouvre la bouche, Varian se rend compte qu'il a commis une erreur, mais il est bien trop poli et paralysé pour inventer un prétexte de but en blanc, tourner les talons et s'enfuir. C'est Luka qui, constatant que les *chats* sur Internet ne l'avançaient à rien, l'avait encouragé à chercher un hypsilopho-dontide dans la région. Sur son site, le Dr Anderson prétendait être à même de traiter plusieurs types de troubles mentaux, parmi lesquels Varian avait trouvé certains pertinents et d'autres non. Parmi les perti-nents : Angoisse et Dépression (bizarrement fondues en une seule et même rubrique), Problèmes relation-nels en milieu de travail, Gestion de colère, Gestion de stress, Santé sexuelle et Addictions. La liste des thèmes impertinents était plus courte : Thérapie de couple et Thérapie chrétienne. Il avait décidé que six pertinents sur huit (soixante-quinze pour cent) était une moyenne acceptable. D'autres hypsilopho-dontides avaient eu un score nettement moins bon, allant, pour l'un d'entre eux, jusqu'à huit impertinents sur neuf, puisqu'il proposait de l'aide en Avortement et Post-Avortement, Deuil, Mariage et Relations de couple, Survivants d'abus sexuels, Guérison de trauma et Estime de Soi, son unique thème pertinent, vague au point d'être inepte, étant Thérapie individuelle.

Mais, hélas, il avait fixé le rendez-vous par courriel sans avoir entendu la voix de la personne. Et lorsqu'elle glapit "Bonjour, monsieur MacLeod, merci de votre quasi-ponctualité", en lui tendant sa main droite et en regardant avec ostentation la montre sur son poignet gauche, il se rend compte qu'il a commis une erreur impardonnable.

La femme est une SuperMarmotte.

Qu'a-t-il donc, ce mec ? se demande Andrea en se retournant pour conduire son nouveau patient le long du couloir. Aurait-il une sainte horreur de la chair féminine, comme les puritains pasteurs méthodistes de Hillsville ? Ah qu'est-ce qu'ils me tapaient sur les nerfs, ceux-là !

Pour que l'oignon frotte moins douloureusement contre le cuir raide, elle essaie de serrer tout le haut de son pied droit dans un coin de la chaussure.

J'espère qu'il regarde les affiches de Pollock sur les murs et ne remarque pas mon boitillement. Pour que le transfert puisse avoir lieu, le thérapeute doit être une figure aussi neutre que possible. Bienveillante, cependant. Dieu du ciel mais il chie dans son froc, le gamin. À quel genre de monstre-maman a-t-il eu affaire ?

Sa propre mère, solide, chaleureuse et aimante tout au long de son enfance, n'avait pu cacher sa trépidation quand, à dix-huit ans, Andrea lui avait annoncé sa décision de s'inscrire en psycho à Northwestern. "C'est bien que tu aies un passe-temps intellectuel, ma chérie, mais il faut être prudente. Si tu as l'air *trop* intelligente, les hommes prendront la poudre d'escampette !"

C'était en 1968, l'année de toutes les émeutes et manifestations à Chicago, et la vérité c'est qu'Andrea avait été passablement terrorisée par ces libertés sauvages. Au mois d'août, les images de la ville en train de brûler, quelques semaines à peine avant qu'elle n'y emménage, l'avaient incitée à se barricader encore plus derrière ses livres. Les soutiens-gorges brûlaient aussi cette année-là, et elle avait zéro envie de balancer le sien dans les flammes féministes : ses seins volumineux sautillaient et se trémoussaient à chaque pas et elle se serait sentie grotesque à courir après un bus ou même à se balader sur le campus sans soutif. Plus les autres étudiants hurlaient des slogans contre la guerre au Viêtnam, plus Andrea se cramponnait à ses études, restant en bibliothèque tard le soir pour lire Freud, Jung et Marlowe, Bettelheim et Piaget et prendre des kilomètres de notes, avide de prouver à ses parents qu'une femme sans mari ni enfant peut avoir une carrière, être ni dissolue ni incomplète : *valable*.

Une chose était certaine, Andrea avait zéro envie de capturer un homme comme son père, qui, le jour, roulait les mécaniques en tant que directeur d'une petite banque et, en rentrant le soir, se préparait un cocktail, allumait une cigarette, et lisait le journal jusqu'à l'heure du dîner. Ça lui faisait mal au cœur, les hommes qui attendaient qu'une femme soit aux petits soins avec eux. Celui qu'elle avait fini par épouser était non seulement un agent immobilier sensationnel, mais aussi un cuisinier hors pair.

"Bon ! eh bien !" fait-elle maintenant, s'installant avec un grand sourire dans le fauteuil en similicuir derrière son bureau. Le patient rougit, ce qui lui fait subitement penser au premier garçon avec qui elle est sortie, étudiante à Chicago… comment s'appelait-il, ce jeune homme qui bégayait et rougissait à tout bout de champ ? Ah oui : Noel. C'est Noel qui l'avait aidée à perdre enfin sa virginité… même s'il fallait bien avouer que le service avait été réciproque. Le soir de leur première tentative, Noel avait lutté si longuement et maladroitement avec les crochets de son soutien-gorge qu'il en avait perdu son érection, et comme, le temps qu'Andrea la ranime, ils n'étaient plus qu'à dix minutes de l'heure à laquelle devait rentrer le camarade de chambre de Noel, ils avaient estimé plus sage de renoncer. *Tu es si b-b-b-belle, je veux f-f-faire durer le p-p-p-plaisir !* avait murmuré Noel dans son oreille. John était mort de rire quand elle lui avait raconté cette histoire. "Si vous me disiez pourquoi vous êtes venu me voir, monsieur MacLeod ?"

Ah ! pourquoi   n'avoir pas opté   pour la thérapie par téléphone   On aurait pu raccrocher tout de suite et   jamais elle n'aurait réussi à tracer l'appel Ou   mieux encore   l'e-thérapie ! ou la Skypanalyse ! D'après Luka   l'hypsilophodontide   est   une espèce inconnue   en Empire Est Si incroyable que cela puisse paraître   un milliard et demi   de citoyens EE se débrouillent parfaitement sans psyché Aucun hypsilophodontide   ne figure dans les   pages jaunes de   l'annuaire de Shanghai   ville qui compte   vingt-huit millions d'habitants   D'après Luka   seuls quelques intellos   friqués   poussent l'occidentalisation jusqu'à   prétendre souffrir d'un complexe d'Œdipe Ces snobs font des séances Skype   avec des hypsilophodontides certifiés   le plus souvent   des juifs de Manhattan   Après avoir calculé le décalage horaire   ils s'allongent   sur un divan dans

leur appartement   en haut d'un gratte-ciel de
Shanghai   pleurent à chaudes larmes pendant une
heure   puis déposent   cent dollars par Visa sur
le compte bancaire   du bon docteur

Toujours est-il que Luka a trouvé   qu'on pourrait tirer un bénéfice du   fait de voir   une ou
deux fois par semaine   une femme IRL   Essaie
au moins   quelques semaines   il a insisté   tu
verras bien ce que ça donne! Mais   au moment
de prendre le rendez-vous on était   si angoissé
qu'on a oublié   la question de la voix et du coup
voilà   qu'on est coincé dans le cabinet d'une
SuperMarmotte   Le Dr Anderson a refermé la
porte et on ne peut pas juste   se fondre dans la
moquette   ou exfiltrer ses atomes   parmi ceux
de la fenêtre insonorisée à double vitrage   On
a mal aux doigts   deux d'entre eux ayant été
mordus par les bagues de cette   dame pendant sa féroce   poignée de main   tout à
l'heure   Quand   d'un air très professionnel   elle
pose   les mains sur le bureau   et entrecroise les
doigts   on voit que les bijoux en question   sont
de couleur pourpre et magenta   une espèce d'amé-
thyste   sans doute   Elle porte des boucles
d'oreilles   assorties   et a artistement dissimulé son
corps blanc sous un tailleur-pantalon mauve   Ses
cheveux sont sans doute   gris mais comme
toutes les femelles   d'âge mûr à   Terrebrute
elle les teint   en une non-couleur à mi-chemin
entre   l'auburn et le châtain clair   puis ajoute des
mèches   blond givré   pour cacher les repousses
Son sourire   semble non ajustable   comme si
elle l'avait acheté   et collé   sur la partie infé-
rieure de son visage   On se demande si elle le

garde 24/7   ou l'enlève comme un dentier   et
le laisse tremper la nuit dans un verre   sur sa table
de chevet   Il brille   révélant des dents   ou très
propres   ou très fausses   et   dans les trous   près
des gencives   scintillent de petites gouttes de salive

"Bon! eh bien, dit le Dr Anderson, et son *Bon! eh
bien* racle le cerveau de Varian comme un broyeur de
carottes électrique, si vous me disiez pourquoi vous
êtes venu me voir, monsieur MacLeod?"

Son esprit devient trou noir.

Le jeune homme pose à Andrea une question
qu'elle n'entend pas. L'inaudibilité est toujours un
acte d'agression. Le patient veut qu'elle avoue n'être
pas toute-puissante. De grâce, aidez-moi à vous
entendre, est-elle censée lui dire maintenant. Elle
doit faire attention de ne pas se laisser exaspérer par
cette attitude passive-agressive. Si proche de celle
de son père derrière son journal chaque soir, répon-
dant aux questions de sa mère par des grognements
et des monosyllabes.

Andrea élève la voix.

"Je vous demande pardon?" dit-elle, alors que ce
serait vraiment à lui, M. MacLeod, de lui demander pardon. ("À genoux? la taquine John dans son
cerveau. – OK, OK, pas à genoux", reconnaît-elle,
et cela la détend.) Peut-être qu'elle lui fait penser à
sa mère?

Andrea n'est la mère de personne. Quand, à l'âge
de trente ans, elle a rencontré le grand amour en la
personne de John, celui-ci avait déjà une fille et un
fils adolescents ; dans le pacte d'amour entre eux a
figuré d'emblée une clause stipulant que s'il quittait épouse et enfants pour vivre avec elle, elle ne

l'obligerait pas à redevenir père. "Je veux que t'aies une carrière fantastique et que tu gardes ton corps sublime, lui avait-il dit. Je veux te donner un million d'orgasmes et zéro bébé. Tu peux être d'accord avec ça, ma colombe ?" Ainsi, se résignant à la stérilité, Andrea s'était fait ligaturer les trompes. Pour éviter de prendre du poids à la suite de cette opération, elle avait commencé à faire du kickboxing et s'était prise au jeu. "Est-ce qu'ils ont un club de kickboxing pour dames ?" Telle avait été sa première question quand la compagnie de John lui avait fait miroiter les riches possibilités en immobilier à Luniville. "J'ai déjà vérifié, ma choupinette, et la réponse est : *Et comment !* Du reste, il semble y avoir à Luniville des cours de tout et de n'importe quoi : hatha yoga, massage ayurvédique, danse poteau, c'est assez hallucinant. – Et des malades mentaux ? – Ah ! ça, à mon avis, c'est pas ça qui manque, ma bichette… D'après ce que j'ai compris, c'est une sorte de Klondike moderne. Les mecs doivent devenir barjos à tour de bras là-haut, pas de souci. – Mais il ne fait pas atrocement froid ? – On se réchauffera, ma poupounette. Je démarrerai avec un contrat de deux ans, et si on n'aime pas on peut toujours revenir en UnderSouth. Qu'en dis-tu ? – Mmmhm… oui, pour le prix modique d'un baiser torride. – Affaire conclue."

MacLeod répète sa question, mais Andrea n'arrive toujours pas à la saisir. La troisième fois, enfin, elle capte : il lui demande combien de temps va durer la séance. Elle voit que ses doigts remuent sans arrêt, comme s'il dessinait au tableau noir des calculs complexes, et il n'a toujours pas croisé une seule fois son regard. Je ne sais pas ce qui est arrivé à ce gamin, se dit-elle, mais c'est grave. Genre, autisme avec tendances psychotiques.

Elle et John avaient passé leur lune de miel à skier dans les Alpes suisses, et comme John a une vraie passion pour la peinture (c'est à lui qu'elle doit toutes ses connaissances en la matière), ils avaient visité ensemble la célèbre Collection de l'art brut à Lausanne. Andrea peut facilement imaginer le jeune homme devant elle en train de réaliser une œuvre de ce type-là, obsessionnelle et méticuleuse, où rien n'est laissé au hasard et où chaque centimètre carré est saturé de motifs proliférants.

"Je peux vous accorder quarante-cinq minutes", dit-elle, en faisant un effort conscient pour transformer sa voix en une corde jaune phosphorescente à laquelle il peut s'accrocher. Elle a l'impression qu'il se noie.

Un long silence s'installe.

"C'est combien la séance? dit enfin Varian.

— Quatre-vingt-dix lunis, répond le Dr Anderson, avec son sourire autocollant. Je sais par votre courriel que vous travaillez comme infirmier sur le site d'AbsoBrut. C'est un poste bien rémunéré, n'est-ce pas? Il me semble que quatre-vingt-dix lunis devraient être à votre portée, monsieur MacLeod. Bon, si nous commencions?"

La voix de la femme lui embrase tout le cerveau. Le ton est si étincelant que le sens en devient insaisissable.

"Vous avez eu à gérer des situations scabreuses, là-haut dans les mines?" Depuis leur arrivée à Luniville il y a dix-huit mois, Andrea a lu pas mal d'articles sur cette partie de la population dite *de l'ombre*, les milliers d'hommes parqués dans les camps de travail près des mines : orgies homosexuelles, addiction aux appareils de loterie vidéo, utilisation récréative de cocaïne, de stéroïdes et de femmes indigènes… Il ne lui viendrait naturellement pas à l'idée de forcer ce jeune homme à en parler, mais elle est curieuse. La vaste majorité de sa clientèle étant féminine, sa connaissance de l'endroit est encore très parcellaire.

L'oignon endolori ne cesse de se rappeler à son souvenir. Impossible d'ôter la chaussure en espérant que le patient ne s'en apercevra pas : le bureau ne cache pas ses pieds à la vue des patients, et comme M. MacLeod garde les yeux constamment (pour ne pas dire pathologiquement) baissés, un tel geste inattendu de sa part pourrait le déconcentrer, voire le faire détaler. Bon Dieu, j'aurais dû apporter une autre paire de chaussures avec moi. Je devrais en garder une au cabinet en permanence, pour le cas où.

Dans l'espoir d'atténuer la douleur, elle se met à tapoter du pied le plus discrètement possible.

Maintenant elle s'impatiente   Ne pas s'af-foler   Elle porte   des chaussures d'un vio-let vulgaire   clairement dans l'espoir que cette couleur   viendra dialoguer avec son   tail-leur-pantalon   mauve et ses bijoux amé-thyste   pour créer   un effet camaïeu du côté froid du spectre   On dirait qu'elle   porte un col-lant plutôt que des chaussettes   Sans doute s'est-elle offert   ce tailleur-pantalon pour fêter Pâques mais   l'air d'avril est encore   bien fris-quet   Seulement cinq degrés Celsius quand le réveil a sonné   ce matin

"Monsieur MacLeod, on ne voudrait pas gas-piller notre temps et notre argent précieux, n'est-ce pas ? Parlez-moi un peu de vous. Je vois que vous êtes né il y a vingt-neuf ans à…. l'Île Grise, c'est bien ça?"

Le nom de son île bien-aimée sur ces lèvres enduites de magenta : du blasphème.

"Vous êtes bien loin de chez vous… C'est peut-être cela qui vous tracasse? Vous vous sentez peut-être seul?" Varian pose les coudes sur ses genoux et enfouit le visage dans ses mains. "Ah! voilà que nous progressons enfin. D'après votre langage du corps, je vois que la réponse est oui."

Abruptement, Varian se lève. La doctoresse sursaute de peur, mais il se contente de murmurer, avec un geste en direction du canapé (un modèle en similicuir marron assorti au fauteuil, et il devine qu'elle s'est procuré ces objets dans un magasin de meubles à faible coût dans le septième centre commercial sur la gauche en descendant la rue principale vers le sud) : "Serait-il possible de s'allonger?

— Tout à fait, tout à fait, allongez-vous sur le canapé, il est là pour ça. Mais pour vous aider, monsieur MacLeod, j'aurais besoin de vous entendre. Auriez-vous l'obligeance de parler un peu plus fort?"

Varian opine de la tête. N'ayant plus le corps de la femme sous les yeux, il se sent davantage à même de se défendre. "Et peut-être auriez-vous en échange l'obligeance de chuchoter?"

Silence dérouté. En près de trois décennies de lectures, études, colloques et expérience clinique en psychothérapie, Andrea n'a jamais entendu parler de cette demande. Sa première réaction est de l'écarter d'un revers de la main, mais elle change d'avis presque aussitôt.

"D'accord", chuchote-t-elle. Le comportement du jeune homme est si étrange qu'elle est réellement curieuse d'en savoir plus. MacLeod vient de jeter à terre le gant, à moi de le ramasser! Elle le racontera à John pendant le dîner sur le balcon ce soir (même si les soirées d'avril sont encore fraîches, il a promis de leur griller des biftecks d'aloyau), et ils riront aux éclats quand elle en viendra à sa promesse de chuchoter. Pas pour céder à ses caprices, précisera-t-elle, mais pour le rassurer.

Varian ferme les yeux et pousse un soupir de soulagement. Ensuite, sans qu'il lui en ait intimé l'ordre, sa bouche s'ouvre et des mots commencent à en sortir.

"Ce qu'il y a c'est que la vie a commencé avec un cas aigu de cryptorchidie Connaissez-vous ce mot? *Crypt* veut dire caché et *orchid* c'est le testicule Saviez-vous docteur que cette fleur si fragile sophistiquée élégante et irréelle qui se trouve sur votre bureau s'appelle couille? En raison de la forme de sa racine Oui on peut planter des testicules dans le sol et les voir éclore en mille nuances de flammes"

Andrea s'apprête à demander au jeune homme de lui épargner les digressions poétiques… mais, d'un mouvement coupant et brusque du bras droit, il la fait taire.

"Pas d'interruptions s'il vous plaît Voici la vérité À la naissance une des petites orchidées était descendue normalement mais Dorothée Lejeune la sage-femme mi'kmaq a remarqué que la deuxième manquait à l'appel Où pouvait-elle bien se cacher ? Les médecins de Codborough l'ont cherchée partout Était-elle seulement parvenue au canal inguinal? Pas sûr Peut-être s'était-elle égarée en chemin et se

trouvait-elle coincée dans le périnée dans   l'autre
scrotum   dans le canal fémoral   ou Dieu nous
en garde   sous la peau de la cuisse? Pour finir
ainsi que l'avait prédit   Dorothée Lejeune elle
est descendue toute   seule" Sa voix faiblit jusqu'à
l'inexistence.

Andrea laisse s'écouler un peu de temps, puis dit
dans un chuchotement appuyé : "Il vaudrait mieux,
monsieur MacLeod, que nous nous concentrions sur
vos problèmes concrets, dans l'ici-et-maintenant.
Songez, dans un premier temps, à tout ce qui va
bien. Vous avez un excellent emploi, avec un salaire
plus qu'adéquat. Vous êtes un infirmier qualifié. En
d'autres termes, vous gagnez bien votre vie en aidant
les autres. Bon. Quelles sont vos difficultés réelles
dans l'ici-et-maintenant, monsieur MacLeod ?
   — Ici et maintenant la difficulté *réelle et
concrète*   c'est une déprimante   et pour ainsi dire
désespérante   absence d'empathie avec tout ce qui
se trouve   dans cette pièce Comprenez-vous docteur
Anderson ?   Pour vous croire susceptible d'aider   il faudrait que   *quelque chose* dans votre cabinet   soit l'ameublement   soit   votre personne
suggère   serait-ce minimalement que vous et votre
patient   partagez   une même conception   de l'humain   Que peut faire   un   homme   qui   ché-
rit la couleur grise   les mouettes   les horizons   le
vent   la pluie   le bois flotté la pluie   la poésie
russe   lorsque le monde se ligue contre lui sans
cesse et le rend furieux ?   Vous faites partie   de
ce monde docteur Anderson   Vous faites partie de sa dureté   de   sa rutilance et de son arti-
fice   L'étiquette de prix est encore accrochée   à

votre tailleur-pantalon mauve à votre rouge à lèvres magenta à vos cheveux givrés et à votre temps"

Nouveau silence.

"Peut-être, monsieur MacLeod, chuchote Andrea, pourriez-vous me dire ce qui vous a incité à chercher un psychothérapeute. En l'occurrence, quelle détresse spécifique vous a poussé à fixer un rendez-vous avec moi. Car l'initiative, ne l'oubliez pas, est venue de vous.

— Non   de Luka

— Alors, expliquez-moi qui est ce Luka.

— Le Dr Luka Romanyuk un collègue là-haut à AbsoBrut C'est le seul   vraiment le seul ici en   sept ans qui   vous comprenez qui dit tout haut   de sa voix forte et hilare   de cow-boy   les choses que l'on ressent au fond de soi   Dire que c'est un ami   serait une litote   Lui et sa sœur cadette   Leysa   ont grandi à Rodeo-town   Leysa est une aviphile   une passionnée d'oiseaux   Sincèrement c'est ou c'était comment exprimer cela   la seule femme   avec qui   on aurait pu   connaître oh peut-être   pas l'amour mais disons   un contact en dedans   Une femme que dans un autre univers   on aurait pu aimer en raison de sa   voix grave ses manières douces   son sens de l'humour   Une femme à qui   parfois un peu   on pouvait parler   Une femme   et c'est le plus important   que l'on pouvait écouter   Elle avait   une voix merveilleuse   quand elle lisait   à voix haute

— Avez-vous déjà entendu parler de relations *incestuelles*, monsieur MacLeod ? demande en chuchotant le Dr Anderson.

48

— Ne vous rendez-vous pas   compte que la seule   couleur valable pour les   habits des femmes serait   le gris ? Gris comme les bateaux et la mer   le schiste   et les planches   les toits et les cabanes   les bottes et le ciel de l'Île Grise ?   Erreur funeste   que de vous parer de ces   nuances criardes   de perroquet   distrayant ainsi les autres   de leur tâche"

Andrea jette un coup d'œil à la Swatch violette qu'elle porte au poignet gauche, cadeau de John à la fin de leur inoubliable voyage en Suisse. Le matin du dernier jour, dans leur chambre belle et simple à l'hôtel Élite Lausanne, après avoir fait l'amour et pris une douche ensemble, après s'être essuyé l'un l'autre avec des serviettes éponge, John s'était mis à genoux, lui avait attaché la Swatch autour du poignet, et avait murmuré en lui embrassant les doigts : "Chaque fois que tu te demanderas quelle heure il est, cette montre te dira : *John t'aime.*"

"Je regrette, mais il ne nous reste pas beaucoup de temps, monsieur MacLeod. J'aimerais vous poser une dernière question, si vous êtes d'accord."

La question est un obus qui explose et s'éparpille dans le cerveau de Varian, ses éclats ricochant follement sur les murs.

Monsieur   poursuit-elle   de son horrible   voix de marmotte gaie aiguë   perçante   Oubliant de chuchoter   oui c'est cela son erreur   son impair fatal   sa faute impardonnable   incommensurable   éternelle *MacLeod* insiste-t-elle   et ses mots   vous attrapent   par la gorge et vous étranglent   ses ongles longs vernis de magenta s'enfoncent   dans votre jugulaire

et vous   empêchent de respirer de parler   de
chanter   de gazouiller comme toutes l'ont
fait depuis toujours *seriez-vous* s'égosille-
t-elle   et il vous semble   que son visage est
venu se plaquer tout contre le vôtre L'air   dans
sa bouche caverneuse   vous brûle la joue
et   des gouttes de sa salive   vous glissent
comme du métal fondu   sur le menton   *encore*
crie-t-elle de   toutes ses forces   dans vos
oreilles   Sur son bureau on peut reconnaître   la
Bible des orodromeus   le *Manuel diagnos-*
tique et   statistique des troubles mentaux cinquième édition   pour le cas où au cours d'une
séance   elle aurait besoin   de vérifier le sens
d'un sanglot précis *vierge?*   La langue-maillet
du Dr Anderson enfonce   le mot ultime de sa
question dans votre cerveau   Sur le mur on peut
admirer   ses diplômes en psychologie   déli-
vrés par une prestigieuse université de l'Under-
South   Leurs lettres   tout en volutes et en
fioritures   gothiques en flanquent plein la vue
aux patients   venus soupirer et gémir   leur
douleur   pleurer et vomir leur *Angst* à raison de
deux lunis la minute   et se transformer   devant
elle   en stupides vers de terre   Oui même
si   on a rencontré   cette SuperMarmotte il y a
moins d'une heure   on la connaît par cœur Son
site web proclame à qui veut l'entendre   qu'elle
a grandi   en US   alors   pourquoi est-elle venue
s'installer   dans ce trou perdu?

Comme si ce n'était pas sa faute   Comme si
elle n'était pas impliquée dans   le complot éternel contre   les mâtres tous les hommes ligotés
tel Ulysse au mât de leur soi   Comme si elle ne

ressemblait pas aux autres esclaves   avec leurs val-
lées et montagnes   de silicone   Bien fait   pour
elle

Tout ce qui peut lui   arriver à partir de maintenant sera bien fait pour elle

Varian croit connaître en profondeur cette hypsilophodontide mais ce qu'il n'a pas escompté, ce qu'il
n'aurait jamais pu deviner au sujet du Dr Andrea
Anderson, c'est que ses activités paraprofessionnelles
depuis vingt ou trente ans comprennent un nombre
important de stages intensifs en kickboxing. Si le coup
de pied qu'elle lui délivre à la nuque ne l'empêche pas
de quitter son bureau dans une position d'une ver-
ticalité convaincante, il l'empêche tout de même de
terminer le geste qu'il a esquissé, et c'est ainsi que le
Dr Anderson, ayant survécu, peut appeler la police.

Sa propre nuque et gorge ayant été sévèrement
(quoique brièvement) malmenées par son patient,
Andrea met un moment à reprendre son souffle,
à avaler un peu d'eau et à recouvrer l'usage de ses
cordes vocales, et un autre moment à articuler d'une
voix rauque, dans le combiné du téléphone, sa situation et son adresse. Ensuite l'opérateur du 911 met
un moment à noter et à transmettre ces renseignements à qui de droit, de sorte que lorsque les hadrosaures en civil débarquent, Varian a déjà fui non
seulement le quartier mais la ville et se trouve dans
un car qui remonte vers le chalet des Lupins Rouges.
Sur le formulaire de prise de rendez-vous électronique, il avait donné une fausse adresse.

Néanmoins des liens sont faits, des hypothèses
échafaudées et des décisions prises. Circulant à la
vitesse de la lumière, les renseignements à son sujet

commencent à zigzaguer autour de la province, d'ordinateur en cerveau et de cerveau en ordinateur. Plus ils circulent, plus ils deviennent confidentiels.

En moins d'une heure, ils sont affublés de feux rouges clignotants qui dénotent... *Top secret.*

DIOGÈNE

Jamais, monsieur   on n'aurait pensé rester sept
ans   à Terrebrute   pas même un seul   On
est venu à Luniville pour   trouver son père
ou   le corps   de son père   Un père c'est le
corps d'un père plus une âme   Le   corps d'un
père c'est un père moins une âme   Le père en
question Ross   MacLeod   pêcheur au chômage
et   nettement déprimé   était venu   dans
l'Ouest en   1995   après trois ans d'inactivité   Au
début il   envoyait à sa famille   des lettres spo-
radiques   et rentrait   chaque été   passer quinze
jours à l'Île   Grise   mais   plus le temps   passait
plus ses lettres se   faisaient   rares et   sa présence
absente   Enfin après sa visite de l'été 1999   ils n'ont
plus eu le moindre signe de lui   Toutes les recherches
sont restées lettre   morte   mais Ross lui-même était-il
mort ? Impossible de le savoir.   Le deuil de Beatrix
était d'autant plus insurmontable   qu'il était   incer-
tain   Voyant que sa mémoire   et son équilibre mental
en étaient altérés   l'accusé a décidé   de faire   ce
qui était en son pouvoir   pour   apprendre   la vérité
sur   le sort du père
     Ça tombe bien   que vous soyez un homme,
monsieur   Ça tombe bien que la Cour ait choisi

pour l'accusé   un avocat de sexe masculin   On a
toujours eu du   mal avec les femmes   Tel qu'on
voit les choses en gros   il y a   les culpettes et les
marmottes   Une culpette est   un cul qui se la
pète   mais c'est aussi la culpabilité   On pourrait
les appeler   des culpabettes   ce qui   rendrait
leur culpabilité   plus évidente   mais laisserait
moins percevoir les paillettes   cette surface étincelante   qui cache leur   saleté noire puante Les
culpettes parlent d'une voix   basse et douce Elles
chantent même parfois comme des sirènes   faut
pas faire ça pas faire ça pas les écouter   chanter   Si
on s'arrête   pour   écouter leur chant on oublie
tout   le bateau se fracasse contre les falaises   et
on meurt   Il faut toujours enfoncer les doigts dans
les oreilles pour ne   pas   entendre leur chant   qui
fait lever le soi Avant de demander qu'on l'attache au
mât   pour pouvoir écouter les sirènes   Ulysse a
pris   soin de boucher les   oreilles de ses hommes
avec de la cire ramollie Après viennent les marmottes   qui   donnent et reçoivent avec   parcimo-
nie et ne plaisantent   jamais Au lieu de dilapider à
la manière des culpettes elles thésaurisent   grap-
pillent lésinent et l'emportent   Féministes depuis
des millénaires les marmottes savent   tout
faire   tomber enceinte   voter accoucher   diriger des entreprises   élever des enfants   écrire des
thèses   donner des conseils   diriger des sémi-
naires   sur tout et n'importe quoi   Elles vous
rendent fou   à force d'être raisonnables   d'avoir
toujours raison   de si parfaitement   savoir
ce qui fait du bien   et du mal   comment se
comporter et ne pas   se comporter   Certaines marmottes sont effusives   et d'autres

abrasives   mais toutes sont criardes stridentes et
égoïstes   Cherchant un répit on se tourne vers
les culpettes mais elles   vous plongent dans la
douleur avec leur chant de miel   leur   douceur
gluante   leur gentillesse terrifiante   qui s'insinue tel un serpent   dans votre pantalon et cherche
à   engloutir votre force vitale C'est pourquoi on se
réfugie   dans la pyramide des   dinosaures   le
panthéon des divinités grecques   le tableau des éléments chimiques   les étoiles de la Voie lactée   les
espèces animales et végétales de l'OverNorth   en
voie de disparition   les groupes humains aussi

Malgré un   diplôme d'infirmier en pharmacologie   de l'université de Codborough   on
était encore   gamin en arrivant à Luniville en 2001 Oui encore un enfant à vingt-
deux ans   fragile glabre   et en quelque sorte
inachevé À la naissance il y avait eu   un problème
médical   ou peut-être plus précisément   un problème de *médecine* vous savez   au sens aborigène du
terme   impliquant la magie   En somme   l'accusé se dit   que Dorothée Lejeune   la sage-
femme mi'kmaq ayant présidé à sa naissance   lui
a   jeté un sort   ou en tout cas   laissé sur lui son
empreinte Il a toujours eu l'impression de n'être
pas tout à fait là   Comme s'il était une sorte   de
testicule errant   n'ayant jamais réussi à descendre

Quoi qu'il en soit

À sillonner Luniville à pied   on se sentait
comme un embryon entouré de tatous à plaques
d'acier   On tirait un peu de   consolation de
l'idée   que son père avait marché   dans ces

mêmes rues   fréquenté ces mêmes pubs et restaurants   circulé dans   ces mêmes parkings   et
centres commerciaux   ces parkings   et ces
centres commerciaux   ces centres commerciaux   ces centres commerciaux   ces parkings ces   centres commerciaux ces parkings   ces
centres commerciaux   ces   centres commerciaux ces
parkings   C'était absolument confondant

On ne savait pas   quel type d'indice   on
cherchait au juste mais   au moins   dans un
premier temps   on était   confiant qu'il y
aurait des indices   On envoyait à sa mère   des
lettres mensuelles décrivant   les efforts qu'on
faisait pour retrouver son mari mais   même
si Beatrix le demandait souvent   on n'arrivait
pas   à lui envoyer des photos   Elle n'avait pas
de connexion internet   et ses connexions neuro-
nales   se délitaient peu à peu   On ne voulait
pas   la perturber avec des images   de Luniville   car on en était soi-même abasourdi

Quel endroit, monsieur!   L'accusé a compris que
c'était folie furieuse   d'espérer   y retrouver son
père Y trouver un simple   contact humain   en
est rapidement venu à lui sembler   irréaliste De
ses cours de philosophie grecque   au Grand
Lycée royal   lui est revenue la fable   de Diogène ce vieux philosophe en haillons qui vivait dans
un tonneau   Un beau jour Diogène sort en rampant de son   tonneau et se met à errer   dans
la ville   sous le soleil tapant   torche à la main
Quand on lui demande   ce qu'il fabrique   il
répond

Je cherche un homme   L'accusé était comme Diogène   Il cherchait désespérément un homme   sauf qu'à Terrebrute il y avait des milliers d'hommes   et chaque jour ils remplissaient d'ambroisie   un million de tonneaux   En allumant une torche   il aurait mis le feu au cordial divin et   tous ces hommes auraient fondu dans la conflagration leurs graisses grésillant   leurs cervelle et moelle se liquéfiant   leurs synapses s'éteignant leurs souvenirs se dissolvant   dans la bourbe et la cendre

On s'est également   rendu   au cimetière de Luniville   bien sûr   et même si l'on n'y a trouvé   nulle trace du père   on y est retourné souvent   L'accusé était plus à l'aise avec les habitants morts   de la ville   qu'avec les vivants   La majorité de ceux-ci   venaient de pays étrangers et   leur anglais était aussi   rudimentaire que son arabe   espagnol   ukrainien   portugais   pilipino ou chinois   Mais même   les anglocitoyens originaires de l'OverNorth semblaient réticents à employer des mots de   plus d'une syllabe   S'efforçant d'être sociable   l'accusé entrait   dans les bars où ils s'agglutinaient   lançait un coup d'œil à la ronde   piétinait un peu et ressortait aussitôt   incapable d'y avaler   serait-ce un verre d'eau Les lumières blafardes et   les musiques hurlantes   lui gelaient l'âme jusqu'à l'os

Ross et ses amis n'étaient pas bavards, monsieur   ni en mer ni sur la terre ferme   Le silence peut   favoriser la communion   autant que les paroles   Mais là il n'y avait ni   l'un ni l'autre   Rien que du bruit

sans fin des voix piaillant ou criant   depuis plusieurs
écrans   en même temps   Dans le bar   des douzaines de corps mâles   lourds tendus   et malsains
hommes esseulés venus du monde entier   traînaient
autour des tables de billard   sous les néons grésil-
lants ou   suçaient en silence   une bière au comptoir   revisitant dans leur tête   des scènes   de
leur vie d'avant   chacun dans sa langue   Pendant
ce temps   sur les écrans   installés en hauteur des
corps mâles   suprêmement sains réalisaient de
fabuleux   exploits sportifs et jubilaient de leur
succès   Chaque seconde   était une seconde de
gloire chaque homme   un vainqueur   Ayant
écrabouillé   tous ses adversaires il gravissait le
podium   les yeux plissés   de satisfaction   et
tendait la main pour recevoir   le grand prix   la
grande coupe   le grand chèque

Quand   s'esquivant   l'accusé retrouvait la
lumière glauque du crépuscule à Luniville   les
panneaux d'affichage   lui criaient encore dessus
SOIS   SOIS SOIS   SOIS UNIQUE

Vu que l'accusé ne touchait pas   à l'alcool   il
ne lui était pas difficile de renoncer aux bars   mais
qu'il le veuille ou non   il lui fallait manger   Or
de tous les problèmes que posait   la vie à Luniville aucun n'était aussi redoutable que celui des
repas Beatrix lui avait appris   à apprécier les
couleurs vives dans son assiette   les goûts sub-
tils   sur son palais   *Un repas palatial*   disait-
elle   *est un repas digne d'un palais   et une
palette   sert à mélanger les couleurs!*   Avec sa
palette   lentilles   haricots   carottes courges patates

douces poireaux navets laitues en été et petites
rattes qu'elle faisait revenir dans du beurre sans
cuisson à l'eau préalable Beatrix concoctait des
repas palatiaux pour le palais de son fils Depuis
de longues années l'accusé n'espérait plus trouver des plats aussi succulents que ceux de
sa mère mais même peu exigeantes ses papilles
étaient horrifiées par ce qu'on leur infligeait à Luniville Des frites trempées dans de l'huile cuites
à mort et servies avec une sauce tartare au
goût d'essence Il mettait un temps fou pour passer commande car les serveuses-marmottes aux
seins roses sautillants et aux fesses roses rebon-
dies demandaient chaque fois de quelle sauce
parmi les dix-sept sortes disponibles il souhaitait inonder ses pauvres lamelles de laitue et il
ne savait pas choisir entre les sauces en pro-
venance de France de Russie et d'Italie pour
ne rien dire du pays énigmatique nommé Mille-
Îles tout en s'efforçant d'ignorer les chairs féminines tressautant sous le tablier rose vif le corsage
décolleté et la jupe rose serrée de la serveuse
pendant qu'elle se dandinait de table en table en
faisant semblant d'être une marmotte surtout pas une
culpette Quand la nourriture arrivait enfin il
avait beau la mâcher consciencieusement elle chu-
tait telle une pierre à travers son œsophage et
restait inerte sur le sol de son estomac des
heures durant Il n'avait d'autre choix que d'envoyer à sa suite plusieurs bouteilles de cola pour
la fracturer après quoi elle se dissolvait et s'in-
sinuait dans tous les pipelines de son corps pol-
luant les cours de son sang et de ses pensées et le
laissant affamé Oui, monsieur les restaurants

de Luniville sont pleins de mort Rien ne vit là-haut Même les tasses et les soucoupes ne sont pas vivantes comme celles de la cuisine de Beatrix à l'Île Grise

Puis un jour l'accusé a reçu une lettre des autorités municipales de Codborough l'informant que Mme MacLeod ayant perdu son autonomie dans la vie quotidienne et n'étant plus capable de se débrouiller seule avait été placée dans une maison de retraite Elle avait insisté pour avoir une chambre individuelle et le prix de ladite chambre s'élevait à trois mille lunis par mois Aurait-il l'obligeance de signer et de renvoyer les papiers ci-joints autorisant les agents immobiliers du voisinage à mettre en vente la maison de sa mère ? Non il ne le ferait pas Il était incapable de vendre le cottage

Dans un état second il a répondu à une petite annonce et décroché un emploi comme infirmier à AbsoBrut Cela lui permettrait de payer les soins de santé de Beatrix Il le voyait comme une solution provisoire Il se disait qu'il pouvait faire cela un petit moment juste le temps d'apprendre ce qu'était devenu Ross Ensuite il retournerait à l'Île Grise ramènerait sa mère à la maison et s'en occuperait Jamais, monsieur il n'aurait pensé y rester sept ans pas même un seul

Il a choisi d'habiter le chalet des Lupins Rouges un des logements là-haut près du site En regardant leur vidéo promotionnelle et en entendant parler des *options créatrices en matière de sucres lents* que proposait la cafétéria ses oreilles s'étaient dressées car l'indigestion lui donnait des maux de ventre en permanence L'accusé est végétarien comprenez-vous et vu que peu de légumes poussent à cette latitude les féculents sont de la toute première importance Debbie la jeune cuisinière de la cafétéria était douce et compréhensive à ce sujet Elle faisait tout pour qu'il ait un régime harmonieux et varié et elle souriait sans parler De façon générale, monsieur on est soulagé quand les femmes s'abstiennent de parler

Merci Debbie lui disait-on et elle se contentait de hocher la tête en souriant Plus tard on a su par Luka que Debbie était sourde

Bref, monsieur c'est ainsi qu'on a rejoint la machine infernale et ensuite on est resté coincé là-haut telle une mouche dans une toile d'araignée

Ou plus précisément une de ces *mouches mortes qui infectent et font fermenter l'huile du parfumeur* ainsi que le disait Beatrix citant l'Ecclésiaste Oui Luka Romanyuk lui a appris à être ce petit défaut qui gâche une chose de valeur ou devient source d'irritation Ensemble les deux hommes ont fait tout ce qui était en leur pouvoir pour être un petit défaut une source d'irritation et gâcher une chose de valeur L'accusé en était fier mais ce n'était certainement pas dans ses intentions de rester sept années pas même une seule

II

SURPRISE

Allongé sur son lit, conscient que le moindre de ses gestes est filmé, Varian regarde le plafond et s'efforce de rester droit et immobile. Après un nombre d'heures indéterminé, quelqu'un soulève le battant métallique sur la porte de sa cellule, glisse un plateau par l'ouverture, et fixe à nouveau le battant en position fermée. Des pas lourds s'éloignent dans le corridor. Les troodontidae de l'institution sont presque tous obèses. Varian balance les jambes sur le côté de son lit. Il n'a rien mangé de la journée, rien depuis le repas partagé avec Luka la veille au soir à la cafétéria des Lupins Rouges. (Debbie leur avait concocté une merveille de salade de pasta, et ils lui avaient laissé un très bon pourboire.)

Ce matin, après avoir pris ses empreintes et dressé la liste de ses effets personnels pour qu'il la signe, l'intendant lui avait demandé avec sarcasme s'il avait des requêtes particulières et il avait répondu : "Une seule des repas végétariens" L'homme avait explosé de rire en se tapant sur les cuisses, qu'il avait grosses. "Ah bon ? avait-il crié. On est un peu abstinent, c'est ça ? On fait le délicat ? On a la digestion difficile ?"

Dieu merci, on lui avait attribué une cellule individuelle. Le surpeuplement de l'institution est de notoriété publique et Varian eût trouvé infernal que sur le lit au-dessus ou au-dessous du sien il y ait un autre homme en train de regarder la télé, de faire de l'auto-assistance et d'émettre en dormant des bruits involontaires de respiration et de digestion. Il avait passé la journée au lit à flotter entre souvenirs et images cauchemardesques, et pendant tout ce temps sa faim s'était aggravée à son insu. C'est seulement en recevant son repas qu'il devient conscient de sa fringale. Son estomac gronde comme un chien méfiant.

Il se met debout. Vaseux. Porte une main à sa tête. Se rassoit. Attend. Respire. Se relève. Mieux. Franchit les deux pas et demi jusqu'à l'autre côté de la cellule, prend le plateau et le dépose sur sa table minuscule. Son nom a été tracé au feutre rouge sur la boîte en polystyrène blanc. Quand il défait l'attache et relève le couvercle de celle-ci, ses doigts frémissent au contact de cette matière duremolle, neutre, blanche et morte, et son couinement le fait tressaillir.

À l'intérieur il trouve quelques fragments d'oignon cru, deux tranches de cornichon et un peu de laitue hachée.

Son espoir s'écroule et son estomac gronde à nouveau, cette fois de colère. Il décide de manger malgré tout – un peu vaut mieux que rien – mais en s'emparant des couverts en plastique il voit qu'ils sont gras, déjà tachés de nourriture ; son estomac se soulève et refuse d'être nourri. Il balance le contenu du plateau dans la poubelle et retourne à son lit. Un instant plus tard il se précipite jusqu'aux WC dans un coin de la cellule et y vide son corps, du haut puis du bas. Maintenant toute la cellule est empuantie et sa gorge brûle. Un long moment s'écoule avant qu'il ne sombre dans un sommeil agité.

Il se trouve à nouveau dans le cottage de l'Île Grise. Alors que les bruits de copulation de ses parents lui parviennent de l'étage au-dessus, il se regarde dans la glace de la salle de bains et fait des grimaces affreuses… Mais son reflet, au lieu de lui renvoyer ses mimiques, le contemple d'un air triste puis s'estompe progressivement… Pour finir la surface du miroir est terne et grise comme de l'étain. Une lame de peur glaciale le traverse.

L'ayant arraché au sommeil, la peur continue de lui glacer les sangs. *Que savent   combien?* se demande-t-il.   *Ils savent quoi pour combien?* Son cerveau est physiquement incapable de formuler ces questions avec clarté.

Quand deux troodons en uniforme viennent le chercher à trois heures du matin, Varian grelotte violemment en raison de l'insomnie et de la faim. Après l'avoir mis brutalement debout, ils lui attachent les mains dans le dos. Non seulement le détenu est petit et faible, mais il se montre disposé à coopérer. Sa passivité énerve les troodons et ils emploient bien plus de force que nécessaire pour le pousser hors de la cellule. Varian tombe plusieurs fois en longeant le couloir et reçoit des coups de pied dans le dos. Des obscénités tombent de la bouche des troodons comme des étrons et Varian, incapable de se boucher les oreilles, se tord de dégoût.

Dans la salle des interrogatoires, le corythosaure en chef ordonne aux troodons de l'attacher à une chaise et de les laisser seuls. *Que savent   combien?* se demande-t-il.   *Ils savent quoi   pour combien?*

"Vous commencez à avoir faim, MacLeod?"

Varian baisse la tête. Repoussé par les intonations mielleuses et sarcastiques de cette voix masculine, il se concentre sur sa tessiture, qui va de C4 à A4.

"D'après ce qu'on me dit, non seulement vous n'avez pas mangé votre repas, mais vous l'avez balancé à la poubelle. Permettez-moi de vous informer, MacLeod, que dans un lieu comme celui-ci l'ingratitude peut vous coûter très cher. L'OverNorth a beau être le pays le plus gentil, le plus poli, le plus civilisé et le plus riche *per capita* de la planète, il exige tout de même de ses citoyens un minimum de coopération. Sans quoi plus rien ne fonctionne, comprenez-vous. Sans quoi tout fout le CAMP!" Sur le mot *camp*, sa voix part brusquement en crescendo et le talon de sa main droite entre en contact avec la tempe gauche de Varian. "Vous comprenez?"

Varian voit des comètes tournoyantes. Pris de panique, son sang court en tous sens dans sa tête. *Que se passe-t-il? Alors ce n'est pas ça Pas ça mais mais pas mais quoi?* La question suivante du corytho le laisse sans voix.

"Bon, MacLeod… Si vous me racontiez vos activités clandestines là-haut à AbsoBrut?"

Varian est sidéré.

"C'est la raison de votre présence ici, poursuit le corythosaure, on dirait que ça vous étonne. À l'extérieur aussi, les gens l'ignorent. Ils pensent ce que vous pensiez vous, il y a encore cinq secondes. On va leur laisser leurs illusions, mais vous, on tient à vous en débarrasser. Voyons, le monde ne se porte pas plus mal avec quelques pouffiasses en moins, hein? On est d'accord là-dessus, n'est-ce pas?"

Surprise, soulagement et méfiance luttent dans l'esprit de Varian, dans une mêlée tellement violente et chaotique que, l'espace d'un instant, il perd connaissance. Quand il revient à lui, le corythosaure a changé de ton. Sa voix est devenue basse et cordiale, presque complice.

"On vous surveille depuis un bon moment, MacLeod. Depuis votre arrivée à AbsoBrut en 2001… On a récupéré tous les textos échangés entre vous et Luka Romanyuk ; des experts les analysent en ce moment. On sait que votre organisation est financée par le monde du Malice, mais je suis certain que vous pouvez nous donner de précieuses précisions à ce sujet… n'est-ce pas ? De qui le Dr Romanyuk prend-il ses ordres ?… Hein ?… Auriez-vous un petit problème de mémoire, MacLeod ?"

Le talon de sa main gauche entre en contact avec la tempe droite de Varian. La violence de l'impact est telle que, s'il n'y était attaché, Varian serait tombé en bas de sa chaise. En l'espèce, homme et chaise valdinguent de concert. Le corytho en chef se met debout d'un air las, redresse le couple mi-chair mi-plastique, chasse des épaules de Varian quelques grains de poussière imaginaires, et retourne à son fauteuil.

"Bon, dit-il, on peut s'en tenir là pour aujourd'hui. Je vais vous laisser ruminer tout ça dans votre cellule, voir si vous en venez à notre manière de voir les choses. C'est un monde post-humain, MacLeod. Il faut s'y adapter ou disparaître. À votre prochaine visite, vous verrez qu'on a tout un cirque électrique à votre disposition. En règle générale il est réservé aux Malicieux, mais je suis sûr que nos chers hôtes barbus seront enchantés de partager quelques volts avec un maigrelet comme vous. Il ne doit pas falloir beaucoup de courant pour faire se dresser vos jolis cheveux roux! Qu'en pensez-vous? Promettez-moi que vous y réfléchirez… d'accord, MacLeod?"

En réponse à un signal imperceptible pour Varian, les troodons en uniforme déboulent dans la pièce, détachent ses mains de la chaise et les rattachent l'une à l'autre.

De retour dans sa cellule, dès que leurs pas lourds redeviennent inaudibles, Varian est pris de tremblements si violents qu'il n'arrive pas à s'allonger. *Pas les femmes alors pas au sujet des femmes* Il s'asperge le visage d'eau, s'installe sur le lit et les coudes posés sur les genoux et la tête dans les mains, fixe le sol. Ce n'est que quand l'aube point à BigMax qu'il bascule enfin dans un sommeil de plomb.

PRODIGE

Seule Beatrix prend les questions de Varian au
sérieux. Ross blague tout le temps, de sorte qu'on
ne peut pas savoir ce qu'il pense pour de vrai. Peut-
être que la pêche le fatigue tellement qu'il n'a plus de
force pour réfléchir et se contente de laisser le sens
miroiter à la surface des mots, comme la lumière
sur la mer en été. Ses calembours perturbent Varian,
surtout quand ils sont scabreux. Comment le même
mot peut-il être propre dans un contexte, sale dans
un autre?

"Maman   qui a décidé   du sens des
mots?   demande-t-il à Beatrix un samedi matin.

— Tout le monde et personne", répond Beatrix
d'une voix un peu distraite. Tout en écossant des
petits pois, elle songe aux suaves coups de langue de
Ross sur son triangle des Bermudes une heure plus
tôt. (Ross le sait : autant son pénis peut se comporter à la hussarde, autant langue et doigts doivent rester doux, rythmiques, patients.)

Varian s'installe en face de sa mère et commence
à l'aider. "Pourquoi   parfois un mot a plusieurs
sens?   Pourquoi   on n'a pas choisi des mots différents   pour   pas   les confondre?

— Donne-moi un exemple, *Schatz*.

— Ben   si on dit *Hell* en allemand   c'est pas grave   ça veut juste dire clair   mais si on le dit en anglais   c'est un péché

— Oh! ce n'est qu'une coïncidence, *meine Liebe.* Il y a un nombre limité de sons que les gens peuvent faire avec la bouche et la gorge, donc les mêmes séquences reviennent forcément dans plusieurs langues.

— Mais si on dit *Hell* en allemand   tout en le pensant en anglais   c'est un péché?"

Beatrix hésite. "Je crois que… Dieu serait impressionné par ton intelligence, *Engelein.*

— Il parle   quelle langue   Dieu?

— Toutes les langues du monde.

— Alors   il doit avoir la tête   pleine de coïncidences" Un moment, Varian écosse les pois en silence. Puis, à brûle-pourpoint : "Pourquoi   vous avez un enfant unique?

— Parce que tu es arrivé si tard, *mein Schatz.* Tu as mis longtemps à te décider.

— Et où ça s'est passé   la réflexion?

— Au Ciel.

— Eh bien   c'était une erreur

— Qu'est-ce qui était une erreur?

— De   descendre

— Mais pourquoi?

— C'est dur   d'être sur Terre Il   aurait mieux valu   vous attendre toi et p'pa   là-haut

— Qu'est-ce qui est si dur sur Terre, Varian?

— Il y a   toujours des choses   imprévues   On sait pas   ce qu'il faut faire   et ce qu'il faut dire"

Beatrix prend un moment pour réfléchir. "Essaie de ne pas te faire de souci, *Schatz,* dit-elle enfin à voix basse. Dieu t'a doté d'une si belle voix, Il doit avoir de grands projets pour toi."

Ça lui serre le cœur de penser que, sous peu, elle devra laisser son fils grimper dans un car chaque jour pour se rendre à l'école du village.

Varian les accompagne aux bectances-et-bombances, mais refuse de se joindre à la fête. Il se glisse sous la table de la cuisine pendant que les autres invités arrivent et y reste recroquevillé toute la soirée, à écouter et à mémoriser les chansons.

Quand l'alcool se met à leur courir dans les veines, la gaîté de ces messieurs-dames peut devenir tapageuse. Les corps virevoltent et s'entrechoquent, déclenchant d'hystériques cascades de rires féminins qui font frémir Varian et l'incitent à se boucher les oreilles.

Un soir, Ross se met à réciter des limericks.

Catriona, dame jeune et jolie,
A une chatte absolument mimi.
Non pas rose aux poils noirs   Comme on pourrait
*   le croire*
Mais qui chassait très bien les souris!

Les hommes rugissent, les femmes hennissent.

Un jeune homme venu de Bombay
Se rendit dans un grand bal masqué
Déguisé en arbre   Sans se dire au préalable
Que les chiens viendraient sur lui pisser!

Les explosions de rire répétées bouleversent Varian au point de lui donner mal au ventre. Pour finir il jaillit de sa cachette et file comme une flèche à la salle de bains.

"Qu'est-ce qu'il y a? demande Sheila, leur hôtesse. Il est malade?"

Arrivée devant la porte de la salle de bains, Beatrix la trouve verrouillée. "Ça va, *meine Liebe*?" Aucune réponse. "Qu'est-ce qui ne va pas, *Schatz*?"

Au bout d'un moment, la voix pure et haute de Varian filtre à travers le bois :

"Dis à cette   dame de rentrer   chez elle

— Quelle dame?

— Avec   le   pantalon de ski   rose   et le rire   perçant

— Sheila, tu veux dire?

— Oui

— Mais Varian, c'est notre hôtesse, c'est nous qui sommes chez elle! Qu'est-ce que tu as?

— Il n'y aura pas de sortie tant qu'elle   est là

— Hé fiston, tu veux bien te dépêcher? Vingt-trois personnes font la queue pour aller aux toilettes!"

Cajoleries maternelles et vannes paternelles restent sans effet. Hugh, le mari de Sheila, finit par chercher un tournevis et ouvrir la porte en faisant sauter le verrou.

"Désolé, hein? marmonne Ross, gêné. On remplacera le verrou, bien sûr."

Sur le sol dans un coin de la salle de bains, Varian est une petite boule dure de rage, un paquet de nerfs si galvanisé que Beatrix reçoit une décharge quand elle se penche pour le prendre dans ses bras. Impossible de lui passer son manteau, car il refuse de déplier son corps, de décrisper ses membres. Ross n'a d'autre choix que de ramasser l'enfant raidi, l'envelopper dans une couverture empruntée (Hugh et Sheila pestant pendant ce temps qu'on leur a gâché la soirée), et le porter ainsi, à travers le grésil et le vent, jusque chez eux.

Une fois rentré, Varian se laisse déshabiller et mettre au lit, mais il a encore le corps figé et les paupières serrées.

C'est la pire crise de leur vie de couple. Ross et Beatrix sont tellement déroutés qu'ils ne savent même pas comment en parler. Ils se font une tisane à l'églantine et la boivent debout à la cuisine, puis se mettent au lit et se serrent fort sans un mot. De longues heures s'écoulent avant qu'ils ne trouvent le sommeil. Beatrix verse quelques larmes et essaie de ravaler sa peur et Ross lui caresse les cheveux. Jusque très tard dans la nuit il caresse les cheveux de sa femme de ses mains rugueuses de pêcheur. Qu'a-t-il, leur fils? Serait-il… Ils ne veulent pas se souvenir de ces mots qu'ils ont entendus, des mots comme maladie mentale, syndrome, handicap. Leur amour pour Varian ne saurait respirer sous de telles étiquettes ; il est trop vaste, trop englobant. Quand ils s'endorment enfin, le jour s'insinue déjà sous le rebord des volets.

En rouvrant les yeux une ou deux heures plus tard, Beatrix voit au pied de leur lit une silhouette immobile et son cœur lui saute dans la gorge. *Ne t'inquiète pas*, dit-elle aussitôt pour le calmer, *ce n'est que Varian*. Obéissant, le cœur se calme un instant… puis saute de nouveau jusqu'à l'alerte rouge. *Que fait Varian dans notre chambre? Pourquoi il se tient là figé comme une statue, à nous fixer pendant qu'on dort?* L'enfant a les bras croisés sur la poitrine. On dirait un officier nazi en modèle réduit, se dit

Beatrix. Elle voit que, derrière lui, la porte est fermée. Ses mouvements ont dû être incroyablement furtifs, car elle ne l'a entendu ni ouvrir la porte ni entrer dans leur chambre ni refermer la porte ni traverser jusqu'à leur lit. Tandis que Ross ronfle doucement à ses côtés, l'événement (en réalité un non-événement, une absence insupportable de paroles et de gestes) continue de se dérouler : Varian la regarde droit dans les yeux et ne dit rien.

Je t'entends, mon fils, dit-elle à part elle. *Je promets de t'obéir. Tu peux compter sur moi. Maintenant va-t'en, je t'en supplie. N'implique pas ton père dans cette histoire.*

Telle une main, son cœur l'attrape à la gorge et fait mine de l'étrangler. Au prix d'une mobilisation de la volonté presque surhumaine, elle parvient à baisser les paupières et à feindre le sommeil. Du temps s'écoule. Quand elle rouvre les yeux, Varian a disparu, aussi silencieusement qu'il était venu. Elle réveille Ross et, comme si de rien n'était, tous trois se lancent dans les préparatifs pour l'église…

Ne sachant que penser de cet accès de leur fils, Ross et Beatrix décident de le traiter comme un incident isolé. L'image du petit fantôme nazi, debout les bras croisés au pied de leur lit, ressurgit de temps à autre dans l'esprit de Beatrix mais elle l'écarte. *J'ai dû le rêver*, se dit-elle… si souvent qu'elle finit presque par le croire. *Ça n'a pas eu lieu. Je l'ai rêvé.*

N'empêche : cette nuit-là, un pacte a été conclu entre elle et Varian.

Vers la fin de ce même été, un matin de bruine et de brouillard, père et fils roulent jusqu'à une crique isolée sur la côte nord, une des préférées de Ross. À six ans, avec ses bottes en caoutchouc et son mini-ciré tout neufs, Varian est une vraie version miniature de son père.

"Tu seras pêcheur toi aussi, pas vrai, fiston?" Le cœur léger, Ross sifflote et fredonne. La vie d'un père est constellée de moments inattendus, certains difficiles, d'autres euphorisants. Ce matin il se sent en contact avec l'essence même de la vie, son noyau dense de sens. Ici la crique, le garçon, un savoir transmis, une culture partagée.

Mais quand il plonge la main dans la boîte en fer-blanc où grouillent les asticots, l'enfant frémit et recule. Non – fronçant les sourcils, geignant – non, il ne le fera pas. "T'aimes donc mieux regarder, la première fois?"

À contrecœur, le garçon fait oui de la tête. Il regarde et, quand la pointe acérée du crochet perce le corps du ver et ressort de l'autre côté, il fronce encore plus fort les sourcils. Le ver frétille et se tortille. "C'est sa tête ou   sa queue?

— Ben… son cou, mettons.

— Mais   il est vivant!

— Mais j'espère bien! Comme ça, ses mouvements attireront le poisson.

— Tu   lui fais mal!

— Eh! t'en fais pas! Y z'ont pas assez de cerveau pour sentir la douleur, ces bestioles-là.

— Mais quand il avale le ver   le   poisson va avaler   le crochet aussi!

— Il a intérêt.

— Et *lui*   il   a un cerveau!

— Ben oui! On a pas encore appris à tuer une morue sans douleur, fait Ross sur le même ton détaché que son père avait utilisé avec lui, et les chasseurs et pêcheurs avec leur fils depuis la nuit des temps. Si on la tue pas, on peut pas la vendre. Et si on la vend pas, ton paternel sera au chômage!"

Ils restent là un moment en silence. Le soleil monte lentement dans le ciel, brûlant les derniers haillons du brouillard matinal. La crique est calme et l'eau étincelante ; autour de leurs pieds la marée fait danser de petites vaguelettes mousseuses. Ross pose une main sur l'épaule de son fils, mais la retire aussitôt. Varian est tendu comme un ressort.

Soudain la ligne bouge violemment.

"R'garde, fiston! Ça mord!" Ross saute sur ses pieds. Après avoir vérifié que le poids est bien là – il ne veut surtout pas que cette première démonstration soit un échec –, il tire doucement le poisson à travers l'eau et commence à le remonter. Merveille, c'est un espadon! Le poisson danse dans l'air, saute et se tord de façon acrobatique, faisant tomber sur la jetée de vrais colliers en diamants de gouttelettes.

Varian s'est levé, lui aussi. Il se tient là, rigide, les poings serrés à ses côtés, à suivre des yeux la danse désespérée de l'animal. "Elle veut   se sauver!

— Certain qu'elle veut se sauver! Et certain que je vais tout faire pour l'en empêcher!"

La bête est grosse, dix kilos au bas mot, et les muscles de Ross ne sont plus ce qu'ils étaient. Mais l'expérience et l'expertise le soutiennent, et il finit par faire basculer l'espadon sur la jetée. Fou furieux d'être arraché à son milieu liquide tout grésillant de bulles, de plancton vert et de capelan, plongé dans cet enfer éblouissant et sec, le poisson se démène. L'air qui s'engouffre dans ses nageoires est en train de le tuer.

Varian est muet, électrisé. Il marche sur place, levant et reposant un pied après l'autre, les yeux exorbités. Comme si c'était lui qui perdait la vie, il commence à crier en chuchotant : "Papa remets-le ! remets-le ! remets-le ! Papa s'il te plaît remets-le ! S'il te plaît !"

Ross est paumé. "Pas question, dis donc, Varian ! J'suis fier de cet espadon, moi ! Pas question que je le remette… ça va pas, non ? Ta mère va nous le rôtir pour le dîner, voilà ce qui va lui arriver !

— Pas le faire

— Tu ne vas pas faire quoi ?" Ross ramasse la bête et, vlan, lui cogne la tête contre la jetée. Elle devient inerte. Blêmissant, le garçon se détourne pour vomir. Ross dévisse le bouchon de sa gourde, attire l'enfant à lui, essuie ses petites lèvres bleues et lui donne une gorgée d'eau. "Tu ne vas pas faire quoi, Varian ?"

Mais Varian est parti dans son autre monde.

Ross est profondément déçu par le tour qu'ont pris les choses. Il sait que quand ils arrivent au cottage, l'enthousiasme de Beatrix à la vue de l'espadon sera mitigé dans la minute par son souci pour l'enfant. Qu'est-ce qui s'est passé ? demandera-t-elle. Qu'est-ce qu'il a, Varian ? Qu'est-ce qu'il y a, *mein Liebchen* ? Quelque chose t'a bouleversé ?

"T'es le seul fils que j'ai, dit Ross quand ils sont dans le pick-up à nouveau, Varian sur le siège arrière. J'aurai pas de deuxième chance. Moins que tu puisses faire, c'est essayer d'être mon fils."

Varian ne répond pas, bien entendu. Dans le rétroviseur, Ross voit qu'il fait des calculs avec ses doigts à toute vitesse.

Ce jour marque le début d'un clivage entre père et fils. Varian cesse totalement de manger du poisson. Non seulement cela plonge Ross dans l'incompréhension, mais cela le blesse. Il fait de son mieux pour oublier la blessure, mais elle ne cesse de suppurer en lui.

"Il tient plus de mon père que du tien, voilà tout, dit Beatrix. Il aime lire, et finira sans doute professeur. Faut voir le bon côté des choses, Ross! Comme ça il gagnera mieux sa vie et s'occupera mieux de nous dans nos vieux jours.

— Dommage qu'il ait pas chopé au moins un peu d'humour chez moi, dit Ross. Il est sérieux comme un pape!"

Après le poisson viennent le porc, le poulet, les œufs.

"Ça ne me dérange pas de lui faire des légumes, dit Beatrix. C'est plus sain. Je t'en prie, amour, n'en fais pas tout un drame. Plein de gens sont végétariens… Gandhi était végétarien.

— Hitler aussi, dit Ross.

— Oh! tu exagères!"

La nourriture devient un sujet de discorde dans leur foyer qui, jusque-là, n'en avait pas. Varian s'en sert comme d'un coin (du moins est-ce ainsi que le ressent Ross) pour séparer ses parents. Il s'en sert pour énerver son père et manipuler sa mère. Ross commence à sortir en fin de journée boire dans les pubs avec ses amis, chose qu'il n'avait jamais faite auparavant. Il rentre plus tard et plaisante moins. Pire, il approche moins souvent son épouse pour leurs fêtes du corps… ce qui incite Beatrix à investir, plus passionnément encore, son rôle de mère.

"Mon fils est… eh bien… il est un peu spécial, dit-elle à Mme Murdoch le jour de la rentrée scolaire, pendant que Varian s'accroche à sa main et presse le visage contre sa cuisse.

— Il est retardé, vous voulez dire ? demande l'institutrice. (Voilà plus de deux décennies que Mme Murdoch s'occupe des enfants en première année ; ce matin elle est seule avec trente-cinq nouveaux élèves et en pleine flambée de préménopause ; pris séparément ou ensemble, ces facteurs peuvent expliquer sa grossièreté.)

— Mon Dieu, non ! s'exclame Beatrix, et de passer ses doigts dans les cheveux orange pâle de son fils pour le rassurer. On a même plutôt l'impression qu'il est surdoué. C'est juste que... voilà, c'est un enfant unique et... très timide, alors...

— Chacun son métier, d'accord ? fait Mme Murdoch, la coupant. Vous, vous êtes sa mamie, moi son institutrice. Je m'occupe de lui de neuf à seize, or il est déjà neuf heures dix. On se retrouve à seize heures. Dis au revoir à ta mamie, Varian."

Beatrix ne s'indigne même pas d'être prise pour une grand-mère, tant elle trouve douloureux de détacher de sa main les menus doigts de son fils, d'ignorer son pâle visage figé et ses yeux ronds d'accusation, et de l'abandonner. Son esprit force son corps à redescendre l'escalier, une marche après l'autre. Son corps ne souhaite que se précipiter le long du corridor dans l'autre sens, attraper Varian dans ses bras, rentrer avec lui à la maison et y rester à jamais, s'enfermant avec lui et Ross dans ce beau cocon de chants, de rires et de contes de fées qu'ils avaient tissé ensemble à sa naissance.

Mais tu ne peux pas faire ça, dit, en elle, la voix sévère de la raison. *Varian doit apprendre à socialiser, à vivre avec les autres, à grandir.*

Et il grandit en effet.

Tout au long du primaire, il trouve la classe captivante et la récré une torture. Non seulement les autres garçons ont le corps plus grand et plus costaud que lui, mais il tourbillonne dans leur cerveau mille choses qu'il ignore : séries télé et pubs, Superman et Batman, matchs de rugby et tournois de hockey, *Star Wars* et dessins animés. Quant aux filles, elles s'occupent avec maniaquerie de leurs Bisounours, de leurs cordes à sauter et d'une myriade d'autres activités jolies, fleuries et précises qui l'excluent et le repoussent.

Se retrouvant seul, il se réfugie en lui-même. Année après année, debout dans un coin de la cour, il repasse dans sa tête ce qu'il vient d'apprendre en classe, révisant orthographe et additions à toute vitesse pendant que les autres crient et se battent, courent et pouffent de rire, tombent et s'éraflent le genou, jouent au cerceau et aux billes, se chuchotent des secrets à l'oreille.

De temps à autre, un instit s'inquiète. "Tu ne veux pas jouer avec les autres, Varian?

— Non   ça va   merci"

L'instit hoche la tête et s'éloigne. Mais, ayant échangé leurs impressions, ils commencent peu à peu à concevoir sa solitude comme un problème. Les parents de Varian sont convoqués. Trois ou quatre fois l'an, Ross et Beatrix se rendent au village et discutent avec le directeur de l'école, un psychologue et l'instituteur de Varian. Les premières fois, intimidés, ils ne cessent de s'excuser, mais avec le temps ils prennent de l'assurance.

"Mais enfin, vous avez vu son bulletin scolaire? Ses notes sont stupéfiantes! Qu'est-ce que vous voulez de plus?

— Il est vrai que sa performance scolaire est re-marquable, conviennent les autorités. On se faisait juste un peu de souci pour ses compétences sociales.

— Si ça veut dire se bagarrer à coups de poing ou déplacer un palet sur la glace, dit Ross, on aime autant qu'il s'en passe. Laisse le p'tit tranquille, y se débrouille comme un chef.

— Il s'ennuie à mourir en quatrième, dit Beatrix. Vous ne vous en êtes pas aperçus? Laissez-le sauter jusqu'en cinquième.

— Mais il a déjà sauté sa deuxième !

— Ben, c'est pas de notre faute si les autres enfants sont lents!"

C'est ainsi que Varian MacLeod entre en sep-tième année à l'âge de dix ans. Là non plus, il ne se fait pas d'amis. Il a laissé loin derrière lui les enfants de son âge ; quant aux préados boutonneux, péteux et suants de sa nouvelle promotion, ils le regardent de travers. À leurs yeux c'est une sorte de E.T. : nul en sports, rat de bibliothèque et lèche-cul, Varian n'ouvre la bouche que pour répondre de sa voix flû-tée aux questions de la prof.

Étant fluet, il fait plus jeune encore que ses dix ans ; du coup, quand il commence à remporter des concours d'orthographe au niveau provincial, il laisse le public pantois. Les autorités de l'école contactent ses parents derechef, mais leur ton a changé. "En fait, on se demande s'il n'est pas surdoué. Nous autori-sez-vous à lui faire passer des tests de QI?" Ross est contre, Beatrix pour ; Beatrix l'emporte. Elle signe un papier donnant leur accord pour l'examen, et quand le psychologue de l'école appelle pour lui commu-niquer le résultat, c'est comme si un halo en or était venu se poser sur la tête de son petit ange. Tout au fond d'elle-même, elle jubile et luit. *Mein Kind, mein Genie Kind*, se dit-elle tout bas. Mon génie d'enfant. *Menschen werden sehen, was die Deutschen tun können.* Ils vont voir ce dont les Allemands sont capables.

Ross s'enfonce encore un peu plus dans l'ombre des pubs.

Chaque soir désormais, Beatrix tourne autour de Varian pendant qu'il travaille à la table de la cuisine, ses livres et papiers éparpillés sur la toile cirée aux fleurs bleues.

"Hast du genug Licht, mein Schatz? Bist du immer hungrig jetzt?"

Oui, il a assez de lumière. Non, il n'a pas encore faim. Après avoir terminé ses devoirs, il fait des exercices de maths tirés d'un manuel de dernière année, noircissant page après page de ses calculs rapides et harmonieux. Ou il fait des listes d'animaux africains. Des compilations de chansons grisiliennes. Des conjugaisons de verbes en grec ou en latin, matières qu'il a décidé d'apprendre seul, pour atteindre aux racines mêmes des langues modernes.

Comme Varian travaille à la cuisine jusque tard dans la nuit, les MacLeod ne peuvent plus tenir des bectances-et-bombances chez eux. À la salle des fêtes du village ou chez leurs amis, la vigueur des chansons et des danses ravive parfois le désir entre eux… mais, rentrant au cottage à deux ou trois heures du matin, ils trouvent souvent Varian le nez encore dans ses livres. Et quand Ross tend une main vers Beatrix dans leur chambre mansardée, elle le repousse avec douceur, montrant d'un doigt, en guise d'explication, la présence éveillée à l'étage au-dessous.

Varian rejoint la chorale de la cathédrale anglicane.

Ross et Beatrix somnolent souvent pendant le sermon ou la lecture de la Bible, en se tenant par la main sous le programme de l'office, mais, dès que l'orgue se lance dans un cantique, ils sautent sur leurs pieds avec le reste de l'assemblée. Ils jureraient pouvoir reconnaître le soprano pur et parfait de leur fils parmi les quarante autres voix chantantes.

Un jour, alors que le dernier cantique prend fin et que le prêtre leur donne à tous sa bénédiction, Beatrix chuchote à l'oreille de Ross : "Il pourra chanter professionnellement plus tard.

— Ça m'étonnerait, chuchote Ross en retour. Tu verras, vers douze-treize ans sa voix muera, il se mettra à bramer comme tous les jeunes daguets et ira se capturer une biche."

Beatrix reste là, transie, le cœur débordant d'amour, à dévisager son ange aux cheveux fauves. Il n'en est absolument pas question, se dit-elle.

INDIGO

Farah Chauvet verrouille soigneusement la porte en quittant ce qui ressemble à une grande maison normale du quartier le plus prospère de Luniville, entourée d'autres grandes maisons normales assorties de grands garages normaux, de pelouses parfaitement tondues en été et de trottoirs parfaitement déblayés en hiver, où logent des familles lunivilloises normales constituées de deux parents deux enfants deux voitures et un chien – non, pas de chien, se dit Farah, personne n'a de chien par ici, *sa a etranj*, c'est bizarre – dans une belle rue sûre parsemée d'églises et tout près du commissariat de police (*jwe sans danje*, aurait dit son père en blaguant : mieux vaut se garantir de tous côtés, on ne sait jamais de quel type d'aide on aura besoin!).

Bien qu'elle parle l'anglais sans accent, ses pensées glissent souvent vers le créole qui est sa langue maternelle, et sous le grand foulard en coton bleu nuit qu'elle porte autour du cou, sous le parka, sous les nombreuses autres couches de vêtements chauds qu'elle a revêtus ce matin pour se protéger du froid mordant, sa peau est brune et lisse comme du chocolat. Jamais il n'était prévu qu'une peau de cette couleur entre en contact avec des températures pareilles :

moins quarante-trois quand elle a ouvert la radio à l'heure du déjeuner.

Bien que née à Jérémie, Farah a passé presque toute son enfance à la Petite Haïti, quartier de Miami où ses parents se sont réfugiés en 1979 quand Baby Doc leur a rendu la vie invivable au pays. Son enfance s'est déroulée dans la pauvreté mais non la misère, entourée de palmiers et de fresques murales, de *veve* et de libations, de restaurants aux murs rose Erzulie, de femmes cancanant tout en se tressant l'une l'autre des nattes serrées, d'hommes jouant aux cartes et aux dames, organisant des combats de coqs clandestins, regardent la télé chez le barbier et, le soir, alimentant au charbon le brasero du balcon pour le repas familial. Son père aimait à conter les histoires de l'esclavage indigo, et organisait parfois dans leur cuisine des réunions politiques où, avec ses cama-rades d'exil, il passait des heures à fumer et à palabrer, à s'envoyer de minuscules verres de rhum, à analyser la situation en Haïti, à partager les nouvelles glanées de leurs parents restés au pays, et à décrier Baby Doc et ses bandes de tontons macoutes. Oh! les cris de la rue, la musique de radio partout, sonorités puis-santes des derniers *merengue*, vibrations de tambours et de guitares, combats de coqs, vaudou et sexe, tous les enfants alignés et prêts à partir pour l'église dans leurs plus beaux habits du dimanche, et comme tu nous peignais fort les cheveux, *manman!* pour être sûre qu'ils restent sans poux.

La bâtisse dont elle s'éloigne a beau ressembler à une maison normale de Luniville, elle ne l'est pas. La serrure de la porte est électronique et incassa-ble. La porte elle-même est en acier renforcé. Toutes les fenêtres sont électroniquement surveillées, et les pièces truffées de caméras. La maison est dotée d'un système complexe de filtres et de relais, et d'une hot-line avec le commissariat voisin. Des policiers en civil peuvent être sur place en moins de deux minutes. Les voisins prospères ont l'habitude de détourner les yeux quand des individus en proie à toutes sortes de passions – rage, douleur, colère, désespoir, désir de vengeance ou folie destructrice – gravissent les marches de la grande maison blanche qui est en réalité un refuge. Tous ceux qui sonnent à la porte sont filmés, et sommés par une voix électronique d'annoncer clairement le but de leur visite dans l'interphone. Sauf, naturellement, s'il s'agit de femmes en miettes, de femmes qui titubent et trébuchent ou baignent dans leur sang – auquel cas, de douces et efficaces mains noires leur ouvriront la porte et les feront entrer à toute vitesse sans poser de questions.

Farah est tendue car elle est en retard. C'est la veille de Noël et elle avait espéré terminer un peu plus tôt pour pouvoir s'arrêter à Fête la Fête acheter des boules pour le sapin avant d'aller chercher Mirlande. Maintenant elle doit filer droit à la crèche, du reste si elle y arrive avant dix-sept heures trente ce sera un miracle. Les employées lui lancent des regards en biais quand elle est en retard ; elles parlent entre leurs dents et font des allusions racistes à peine voilées, pestant contre ces gens qui ne savent pas ce qu'est la ponctualité, alors que ce n'est vraiment pas de sa faute si Noël est la haute saison pour les violences domestiques.

En la seule journée d'aujourd'hui, Farah et Briona, son amie de la Jamaïque, ont géré pas moins de vingt-huit appels et neuf admissions, frôlant ainsi le record du refuge, établi quatre ans plus tôt, de trente appels et onze admissions. Oui les hommes par ici ont tendance à être spécialement déprimés et colériques à la saison des fêtes. Tourmentés, sans doute, par des souvenirs de leurs Noëls d'enfance, tristes de ne pouvoir rentrer chez eux, frustrés, énervés, qui sait, ils semblent avoir toujours une bonne raison pour faire valdinguer leur petite amie à travers la cuisine, lancer le téléviseur à la tête de leur sœur, briser les phalanges de leur maman sur le rebord du comptoir ou ficeler leur épouse comme un poulet avant de la baiser. *Bay kou bliye, pote mak sonje.* Qui porte le coup l'oublie ; qui porte la cicatrice se rappelle.

"C'est gore, lui avait dit Briona lors d'un appel Skype, au printemps précédent, tout de suite après lui avoir annoncé que ce poste était à pourvoir. Je veux dire, même si les réceptionnistes ne finissent pas en burn-out aussi vite que les thérapeutes, c'est quand même gore. Je m'en voudrais de ne pas te prévenir. Prends ton temps, réfléchis et vois si tu penses pouvoir gérer ça."

Tout en descendant vers le trottoir dans la noirceur du solstice, Farah efface méticuleusement de son esprit les impressions de la journée. C'est un rituel qu'elle exécute chaque jour au moment de quitter le refuge. Se nettoyer l'esprit pour Mirlande. Oh, retrouver Mirlande! serrer contre elle le précieux corps dodu de sa fille! sentir sa peau douce! voir la lumière dans ses yeux! Mirlande a trois ans. Trois ans. Pas trop jeune pour ces soldats sri-lankais qui, le mois dernier, ont estimé acceptable, dans le cadre de leur mission de stabilisation en Haïti, de donner des chocolats ou du chewing-gum ou des petits sous ou des cigarettes ou rien du tout à des gamins noirs avant de les perforer… Arrête.

"Farah." Elle a vingt-trois ans. "Farah chérie." Elle s'est habillée avec un soin particulier ce matin, songeant au réveillon de Noël. Il n'y a pas de jours fériés au refuge – ni, heureusement, à la crèche – pour la simple raison qu'il n'y a pas de jours fériés dans les mines. Le travail se poursuit chaque minute de chaque jour de chaque année, ses conséquences aussi, parmi lesquelles des enfants en bas âge. "Farah chérie, ne m'en veux pas." C'est la voix de son David. En s'habillant ce matin, elle a décidé de mettre son foulard indigo préféré, celui que sa *manman* lui a offert lors de ses fiançailles avec David il y a cinq ans. "Farah chérie, ne m'en veux pas. Je te porterai à jamais dans mon cœur mais…" Elle se sent toujours belle avec ce foulard enroulé autour du cou, le bleu haïtien profond ressort magnifiquement sur sa peau couleur chocolat ; à vrai dire il est bien plus châle d'été qu'écharpe d'hiver, coton épais plutôt que laine, ce qui lui tient chaud c'est le souvenir des mains brunes de sa *manman* en train de couper des tomates ou de faire frire des bananes plantains… sa *manman* vêtue d'une robe fourreau en madras, sourire éclatant, yeux étincelants, toute à la joie de faire sauter sur ses genoux trois bébés à la fois : Mirlande, Emanuel et Mackenson, ses premiers petits-enfants, tous nés la même année… sa *manman* vêtue d'une robe blanche impeccable pour partir à la messe dominicale, sandales blanches sur ses pieds noirs, ruban blanc artistement noué dans ses cheveux sombres. "Farah chérie, ne m'en veux pas. Je te porterai à jamais dans mon cœur mais je suis amoureux de…" Quand David l'avait quittée au printemps dernier pour vivre avec un homme, elle avait été moins dévastée que sonnée. Incrédule.

Et fauchée aussi, car elle dépendait de lui sur le plan économique, et dans un procès en paternité à Miami il y avait peu de chance qu'une Haïtienne pauvre l'emporte sur le propriétaire blanc et gay d'une boîte de nuit. Sa *manman* avait proposé de garder la fillette, grâce à quoi, après sa journée de caissière en pharmacie, Farah avait pu suivre des cours du soir en compétences de bureau. Alors quand Briona lui avait parlé de ce poste de réceptionniste au refuge de Luniville, elle s'était dit *Pourquoi pas ? Le salaire est bon, pourquoi ne pas aller au bout du monde, mettre autant de kilomètres que possible entre moi et David, me coltiner avec la vraie vie ? Si Briona peut le faire, pourquoi pas moi ?*

Elle avait signé un contrat pour deux ans, dont neuf mois s'étaient déjà écoulés. Son père était farouchement opposé à sa décision ; il avait en horreur les compagnies d'ambroisie et leurs opérations de fracturation hydraulique. Au mois d'août dernier, après quelques verres de rhum de trop, il l'avait appelée longue distance et lui avait bassiné les oreilles une demi-heure durant au sujet de l'ouragan Dean qui venait de ravager Haïti… résultat direct, insistait-il, de la folie furieuse qu'elle cautionnait là-haut. Un peu sèchement, elle lui avait rétorqué qu'elle s'occupait, à Terrebrute, des dégâts d'une autre sorte d'ouragan.

Étonnant comme l'indigo console Farah, là, ce soir, à quatre mille kilomètres du modeste appartement de la Petite Haïti où elle a grandi avec ses frères et sœurs, rempli des odeurs et des couleurs des nuits de Miami, certains hommes grillant saucisses et steaks sur le brasero et d'autres jouant du tambour… Tout cela se retrouvait dans les plis et replis du foulard que, grelottant dans l'air glacial, Farah remonte autour de son nez avant d'appuyer sur le bouton de démarrage de sa voiture.

Elle est encore tendue et agacée, et elle le sait. Elle allume la radio : oh ! chanter quelque chose pour calmer ses nerfs avant de retrouver Mirlande... Mais au lieu d'une chanson, ce que reçoivent ses oreilles quand elle allume la radio c'est une cacophonie de voix perçantes, vantant les soldes de Noël d'un magasin d'appareils ménagers dans l'un des centres commerciaux des environs. Avant d'avoir droit à la musique, elle est obligée d'admettre qu'elle pourrait économiser trois lunis et demi – *tellement envie de chanter* – sur l'achat d'une trancheuse de pommes de terre, pour peu qu'elle s'offre également un grille-pain électrique... et pourquoi pas un nouveau frigo pendant qu'on y est ? se demande-t-elle, et ça lui donne envie de hurler.

Un embouteillage obstrue le pont, le trafic est à l'arrêt. C'est à cause des travaux pour élargir l'autoroute qui relie la ville aux mines. L'alcool et la coke ont causé trop d'accidents cette année, il y a eu des dizaines de victimes. Miroitant sur le tableau de bord, des chiffres verts lui rappellent qu'il se fait tard, et Farah se crispe de plus en plus, *Oh, manman*. Elle remonte encore son foulard autour des oreilles et ses ongles longs tapotent nerveusement sur le volant. Suis presque arrivée, Mirlande, dit-elle tout bas. Presque arrivée, mon petit ange de fille.

Il est dix-sept heures vingt. Branchant son cellulaire, elle allume le haut-parleur et compose automatiquement le numéro de la crèche. "Bonjour ! Mme Chauvet à l'appareil. Oui, la mère de Mirlande, c'est ça. Je suis désolée, je vais avoir un peu de retard. Je suis partie à l'heure mais il y a beaucoup de trafic sur le pont. Oui, bien sûr que je m'en rends compte, mais je ne peux absolument rien faire, je suis désolée. Je serai là dès que possible. Ce n'est pas la peine de me parler sur ce ton, je sais que nous sommes à la veille de Noël. Vous pensez que je fais exprès d'être coincée dans un embouteillage?"

Doit faire soixante-quinze degrés Fahrenheit à Miami, se dit-elle, alors que la température à Luniville, d'après d'autres chiffres verts miroitant sur le tableau de bord, est de moins quarante-huit. À la Petite Haïti il faisait toujours un temps superbe à Noël, ses parents venaient au lycée pour la cérémonie d'allumage des arbres et tout le monde chantait *Jwaye Nwèl, Merry Christmas, Feliz Navidad*... Seule, comment faire pour initier Mirlande aux rythmes de la Noël créole?

C'est un moment atroce, un moment de pure détresse et de violente impatience. Tout autour d'elle des 4×4 bourdonnent et klaxonnent. Galvanisés par la cocaïne, des hommes musclés la serrent, faisant vrombir leur moteur. C'est dur et cela dure. Un pick-up la dépasse en trombe, la forçant à remonter sur la bande d'arrêt d'urgence. Elle perçoit le bras du conducteur dans l'éclair bref d'un lampadaire : il porte une veste avec des crevés aux manches, exprès pour exhiber ses biceps tatoués. David était fou de joie d'avoir une fille café au lait, comment il a pu faire ça, nous laisser tomber du jour au lendemain? Un camion géant la dépasse, puis, talonné par un plus géant encore, fait une queue de poisson à Farah en recouvrant son pare-brise d'une gerbe d'eau marron. Elle active ses essuie-glaces. Oh chérie! pardonne-moi de te faire attendre. Elle arrive tout de suite ta maman, ne t'inquiète pas.

Exaspérée par la litanie interminable de prix et de soldes et de prix encore plus bas et de soldes encore plus faramineux et de soldes encore plus délirants et de prix incroyablement bas que lui crachent dans les oreilles les voix hystériques de la radio, elle glisse dans le lecteur un CD de Boukman Eksperyans... Ah! soulagement instantané. À entendre la voix douce de l'homme qui chante *Wongolo wale* et le chœur des femmes en fond, tout son corps se détend, oh les beaux battements des tambours qui permettent de danser toute la nuit, David et elle sortaient souvent danser à la Petite Haïti, elle sent encore au niveau des reins la chaleur de sa main l'attirant à lui pendant qu'ils transpiraient, se souriaient et swinguaient, il dansait vraiment pas mal du tout pour un Blanc, elle était fière d'arriver avec lui dans les *boul... mais qu'ont-ils, les hommes?* À l'heure du déjeuner Farah et Briona en parlent parfois à voix basse, pour se protéger et plaisanter et ne pas devenir folles, les jours où trop de femmes arrivent tremblantes et sanglotantes au refuge, une avec un œil au beurre noir, une autre le ventre et les cuisses entaillés de coups de couteau, une autre les côtes cassées, une autre les mains écrasées... *Qu'ont-ils, les hommes?* Farah ne peut s'empêcher de se demander, quand elle lit que des centaines de gamins haïtiens ont été violés par des Sri-Lankais de la mission de stabilisation de l'ONU, ou quand elle passe devant la boîte de strip-tease annonçant FILLES! FILLES! FILLES! en lettres de néon géantes alors que sur le perron et dans le parking il n'y a que garçons! garçons! garçons!, de pauvres travailleurs des mines loin de chez eux et sexuellement affamés, entourés de proxénètes, de flics et de videurs, et pendant ce temps, dans les appartements cossus et bien chauffés de la ville, des hommes d'affaires défoncés à l'héroïne et furieux des résultats de la Bourse sortent leur revolver et tirent sur leurs enfants endormis, parfois elle est tellement terrorisée pour Mirlande qu'elle voudrait juste la planquer dans la cave, oh mon ange, se dit-elle, faut que je te sorte d'ici, cette ville ne sera qu'une petite parenthèse dans ton existence, tu ne t'en souviendras même pas, on va partir je te le promets, dès que j'ai mis assez de sous de côté pour qu'on puisse vivre dans un quartier de Miami un peu moins hard.

Ce matin une jeune maman filippino était arrivée au refuge, un bébé dans les bras et la bouche remplie de sang, il lui manquait deux dents, cet après-midi elles avaient reçu une femme de l'Empire Est au bras cassé, et une Syrienne dont l'anus portait des traces de viol par tesson de bouteille, oh mon Dieu oh mon ange non je ne veux pas penser à ça, écoute c'est *Kalfou danjere* maintenant, c'est rythme, chérie! c'est soleil, Mirlande! Je nous ai préparé un repas spécial pour ce soir, tu verras, d'accord le sapin est un peu tristounet mais il y a des *kado* de ta *grann* et ton *granpapa*, de *matant* et *tonton* et tous les *kouzen* en Floride, on mettra Boukman Eksperyans et on se déchaînera sur la piste toutes les deux! *Bon Die* il est cinglé ce gamin, à faire du stop dans les embouteillages à l'heure de pointe, il va se faire tuer... Il se tient sur la rampe en plus, pile là où les camions s'arrachent aux chantiers de construction avant de débouler sur l'autoroute en rugissant. Veut sans doute remonter à son camp de travail. Sera venu boire des coups en ville et doit être de retour à vingt heures pour l'équipe de nuit, pourquoi il n'a pas pris le car? Bon, je ne pourrai pas l'avancer bien loin, mais si on ne fait pas une bonne action à la veille de Noël on le fait quand, hein? Et comme dit ma *manman*, *Tro prese pa fe jou l'ouvri*. Si on est trop pressé, le jour ne commence jamais.

VIRGILE

L'accusé est infirmier, monsieur   C'est cela
son métier   Peut-être pas sa vocation mais son
métier   Se penchant sur les haleteurs   amenés
sur des brancards   au Centre de maintenance respiratoire   il les interroge rapidement au sujet   de
leurs allergies   leur désobstrue la gorge   et
le nez   leur pose un masque à oxygène   leur
donne un bronchodilatateur   en leur disant d'ins-
pirer   ajoute parfois pour faire bonne mesure
quelques corticostéroïdes   tout en se demandant
quel est le montant du bénéfice quotidien   que
tirent   les laboratoires pharmaceutiques   des
médicaments   si massivement prescrits et admi-
nistrés là-haut   car l'accusé n'est qu'un seul petit
infirmier travaillant dans un seul petit CMR dans un
seul parmi les   plusieurs centaines de sites   de
Terrebrute
     Voilà   sept ans qu'on   s'occupe des tous-
seurs   toussoteurs et cracheurs de tous âges et
de toutes couleurs   On essuie la morve et le
vomi sur leur visage on   les aide à   vider leur
gorge   toute congestionnée de salive sanguinolente   parfois on recommande qu'ils soient ren-
voyés   chez eux pour une période de convalescence

et de repos mais   il est rare que les patients acceptent de partir   car ils gagnent de l'argent ici et vu que leur pays d'origine   en raison des agissements de leurs propres   tyrannosaures et corythosaures   peine à se relever   d'une guerre ou d'un désastre économique   leur vie est devenue un problème   auquel l'argent   est la seule solution

Le Dr Romanyuk   dirige le CMR   là-haut sur le site d'AbsoBrut   L'accusé l'a donc rencontré dès son arrivée   Romanyuk est né à Rodeotown   et bien que plus âgé que l'accusé de dix bonnes années   et son supérieur hiérarchique   il l'a pris en sympathie tout de suite   Ce premier jour   lui donnant un casque jaune il l'a amené   faire le tour du site   en jeep

Eh! oui   a-t-il dit   Si on regarde vraiment c'est un coup de poing dans le bide   hein?   La plupart   des mecs ne regardent pas vraiment quand ils débarquent ici   Ils foncent   tout de suite   au boulot   Ils ne se tiennent pas là comme toi MacLeod   les yeux écarquillés   à se dire   Mais comment fait-on bon sang   vu que les températures   sont négatives huit mois sur douze   pour calculer pression poids   profondeur et direction   dans une masse infinie   de tourbière   et de vase suintante ?

C'était alors   le début du boom   à Terrebrute Les compagnies d'ambroisie commençaient   tout juste à prendre la mesure   du fabuleux potentiel des sables   C'était un monde où tous les poux étaient kermis   pardon où tous les coups étaient permis   la bande-annonce   palpitante et étourdissante du film à venir   Les Peaux-Rouges   et autres baiseurs de caribous n'avaient pas encore commencé à râler au sujet du viol de   Mère Nature   Oui   l'accusé a appris de Luka Romanyuk ce jour-là   l'expression baiseurs de caribous

En UnderSouth   naguère   a dit le docteur en riant   les militants   des droits civiques étaient traités   de négrophiles   et par ici   les éco-los sont   traités de toqués des arbres   Comme si dans le fond des fonds   les arbres et les nègres étaient nuls   tu vois?   Comme s'ils étaient dégoûtants! pas dignes d'amour ou de respect   Sous peu   tu verras   ils nous trai-teront   de baiseurs de caribous   enculeurs d'ori-gnaux   fouteurs de poissons   aviphiles Ma petite sœur Leysa est une aviphile   a-t-il ajouté   Une vraie maniaque des oiseaux

Romanyuk a passé tout   l'après-midi à pro-mener l'accusé sur le site d'AbsoBrut et à le lui expliquer   dans ses moindres détails   Appelle-moi Luka a-t-il dit   au bout d'une heure ou deux   Ils ressemblaient aurait-on pu dire à Vir-gile et Dante   sauf que l'accusé n'est pas poète, monsieur Loin d'être catapulté   à des sommets d'éloquence   par ce que lui montrait le docteur cette terre   massacrée défigurée violée et hor-riblement éventrée   les tripes à l'air   il a été frappé de mutisme   On est un homme   de taille modeste, monsieur   Luka fait presque une tête de plus   mais même l'homme   le plus sur-dimensionné est un nain dérisoire   auprès des machines qui grignotent les   falaises noires de Terre-brute   chaque seconde de chaque jour   Pour l'accusé   ce fut un après-midi   plein de contradictions   Il était consterné et fasciné

en alternance   Une partie de son esprit luttait   contre un sentiment de panique incoer-
cible   tandis que l'autre se délectait   des
sonorités graves de la voix du docteur

Les machines sont les héros par ici Varian   a
dit Luka   Il y a soixante millions d'années   le
pays était habité par des dinosaures   et c'est
une énergie dinosaurienne qui coule   dans les
veines de ceux qui bossent là   Grimper dans une
excavatrice   ou une grue   c'est faire un avec
elle   La conduire   c'est participer à   une
forme d'union intime plus mystérieuse   que le
mariage   Voilà cinq ans   que j'observe la chose
et je n'en reviens toujours pas   Pendant que la
musique hard rock   diffusée dans leur casque leur
explose les tympans leur corpsmachine livre   une
guerre contre la forêt   Leurs mains sont des
pelles   larges de sept mètres   leurs jambes
des pneus   hauts comme un immeuble   Le
Déluge   c'était hier   La Terre vient tout
juste de se refroidir   Ils foncent dans le paysage   déracinent les arbres   les entassent comme
des allumettes   lancent d'énormes pierres
jusqu'à perpète   déchiquettent le sol à   belles
dents   y creusent des fossés profonds   et soulèvent des mollards de boue   deux à quatre cents
tonnes dans chaque seau   de chaque excavatrice   Se cabrant ils   tendent le cou une vingtaine
de   mètres vers le haut   regardent autour d'eux
et voient à l'infini *Bang bang-bang!*   Des heures
d'affilée   une musique primitive leur fouette la cervelle Tout   ici   n'est qu'effort et solitude   bruit
assourdissant et oubli   Ils versent leur énergie
dans les machines   Celles-ci la multiplient et la

100

versent dans le travail   Des femmes aussi   oui
Varian ça t'étonne   mais   des femmes aussi   Vu
le prix de ces excavatrices   soixante-dix millions
pièce   on aime autant les confier à des humains
à bas niveau   de testostérone

Ponctuant   les explications de Luka, monsieur   des panneaux énormes   enfonçaient leur
message   dans le cerveau   de l'accusé

Se servant de vapeur sous extrême pression   ils
pulvérisent le sable pour le forcer à lâcher son
bitume   SUPER-ESPRIT D'ÉQUIPE   SUPER-
EMPLOIS À l'état naturel   cette substance   est
aussi dure   qu'un palet de hockey   mais pour peu
qu'on la réchauffe   jusqu'à   son point d'ébulli-
tion c'est-à-dire cinq cents degrés   ALLEZ-Y   elle
se transforme en un épais   liquide   visqueux susceptible de couler   dans un pipeline   EXIGEZ
PLUS   pour être raffiné ailleurs et devenir enfin
cette noire semence sacrée qui   porte le nom
d'ambroisie   Celle-ci pourra alors être   vendue
à   tous les pays de la planète   afin que   les
machines puissent se reproduire   GRANDE
FIERTÉ   afin que voitures   et camions trains et
bateaux bus et avions et bombardiers puissent fon-
cer   plus vite à travers terres   mers   et airs   PLUS
DE FIERTÉ   afin que les grands patrons puissent se
départager la planète   et fêter l'augmentation expo-
nentielle   de leur bonus annuel   en achetant
plus de yachts pour leurs enfants   PLUS DE CROIS-
SANCE   oui   afin que   dans les pays froids   dont
les banquises   fondent à vue d'œil   plus de
visons puissent être massacrés et transformés en
manteaux pour leurs   épouses   et   dans les pays
chauds   grâce au labeur exténuant d'hommes à

peau noire   dans les entrailles   étouffantes de la
terre   plus de diamants   puissent être extraits et
transformés en bijoux pour leurs maîtresses   PLUS
DE SUCCÈS

Tandis que   Luka tout en conduisant la
jeep lui montrait ceci ou cela   l'accusé titu-
bait de choc   en choc   Tandis que Luka lui parlait   les écailles tombaient de ses yeux   et il n'a
eu d'autre choix que de voir

Il a vu d'innombrables   cheminées crachant   de la   fumée noire

Tu croyais sans doute   mon   jeune ami que l'enfer était un lieu   où on allait après la mort? Quelle
naïveté!   Non   il est ici même l'enfer! là sous nos
yeux

Il a vu des lacs   irréguliers   plus grands   que
des piscines olympiques

Des millions de litres d'eaux   usées sont dégur-
gités   chaque jour dans ces lacs de rétention   a
dit   Luka   Leurs poisons s'infiltrent dans la nappe
phréatique   de là dans le fleuve   de là dans
l'eau courante des villages en aval   villages habi-
tés essentiellement   par des autochtones   parmi
lesquels   le taux de cancer est monté en flèche ces
dernières années

Sur un fond sonore de   coups de
canon et bruits   de la jungle il a vu   à la surface de ces lacs de rétention   des oiseaux robots
battant des ailes avec des mouvements saccadés

Ça c'est pour effrayer les vrais oiseaux!   a
dit Luka   Pour qu'ils évitent de venir crever
ici par centaines car ils sont bêtes hélas! et ont
tendance à prendre   cette soupe toxique   pour
de l'eau à boire   C'est ça qui rend folle   ma

petite sœur Leysa   a-t-il ajouté   Elle pense avoir été   une grue blanche dans une vie anté-rieure   Quand elle est de bonne humeur elle hurle de rire et on dirait vraiment   une grue blanche! Oui c'est déjà rideau pour ces oiseaux-là   Il n'en reste plus qu'une poignée

L'accusé a vu d'énormes monceaux de sou-fre ! cette substance   jaune vif que les céphalo-saures   de son enfance évoquaient sur un ton apocalyptique Des prêches   à la cathédrale angli-cane de Codborough   lui sont revenues en mémoire des bribes de l'Ancien Testament

Les torrents d'Édom seront changés en poix   Et sa
poussière en soufre   Et sa terre sera comme de la poix
qui brûle Il fait pleuvoir sur les méchants   Des
charbons, du feu et du soufre   Un vent brû-
lant   C'est le calice qu'ils ont en partage   Alors
l'Éternel fit pleuvoir du ciel sur Sodome et sur
Gomorrhe du soufre et du feu

C'était arrivé   c'était arrivé   c'était là devant leurs yeux   Les tyrannosaures   de Terrebrute avaient promu   ces images infernales   de méta-phores   en réalité

Et le soufre a dit Luka   n'est qu'une parmi les nombreuses substances mortifères   qu'en-gendre   la séparation   forcée du sable et de l'am-broisie   Toutes flottent dans l'air   en particules minuscules et pénètrent dans les poumons   des hommes qui se mettent à tousser à râler   à trans-pirer à haleter et   à suffoquer   Au bout d'un moment leurs doigts et orteils deviennent bleus *ou gris   chez des sujets à teint foncé*   comme prend

soin de   le préciser notre   Manuel de premier
secours   car des hordes   de troodons   à teint
foncé sont là dans les entrailles de la terre à proje-
ter   la vapeur d'eau   sous haute pression contre
le sable   et à inhaler l'air empoisonné   douze
heures par jour   sept jours sur sept   deux
semaines sur trois   et   quand leurs lèvres ou leurs
doigts deviennent gris   on aurait tort de se
dire   Bon pas de souci   du moment qu'ils ne
sont pas bleus!

Ce premier jour   Luka Romanyuk a passé plus de
quatre heures   à circuler en jeep et   à pied   avec
l'accusé   dans ce monde de folie   Arrivés au
coucher du soleil   ils étaient   comme des frères

Dans les mois qui ont suivi   grâce à ces conversations avec Luka l'accusé a pu concocter sa   pyramide des dinosaures   de l'OverNorth

---

Les tyrannosaures sont   les types qui dirigent les
plus   grosses compagnies d'ambroisie   surtout
Daspletosaurus   torosus (AbsoBrut) et *Gorgo-
saurus libratus* (LibreMonde Noir)
  Les cératopsiens sont les PDG d'autres compagnies
de la première importance   à savoir
  Leptoceratops   (ingénierie de construction)
  Centrosaurus apertus (logiciels d'automates)
  Coronosaurus brinkmani (gestion d'information)
  Styracosaurus albertensis (nutriments culturaux)
  Pachyrhinosaurus   (pipelines)
  Chasmosaurus belli (armements)
  Chasmosaurus russelli (bois)   et
  Vagaceratops irvinensis (automobiles)

Ensuite viennent les pachycéphalosaures   groupe composé de banquiers à la tête épaisse   avec leur sous-groupe relativement important   les *Stegoceras*
Les hadrosaures sont les forces de l'ordre catégorie qui inclut les   *Corythosaurus casuarius*   c'est-à-dire officiers supérieurs de l'armée   et chefs de police   les *Gryposaurus notabilis* ou amiraux   commandants et caporaux et jusqu'aux *Gryposaurus incurvimanus* au niveau local   *Lambeosaurus lambei*   (les hommes aux sirènes hurlantes et aux gyrophares)   *Lambeosaurus magnicristatus* (qui font irruption chez vous au milieu de la nuit avec   une torche électrique)   les *Prosaurolophus maximus*   (qui frappent poliment   à votre porte   quand ils viennent vous arrêter   et vous lisent leur mandat   tout haut)   jusqu'à la police de proximité *Parasaurolophus walkeri* le flic du quartier qui dirige la circulation   au coin de la rue   Les ankylosaures ou politiciens   se divisent en trois sous-groupes   *Panoplosaurus* au niveau fédéral   *Edmontonia* au niveau provincial   et *Euoplocephalus* au niveau municipal   Ensuite viennent les *Ornithomimidae* ces têtes d'oiseaux qui dirigent nos cours de justice   parmi lesquels   on trouve les *Ornithomimus* c'est-à-dire les juges   et procureurs généraux qui imitent la justice et *Struthiomimus*   les avocats de base   Ensuite on descend jusqu'aux *Hypsilophodontidae* soit   les prêtres   pasteurs et   psychothérapeutes dont les   drogues et bibles nous manipulent   corps et âme avec une mention spéciale   pour ces grands sorciers behavioristes que sont les *Orodromeus*   Descendant toujours la pyramide   on trouve les   *Chirostenotes* du

groupe *Caenagnathidae* hommes dont le pouvoir financier et politique est encore considérable Ceux-là incluent les *pergracilis* (athlètes) plus bas les *elegans* (vedettes de cinéma) et les *collinsi* (professeurs d'université) Plus bas encore sont les *Dromaeosauridae* ou porteurs de bagages dans le monde réel à savoir les enseignants employés commerçants fermiers médecins et aussi mais oui naturellement les infirmiers comme l'accusé

Enfin tout en bas de la pyramide se trouvent les masses énormes de *Troodontidae* ceux qui lavent les toilettes creusent des trous travaillent à la chaîne font de l'art et mangent de la merde de mille et mille manières qu'il serait fastidieux d'énumérer

Luka a ri quand l'accusé lui a montré sa pyramide mais il l'a apprise par cœur Les deux hommes ont passé ensemble des heures sans nombre à parler de la réalité irréelle qui les entourait et à tenter de saisir tout le processus tentaspectaculaire

Phase Un Depuis leurs bureaux climatisés dans les métropoles opulentes les tyrannosaures et cératopsiens persuadent les ankylosaures du Parlement de la nécessité de subventionner des recherches Phase Deux Dans leurs bureaux et laboratoires des meilleurs campus du monde les *collinsi* têtes d'œuf dodelinant sur leur corps mince et riche inventent une fabuleuse mégatechnologie Phase Trois Les ankylosaures convainquent les mecs à muscles et à misère comme dit Luka de venir faire le sale boulot   Alors du monde entier   des masses de troodons   au chômage convergent   vers ces terres de désolation   vides gelées noires suintantes et les tyrannosaures peuvent jubiler

C'est ainsi, monsieur   que   travaillant avec Luka jour après jour au CMR   on a été   à la fois émerveillé   et horrifié   Émerveillé de sentir éclore une amitié et horrifié par par quel mot employer   par la cruauté illimitée   de la cupidité humaine

III

CIRQUE 1

Varian ne peut compter sur l'aide de personne, pas
même la sienne. Il a le droit de téléphoner une fois
par semaine à un membre de sa famille, mais l'esprit de Beatrix voyage en Allemagne ces jours-ci
et nul ne peut dire s'il reviendra un jour. Elle n'est
pas vraiment vieille, n'atteindra ses soixante-dix ans
que l'année prochaine, mais elle est de plus en plus
la proie d'émotions extrêmes, basculant sans tran-
sition de la joie (son enfance à Cologne) au désespoir (la mort de ses parents) et de la nostalgie (sa
vie avec Ross, leurs jeux érotiques) à l'angoisse
(sa disparition).

Tout contact avec des personnes en dehors de la
famille lui étant interdit, Varian ne peut se tourner
vers Luka ou Leysa Romanyuk. Vers qui alors ? vers
personne. Il sait qu'il doit s'efforcer de garder l'esprit éveillé… mais la faim et l'épuisement ont transformé cet esprit en une chose bien incertaine. En fin
de compte, non seulement son équilibre physique
mais son équilibre tout court, son *être-là* dépend du
renouvellement de ses énergies par la nourriture et le
sommeil. Jamais il n'a à ce point perçu son cerveau
comme un organe. Il ne se demande pas *Que vais-
je devenir ?* mais *Où est celui que je fus ?*

Il essaie de méditer, de léviter, de sortir de son corps. Comme s'il jeûnait exprès à la manière des braves à peau rouge jadis, il se rend réceptif aux visions, aux hallucinations, aux rêves prémonitoires… mais les surfaces plates et laides de sa cellule lui restent impitoyablement présentes.

Quand point le jour, il lui semble avoir passé une nuit blanche, mais il a dû somnoler au moins brièvement car le cliquetis du rabat métallique le fait sursauter. On vient de poser sur le passe-plat une nouvelle boîte en polystyrène. Sa faim est grotesque, honteuse. Ses doigts attrapent tout seuls la boîte et la déchirent, ils n'arrivent pas à l'ouvrir assez vite. À l'intérieur : un petit pain rassis et trois frites.

Le repas est une insulte… mais, dix secondes plus tard, l'insulte est au fond de ses entrailles. Il va au lavabo, se penche et boit au robinet, non pour étancher sa soif mais simplement pour se remplir l'estomac, se donner l'illusion d'avoir eu un repas. Puis il se rase. Même si les poils de sa barbe sont soyeux et épars, pas drus, les mouvements familiers du rasage le réconfortent. Il peut presque se dire qu'il se prépare pour partir travailler au Centre de maintenance respiratoire. Retournant en rampant sous la couverture, il songe à l'auto-assistance mais y renonce : ou ces images n'ont pas réussi à pénétrer avec lui dans l'institution, ou la peur a carbonisé toute cette dimension du réel.

Une heure plus tard, le revoilà attaché à la chaise dans le bureau du corythosaure. Il se sent comme un enfant… mais pas comme lui-même enfant, comme quelqu'un d'autre.

Alors que cet homme est un homme aucun doute là-dessus Il a la peau épaisse et ses paupières lignent clentement non clignent lentement comme celles d'un césar au loleil non un lézard au soleil

"On a trouvé pas mal de textos codés dans ton mobile, MacLeod. Tu veux bien me dire ce que signifie *Revêtu de la poussière dorée du soir…* ? Non ? Et *Nous avons aligné les hirondelles en bataillons…* ? Toujours pas ? Voyons, MacLeod. T'as toujours pas compris qu'il est dans ton intérêt de coopérer avec nous ?"

Le silence de Varian n'est ni de l'entêtement ni du courage, mais de l'impuissance. Le corytho prononce ensuite une phrase qui semble sortir d'une machine :

"Quels sont les liens entre le Dr Romanyuk et les réseaux terroristes internationaux du Malice ?"

Dès qu'ils frappent l'air, les mots frémissent et se figent en vixels, c'est-à-dire en pixels verbaux. Leurs syllabes s'entrechoquent si violemment que l'esprit de Varian devient trou noir. On lui attache des électrodes aux poignets et aux chevilles.

L'électricité c'est la puissance divine notre Graal indépassable Ce que Prométhée a dérobé à la foudre de Zeus ce n'est pas le feu mais l'électricité Elle est l'alpha et l'oméga de l'existence humaine sur Terre une métaphore pour toutes les formes de contact de circuit et de connexion Chaque fois qu'on voit

entend goûte sent ou touche quelque
chose   un nerf est galvanisé   un signal   électrique le traverse   portant cette sensation   à
notre cerveau   à la vitesse grand V   pour un
décodage qui   nous semble instantané   Tous les
élans   toutes les pulsations   compulsions répul-
sions expulsions et impulsions   d'un corps
humain   sont de l'électricité   et l'élextase de
l'autocircuit est notre joie   secrète et perma-
nente   *L'esprit vital* comme l'a nommé Luigi Gal-
vani dès le dix-huitième siècle   Oui   l'humanité
l'a maîtrisée grâce à benfranklin et tomedison   et
maintenant elle sera avec nous   jusqu'à la fin des
temps   C'est *elle*   l'enjeu sacré   des opérations qui se déroulent ici   à Terrebrute

"À toi de voir, MacLeod. Veux-tu nous dire, oui
ou non, ce que signifie *Par-dessus la croûte durcie de
la congère*? Non? *Chantons, frères, la pénombre de
la liberté*?"

Le choc est indescriptible. Là – là – dans les cellules, où aucun mot ne vit, le corps traité comme du
métal. Terminaisons nerveuses à vif, prises ouvertes.
La douce et vulnérable chair humaine muée en fil de
cuivre. Traversée par les ondes de choc comme une
clef mouillée attachée à un cerf-volant en plein orage.

"*Oui, à nous les caoutchoucs pleins de boue*, lit le
corythosaure. Aurais-tu la bonté de me dire ce que
veulent dire ces foutaises?

> *Oui, à nous les caoutchoucs pleins de boue*
> *le sable qui crisse entre les dents*
> *Nous la moulons, la pétrissons et la dispersons*
> *cette poussière qui n'est mêlée à rien…*

Ce n'est pas moi qui ai inventé ce galimatias, on l'a trouvé dans ton ordinateur."

Varian hurle. Les murs protecteurs du savoir, péniblement érigés dans son cerveau depuis l'enfance, se fissurent et s'écroulent peu à peu. Il se cramponne à des fragments flottants de ce qu'il croit être lui.

Naissance   dans un petit village   sur la côte de l'Île Grise   Enfant prématuré inachevé trop tendre   trop vulnérable   à la peau poreuse   Quelque chose clochait depuis le début   À six ans   on a déçu   le père pêcheur en devenant végétarien Les poissons haletaient et bâillaient   comme les   hommes que l'on répare   là-haut sur le site d'AbsoBrut   Pour éviter que les citoyens au cœur tendre   ne soient bouleversés par leur extermination   les nazis   traitaient les juifs de vermine   tout comme les Hutus traitaient   les Tutsis de cafards   OK je suis un cafard   a dit Kafka je n'ai pas pour autant envie   d'être exterminé

Quand   les juifs   sont expédiés au camp   ou les vaches à l'abattoir   leur douleur ne vous fait pas mal   Vous les voyez passer tout près   entassés dans des camions ou des wagons à bestiaux   écrasés gémissant   se piétinant se pissant dessus   remuant bras ou pattes   des chiffres brûlés à même la peau pour ne pas les confondre   et vous vaquez à vos affaires en haussant les épaules   Vous oubliez le sens des mots   Quand vous entendez *poulet poisson veau*   vous oubliez qu'à l'origine ces mots désignaient des animaux fragiles qu'habite l'esprit vital   Vous oubliez qu'une cuisse de poulet est

une cuisse   qu'un jambon est   une jambe   Et
vous ne vous contentez pas de manger   la jambe
du cochon   non vous mangez   la bête tout
entière   du groin jusqu'à la queue   alors que
les cochons sont parmi les gens les   plus sym-
pathiques du monde   Autant se manger   les
uns les autres comme   dans le conte du Gené-
vrier   cette histoire   que racontait Beatrix   où
l'oiseau chante encore et encore

> *Ma mère m'a tué   Mon père m'a mangé*
> *Ma sœurette Marlène   A pris bien de la peine*
> *Pour recueillir mes os jetés   Dessous la table et les*
>   *nouer*
> *Dans son foulard de soie   Qu'elle a porté sous le*
>   *genévrier*
> *Kywitt, kywitt, bel oiseau que je suis!*

Manger de   la viande serait comme enfoncer
les dents dans son propre bras

"Tu ne daigneras pas nous expliquer *Le coupable*,
je suppose? ni *Une crise de nerfs*? *La matinée est ivre
du soleil printanier*? Non? Mais peut-être *Celle-là
n'est pas encore née*? Non? Pourtant, MacLeod, tous
ces messages se trouvaient dans ton mobile…"
La décharge le traverse à nouveau et la lumière
dans son cerveau atteint à une blancheur violente,
avant de s'éteindre.

CATÉCHISME

Des nuages courent à travers le ciel, le ciel change
de couleur, les saisons chassent les saisons. De cette
manière, Varian passe de dix à onze ans. Il prend des
cours de catéchisme, ne mange ni viande ni poisson,
ne se fait pas d'amis. Ses deux meilleurs amis sont
Jésus et sa mère ; cela lui suffit.

"Maman   c'est quoi   une chochotte ?

— Ah… une sorte de bonbon, je crois. Délicieux.

— Mais   pourquoi   moi   on   me   traite   de
chochotte ?

— Ah bon ? eh bien peut-être parce que tu es
un petit garçon si doux, et que les autres sont jaloux."

Comme tous les choristes, Varian porte une aube
blanche et un surplis rouge ; comme les leurs, ses
cheveux sont coupés court et partagés par une raie
sur le côté, mais les ressemblances entre eux s'arrêtent là.

Qui se ressemble   s'assemble mais   on a
beau se rassembler avec eux   on ne leur ressemble pas   c'est du faire-semblant   du faux-
semblant   On n'est pas leur semblable   on
est   incomparable   hors pair et imparable

De plus, les autres garçons ont gavé leur esprit de bêtises, alors que Varian a guidé le sien sur les voies de la connaissance. Tout va bien tant qu'ils interprètent ensemble cantiques et cantates, mais dès que la partition prend fin Varian devient nerveux ; ne volant plus en formation disciplinée tel le V parfait des outardes, leurs voix peuvent s'égailler en tous sens, et comment savoir ce que les choristes pourront lui faire ou dire ? Ils peuvent le pousser, lui faire des croche-pattes, fumer des cigarettes et lui souffler la fumée dans les yeux, le chatouiller et le taquiner, lui rire au nez et le pincer, relever son aube et glisser une grenouille dans son pantalon... C'est terrifiant, terrifiant, terrifiant.

Quand il avait demandé à étudier le chant, voici deux ans, Ross s'était montré dubitatif (c'était merveilleux de chanter pour louer Dieu ou pour se défouler en fin de journée mais ce n'était pas un gagne-pain, absurde de gaspiller l'argent durement gagné pour des mots qui s'évaporaient dans l'air), Beatrix, enthousiaste. Elle lui avait dégoté un bon professeur et pris des travaux de couture pendant deux ans pour payer les leçons. Varian avait fait des progrès fulgurants, ce qui agaçait les autres sopranes : leur voix à eux était aiguë mais vacillante, celle de Varian aiguë et juste ; elle touchait l'âme des auditeurs.

> *Toutes les choses belles et brillantes*
> *Les grandes comme les petites créatures*
> *Toutes les choses sages et savantes*
> *Notre-Seigneur les aime – c'est sûr !*

Les autres garçons ont des poussées de croissance, Varian reste petit pour son âge. ("Quand tu chantes ce cantique, *mein Schatz*, murmure Beatrix, n'oublie pas que c'est la vérité! Dieu aime toutes ses créatures, quelle que soit leur taille!") Les autres garçons commencent à regarder les filles, Varian non. Il n'en a pas envie. Il se sent proche de Jésus, et Jésus non plus ne regardait pas les filles.

"T'es une tapette ou quoi?
— T'es une fille ou quoi?
— Fils à sa maman!
— Fille à sa maman!
— Espèce de chochotte!"

Il ne montrera *pas* son pénis aux autres quand ils urinent côte à côte ; non, il ne le fera *pas*. Et s'il lui manquait quelque chose, là-bas? Il n'en entendrait jamais la fin. Il lui manquait quelque chose à la naissance, ça il le sait – il a entendu sa mère en parler à une amie un jour au téléphone – mais il ne sait pas quoi au juste. Ce qui est sûr, c'est qu'il se passe de drôles de choses là-bas. Il doit donc faire très attention à cette partie de son corps et ne la montrer à personne. Peut-être que Dorothée Lejeune, la sage-femme peau-rouge qui a aidé lors de sa mise au monde, a profité de sa difformité pour lui jeter un sort? Peut-être qu'elle a marmonné une formule de magie mi'kmaq sur ses organes pour qu'il ne devienne jamais un homme? Dans les temps anciens, Varian le sait, beaucoup de femmes peaux-rouges ont été utilisées par des hommes peaux-beiges, d'où le nombre important de Métis en OverNorth. Peut-être Dorothée Lejeune a-t-elle voulu prendre sa revanche pour cette histoire tragique?

Un dimanche matin, arrivant à la cathédrale en avance pour la répétition de la chorale, Varian voit des ballons de fête multicolores éparpillés sur le sol dans un coin du parking. Il en ramasse un. Rapide choc de révulsion de sentir un liquide visqueux se répandre sur ses doigts. Des blagues et des gags des autres garçons, il a appris que le mot *chism* veut dire sperme, mais il ne sait toujours pas de quoi il s'agit au juste. Il sait que cela se passe en bas chez les hommes, que les hommes giclent parfois de là, maintenant il sait qu'ils giclent aussi dans des baudruches.

Il fait de son mieux pour apprendre et comprendre, mais comment distinguer les vrais faits et gestes des plaisanteries ? Par exemple, les grands garçons aiment se moquer du vitrail de la cathédrale qui montre la Tentation du Christ dans le désert – cadeau de retraite d'un ancien choriste à un chanoine maître de chant. "Qu'est-ce qu'il est sexy, ce diable ! disent-ils en rigolant. Regarde comme il tire sur la manche de Notre-Seigneur pour l'exciter ! Ah ! cet enfant de chœur a dû bien connaître le canon du *canonicus*, c'est sûr !"

Ce genre de blague plonge Varian dans la confusion. Des images affolantes déboulent dans son cerveau tels des mimateurs dans les cuisines, riant et gesticulant, et il ne sait comment les organiser ni où les ranger.

Il commence à faire des rêves qui soulèvent tout son corps, le chamboulent et le terrifient. Le matin, il se réveille crispé et raide, mais pour l'instant aucun *chism* n'est sorti et il aimerait pouvoir oublier que ce mot fait partie de catéchisme parce que le catéchisme est tout le contraire de cela : du pur esprit. Il a appris son catéchisme par cœur et peut le débiter sans réfléchir, car ses questions tournent autour de la Sainte Trinité, du paradis, de la mort et de l'église, et ce ne sont pas là des thèmes qui le tracassent. Les thèmes qui le tracassent sont les pénis, les seins et les vagins. Il veut à la fois savoir et ne pas savoir ce que font ensemble les hommes et les femmes.

La pêche à l'Île Grise a beaucoup changé depuis la jeunesse de Ross : si son père était encore en vie, il ne reconnaîtrait plus le métier. La concurrence est devenue âpre, les eaux de l'OverNorth grouillent de chalutiers étrangers, et la goélette est chose du passé. Les filets sont énormes. Les bateaux vont plus loin et restent plus longtemps en mer. Équipés de sonars inventés lors de la Deuxième Guerre pour chasser les sous-marins ennemis, ils peuvent repérer les bancs de poissons et en ramasser à la tonne. La prise est gigantesque, la prise accessoire aussi. Parfois Ross a l'impression qu'ils font la guerre aux poissons.

Il part maintenant des semaines d'affilée et rentre épuisé. Découragé. Silencieux. Il frôle la cinquantaine, et ses cheveux grisonnent. Des lignes déplaisantes lui sont apparues sur le front : trois rides parallèles au-dessus du sourcil gauche, car il lève souvent ce sourcil en une expression de perplexité ou d'irritation qu'il n'avait pas autrefois. Il a perdu le goût, non seulement des limericks et des calembours, mais même du corps de son épouse. Le travail avale toute sa force. Et, même si Beatrix aurait du mal à l'admettre, la vérité c'est que, trois ou quatre jours après le retour de son mari, elle commence à attendre avec impatience son prochain départ.

Son fils illumine sa vie. Il est là, l'enfant précieux qui s'était accroché tout bébé à son sein et avait tiré sa force vitale de son corps. Pourquoi Ross est-il si inquiet? Quel mal peut-il nous arriver, tant que cet enfant incroyable se trouve parmi nous?

Le miracle se renouvelle de jour en jour. Quand elle entend sur le perron le pas léger de Varian à la fin de sa journée d'école, elle retient son souffle. Elle est sûre que Marie cessait pareillement de respirer en entendant rentrer son petit Jésus, bouleversée de se dire qu'ils allaient passer la soirée en tête à tête, la mère et le fils (Joseph ne figure jamais dans le tableau).

Après le thé, tandis que Beatrix se lance dans les préparatifs du souper, Varian fait ses devoirs à la table de la cuisine avec sa toile cirée à fleurs bleues. Elle adore le surprendre avec des recettes nouvelles, couleurs subtiles, goûts et textures qu'elle combine avec le flair d'une artiste. Toutes les préparations possibles à partir d'ingrédients peu nombreux : lentilles et épices, carottes et patates, pommes et poires. Chaque repas une célébration. Oui, se dit Beatrix, ceci est notre eucharistie. Notre messe secrète et partagée.

Quand tout est prêt pour la cérémonie, elle allume les bougies et Varian éteint le plafonnier. Ils s'assoient l'un en face de l'autre, baissent la tête et remercient le Seigneur. Quand Varian s'exclame de l'excellence du repas, Beatrix a le cœur qui bondit dans la poitrine. Elle a du mal à avaler. Jamais elle n'a connu une joie aussi puissante, capable de transformer chaque instant de la vie en une fleur colorée et tremblotante. Après le souper, quand elle a fini de ranger la cuisine et pris place dans son fauteuil à bascule avec un peu de couture ou de broderie, Varian chante pour elle *a cappella*.

C'est bientôt le dimanche de Pâques 1990, journée à marquer de *deux* pierres blanches dans la vie de Varian : dans la cathédrale anglicane de Codborough, il chantera ce jour-là le rôle soprane de Maria

Jacobi dans l'*Oratorio de Pâques* de J.-S. Bach, puis fera sa première communion avec les autres jeunes confirmés. À mesure qu'approche la date, il commence à s'entraîner tous les soirs. Debout devant la fenêtre, sa silhouette découpée contre le jour mourant, il chante en allemand pour sa mère avec douceur et ardeur, et Beatrix écoute et reçoit son chant. Jésus est mort, c'est le Vendredi saint, et, dans la langue maternelle de sa mère, Varian chante le rôle de la Mère de Dieu. Maria Jacobi sait que son fils est destiné à de grandes choses et qu'il ressuscitera d'entre les morts. Pendant que son propre fils lui chante ces paroles incroyables, des souvenirs s'éveillent dans le cœur de Beatrix et lui inondent le cerveau, images très précises d'elle-même, petite fille aux yeux ronds, entrant dans la grande cathédrale de Cologne flanquée de ses deux parents beaux et élancés, et totalement transportée par la cérémonie de Pâques, la procession majestueuse de prêtres et d'évêques avec leurs mitres aux pierres précieuses et leurs soutanes brodées or, les encensoirs d'où monte en volutes une fumée piquante, la foule de fidèles qui se lève comme un seul homme pour entonner un cantique, leur voix portée par les orgues en une vague assourdissante : *"Alléluia, le Christ est ressuscité !"*

Mais, quelques petits mois avant le début de la guerre, devinant la sinistre pente du siècle, ses parents l'avaient envoyée vivre avec une de ses tantes de l'autre côté de l'océan... lui sauvant ainsi la vie. En mai 1942, tous deux avaient péri lors du raid des mille bombardiers sur Cologne. Beatrix sait que la cathédrale de la ville a été miraculeusement épargnée ; elle y retourne souvent dans ses rêves pour revivre l'extase de ce lointain office de Pâques... Et voilà que, dans un allemand parfait et sans accent, son fils lui chante l'*Oster-Oratorium*! *"Ein schwaches Weib muss euch beschämen !"* chante-t-il. Il faut qu'une faible femme vous confonde! Et, plus tard : *"Seele, deine Spezereien Sollen nicht mehr Myrrhen sein.* Âme, tes aromates Ne doivent plus être de la myrrhe." Non, on n'a plus besoin des épices de la mort, car le Christ n'est plus dans sa tombe, Il s'est levé d'entre les morts pour vivre à tout jamais, et, par la grâce de son amour infini, tous les morts ressusciteront! Les parents de Beatrix auront la vie éternelle, eux aussi!

Elle n'a pas de souvenir de sa traversée de l'océan à l'âge de cinq ans et demi. Elle sait qu'un ami de la famille, curé à la retraite, l'a accompagnée dans ce voyage qui a duré une semaine, et qu'il l'a laissée avec sa tante Charlotte, vieille fille qui travaillait comme pharmacienne à Codborough. À peine quelques semaines plus tard, l'Île Grise – pas une province de l'OverNorth à l'époque mais un simple territoire, toujours sous l'autorité de la terre-mère royale – s'était trouvée en guerre avec l'Allemagne. Du jour au lendemain, les Allemands locaux étaient devenus *persona non grata*, objets de suspicion et de colère. La tante Charlotte avait été physiquement restreinte dans ses mouvements et socialement ostracisée. La stigmatisation des Allemands avait persisté bien après la guerre. Au long de l'enfance et l'adolescence de Beatrix, elle et Charlotte n'avaient parlé que l'anglais en public, ce qui n'avait pas empêché les gamins de Codborough de les traiter de putes nazies et de leur lancer des cailloux.

De sa tante, Beatrix avait appris les rudiments de la pharmacie, de la cuisine et du ressentiment politique ; elle était bien partie pour apprendre le célibat en plus quand Ross, venu un jour à la pharmacie Doyle chercher un remède pour une brûlure de corde, lui avait épargné Dieu merci ce triste destin en tombant fou amoureux d'elle. Oui, Dieu merci… car, dans les profondeurs de son cœur, Beatrix était une femme passionnée ; depuis de longues années déjà, elle rêvait que les mains et les lèvres et le sexe d'un jeune homme viennent stimuler ses seins et ses cuisses, allumer le volcan entre ses jambes, souffler sur ses braises intérieures, appeler à la surface ses laves tourbillonnantes, et transformer les étangs placides de ses sourires en cascades de rire étincelantes.

"Denn allein, chante Varian de sa voix haute et pure, pendant qu'elle se balance doucement dans son fauteuil à bascule, et lorsqu'il braque sur elle son regard vert brûlant, elle reçoit le chant dans tout son corps et le laisse lui remplir l'âme. *Car seul le resplendir de la couronne de lauriers   Apaise ton vœu inquiet…"*

Depuis qu'elle est venue vivre sur la côte nord avec Ross, Beatrix n'a jamais évoqué ses origines allemandes, et jusqu'à l'arrivée de Varian elle n'avait plus dit un mot d'allemand. Là, ses élancements d'anxiété se calment enfin : l'enfant guérit le vieux chagrin du deuil de ses parents, et elle sait avec certitude qu'il sera couronné de lauriers un jour.

À la fin du morceau, ses mains remontent à ses joues et les trouvent mouillées de larmes.

C'est aujourd'hui le dimanche de Pâques. Les plus beaux vitraux de la cathédrale se trouvent juste en face des stalles du chœur ; pendant l'office Varian dirige son regard non vers la Tentation du Christ mais vers son préféré, l'Adoration des mages. Éperdus d'amour, Vierge et Enfant sont seuls dans le panneau central, et dans les panneaux voisins quatre hommes les adorent à genoux : Melchior et Gaspard à gauche, Balthazar et Joseph à droite. Voilà comment les choses devraient être, estime Varian. Ah ! s'il pouvait passer le reste de sa vie à chanter en allemand pour sa mère ! L'amour de Beatrix est la chose la plus sûre et la plus solide du monde.

Quelques instants après avoir entonné les premières mesures de l'*Oratorio de Pâques*, il se rend compte qu'il durcit là-bas, mais sa voix n'en sort que plus haute et plus puissante. Tenant la partition de la main gauche, il s'appuie contre le banc devant lui et glisse la main droite vers le bas, puis, fixant toujours l'Adoration, caresse son soi à travers l'aube. Parvenu au chœur ultime de l'*Oratorio*, la chose se produit enfin : anéanti par la tendresse de Marie, il déborde tout en chantant : *"Jauchzet, ihr erlösten Zungen..."*

> *Jubilez, langues déliées,*
> *De ce qu'on entend dans le Ciel*
> *Ouvrez, vous les Cieux, vos arcs de Triomphe*
> *Le Lion de Juda vient passer triomphant !*

Peu après, garçon gracile parmi des garçons plus costauds, il s'agenouille pour sa première communion. Les doigts du prêtre sentent la sueur et le tabac, et au moment de lui poser l'hostie sur la langue son pouce frôle carrément la lèvre de Varian. Plate et ronde, insipide et fine comme du papier de soie, l'hostie lui colle au palais. Il sait qu'il ne faut pas la mâcher (sous peine de quoi, au juste ? d'être foudroyé ?), alors il utilise sa langue pour la frotter contre son palais, encourageant discrètement la salive à monter du fond de sa bouche et aider à la dissoudre pour qu'il puisse l'avaler avant que le prêtre ne s'arrête à nouveau devant lui. Le voici qui justement approche avec le calice en argent ; il le penche vers lui après en avoir prestement essuyé le bord d'un tissu blanc pour ôter les microbes du garçon à sa droite. Varian sent contre ses lèvres la surface fraîche et lisse et le rebord net de la coupe, un peu de liquide magenta lui glisse soudain dans la bouche et son acidité le surprend, il avale de travers et le vin lui remonte dans les narines. Le prêtre s'éloigne, tout en essuyant pour le garçon à sa gauche les microbes de Varian.

Quand tous les choristes ont communié, ils se lancent dans l'*Alléluia* et, banc par banc, le reste de l'assemblée avance jusqu'à l'autel.

A-t-on communié l'âme pure ?   Il ne faut   pas remarquer que *pure* a les quatre mêmes lettres que *peur* ou que *puer*   mais *puer*   c'est aussi l'enfant en latin   comme dans *puéril*   L'âme du *puer* doit   rester *pure* et ne pas avoir *peur*   Il faut éviter   la confusion   à tout prix La Vierge peut montrer ses seins   en   public alors que   la grande prostituée de *Baby alone* n'en a pas le droit   Tandis que les yeux   absorbent les seins ronds et pleins de la Vierge   le sang afflue dans le soi   qui   se lève tout seul   Tout   le corps tendu et crispé dans l'arc de l'hystérie   la tête rejetée en arrière   les yeux grands ouverts   on accepte son amourlait   on le reçoit   on le boit   à grandes goulées   Les yeux ne se referment qu'au moment du   cata   chisme On est frappé de l'intérieur par   la foudre   catapulté jusqu'à l'Apocalypse par le feu céleste   le cerveau   explose

Christ est ressuscité, alléluia!
Lumières de nos cœurs, Sagesse de Dieu! Alléluia!
L'amour a triomphé de la mort, alléluia!
La pierre du tombeau est roulée, alléluia!

Chantant d'abord à l'unisson, les voix se séparent ensuite en lignes harmoniques. Celles des autres garçons sont des montagnes et celle de Varian s'élance sur la ligne de crête, volant joyeusement de sommet en sommet. Quand sa mère vient se mettre à genoux pour communier, il voit que son père n'est pas monté à l'autel avec elle.

En descendant aux vestiaires après l'office, Varian trébuche et manque tomber dans l'escalier. Les autres le charrient.

"Regarde Varian, il est pompette!

— Hé, Varian! T'as bu un coup de trop?

— On t'a pas expliqué qu'il fallait pas siffler tout le calice?"

Il se dirige vers son casier, ôte surplis et aube, les plie soigneusement sur la haute table pour le dimanche suivant. C'est alors que Rick Riley, grand gaillard de dix-neuf ans dont la voix a dégringolé cette année de soprane à basse, glisse un papier sous son aube, de telle façon que Varian ne peut manquer de le voir en repliant le tissu.

Ses mains se figent sur le vêtement. Elles étaient sur le point de le soulever, et ne le peuvent plus. Elles sont sans force. Ses yeux non plus ne peuvent se détacher de la photo que Rick vient de poser là.

Deux hommes   dans une femme

Le choc l'atteint au cœur. Aux poumons. À l'âme. Il est tétanisé. Son visage devient écarlate, puis livide.

"Voyons voyons, qu'est-ce que c'est? s'exclame Rick Riley de sa grosse voix de basse en ramassant la photo. Mais… est-ce Dieu possible? Eh! les mecs! Regardez ce que cache Varian MacLeod dans les manches de son surplis! des images cochonnes! Eh bien, jeune homme, vous me surprenez. Jamais je n'aurais cru cela de vous…"

Rires à la cantonade, rauques et railleurs, un lit de rocaille. Enfin les autres garçons s'en vont, Varian les entend remonter l'escalier en une ruée assourdissante. Il se retrouve seul dans les vestiaires, les yeux toujours braqués sur l'aube blanche, le corps toujours paralysé.

Assis sur les marches du perron, Ross fixe le crépuscule. Varian, lui, regarde Beatrix faire la cuisine. Elle garnit le fond de deux plats avec de la choucroute faite maison – merveille qu'elle a fait mariner à la fraîcheur du garde-manger pendant des semaines dans un pot Mason avec des graines de moutarde, des graines de cumin et des baies de genièvre. Elle ajoute des blancs de poulet en sauce à l'un des plats barbecue, des pommes de terre nouvelles à l'autre, puis glisse les deux dans le four.

"Pourquoi   on a le droit de parler du   sein de la famille mais pas du sein des femmes? Ce   n'est   pas le même mot?

— Si, *mein Schatz*, répond Beatrix, mais les seins des femmes relèvent de leur intimité.

— Alors pourquoi   quand elles allaitent   elles les montrent   à tout le monde?"

Varian parle d'une voix douce mais flûtée, et sur le ton de l'urgence. Il danse sur la pointe des pieds et remue les mains dans le vide. Il veut des réponses à ses questions.

"Oh! ça, ça ne compte pas!

— Parce qu'à ce moment-là leurs seins deviennent publics?

— Ben... d'une certaine façon, oui.

— Et c'est quand qu'ils redeviennent intimes?

— Quand elles cessent d'allaiter.

— Et si une jeune maman laisse son bébé à la maison et montre ses seins en public on peut l'arrêter pour attentat à la pudeur?

— Euh... sans doute que oui.

— Mais du moment que son bébé l'accompagne ça va

— Que de questions, *Engelein*!

— Elle a le droit de dénuder ses seins même si son bébé dort?"

Beatrix regarde son fils pour voir s'il plaisante. Il ne plaisante pas, mais elle ne peut s'empêcher de rire. Elle se tient là devant le four et rit à gorge déployée.

Le visage en feu, les mains sur les oreilles, Varian sort de la maison en courant et se heurte de plein fouet à son père, qui quittait justement le perron pour revenir dans la maison. L'impact de la collision est si violent que père et fils dégringolent la moitié des marches ensemble... mais en se relevant dans la pénombre, ils n'échangent pas un mot.

BLEU

Eris Khallil ôte son hijab bleu, le froisse jusqu'à l'inexistence et le fourre dans son sac à main. Son cœur cogne et cogne et cogne dans sa poitrine. Elle regonfle sa chevelure aplatie, grimpe sur la cuvette des WC, pose un pied sur le réservoir d'eau et parvient en se tortillant à quitter la mosquée en passant par la fenêtre des toilettes dames. M'en contrefous : voilà la pensée qui s'élance tel une javeline contre le plafond de son cerveau. Tuez-moi si vous voulez, m'en contrefous. J'aime mieux être tuée qu'empêchée de vivre.

Elle s'érafle le genou en glissant le long du mur mais peu importe, elle est en bas, dehors, partie. Elle se dirige vers la rivière. Son cœur bat fort et des gouttes de sueur lui coulent dans le dos. M'en contrefous des obligations du vendredi, du bain rituel et de la prière de Jummah. M'en contrefous de la sourate sur les Gens de la Caverne, des prières pour le Prophète *que les prières d'Allah soient sur lui*, et de l'interminable sermon de l'imam. M'en contrefous de la prière de Jummah pour la *rakat* manquante, des supplications et tout le bataclan.

Elle extirpe son iPod de son sac, se le met autour du cou et dans les oreilles, et commence à courir au rythme de la meilleure chanson de l'histoire de l'univers, une toute récente – *l'attraction, la tension* – oh j'suis folle amoureuse de Juan Camilo, voilà ce qui se passe dans ma vie. Oui t'as raison maman, il a la peau noire, oui t'as raison papa, il est né en Colombie... et alors? Tu veux aller chercher une sourate du Coran pour prouver que ta fille doit à tout prix éviter les beaux nègres colombiens?

À l'automne, Eris et Juan Camilo entameront leur dernière année de lycée. J'ai pas demandé à naître à Luniville, se dit-elle, ni au sein d'une famille pour qui le vêtement dernier cri est la camisole de force. L'an prochain, on sera tous les deux majeurs et on foutra le camp d'ici.

Le soleil de la mi-juillet flamboie, incendiant sa peau dorée. L'air est immobile. Son débardeur à rayures bleues et au décolleté profond, volé l'autre jour chez Reitmans, laisse nus son ventre et le haut de ses seins naissants. Jamais en mille ans sa mère ne l'autoriserait à porter pareil vêtement. Oh! la peau! montrer ta peau! petite putain! Sur son épaule nue: une zébrure, laissée par la dérouillée que lui a flanquée sa mère la veille au soir.

Anonymement, sur le Net, avec l'aide d'Azar la sœur cadette d'Eris, Oum Khallil avait demandé conseil à un imam. Elle aurait eu trop honte d'avouer à l'imam de Luniville en personne qu'elle avait un problème aussi grave: "Que faire avec une fille de dix-sept ans qui refuse de dire ses prières?" L'imam d'Internet lui avait aussitôt répondu qu'elle avait raison de prendre ce problème au sérieux, car il y avait dans le monde moderne un risque grand et véritable que les filles s'égarent. Il avait cité le Prophète qui dit : "Apprenez à vos enfants à faire la prière à l'âge de sept ans et tapez-les s'ils refusent de prier quand ils en ont dix. Ne les faites pas dormir dans le même lit." Et même si le Prophète n'avait pas précisé la conduite à suivre si le problème persistait jusqu'à l'adolescence, la mère d'Eris avait décidé que si l'on pouvait les taper à dix, on pouvait bien leur foutre une raclée à dix-sept. C'est ce qu'elle avait fait, attrapant une ceinture dans la garde-robe de son mari, verrouillant la porte de sa fille, la jetant sur le lit et la fouettant avec frénésie pour la ramener dans l'Oummah. "C'est pour ton bien ! avait-elle soufflé en faisant pleuvoir des coups sur son dos tandis qu'Eris se recroquevillait en sanglotant. Avant que tu ne plonges la famille dans le déshonneur !"

Va te faire foutre, se dit Eris maintenant. Allez vous faire foutre, tous autant que vous êtes. Dès que j'arrive à la rampe de mise à l'eau, je vais montrer mon cul à La Mecque, voilà ce que je vais faire. M'en contrefous de l'Oummah, moi ! J'ai envie de chanter ! et de danser ! et d'aimer mon homme !

Cela fait déjà cinq ans que Shakira est son idole : depuis le jour où, âgé de seulement douze ans, Juan Camilo lui a fait écouter l'album *Laundry Service*. Ces jours-ci elle marche, pense et vit aux rythmes de la sublime, la fabuleuse, l'incomparable Shakira. Voilà une femme qui sait ce que veut dire le mot liberté, oh *oui* ! Sa musique est libre, sa voix est libre, les mouvements de son corps sont libres... et moi, Eris, je vais mettre le feu au monde de la même manière ! Moi, Eris Khallil, je vais chanter, danser et crier jusqu'à ce que je sois libre !

Elle et Juan Camilo prévoient de s'enfuir de Luniville ensemble l'an prochain. Ils iront en stop jusqu'à

L. A. et trouveront un boulot en attendant de se faire connaître dans le monde de la pop. Juan Camilo chantera avec elle, tout comme Wyclef Jean chante avec Shakira. Ils danseront, s'élanceront, s'égosilleront, transpireront et se feront de grands signes de connivence sur scène, déversant leur cœur dans le micro, et leurs fans, fous de joie d'assister à un spectacle du duo mythique Eris-Juan, allumeront leurs briquets par milliers. Amplifiée à outrance, la musique les soulèvera de terre. Des stroboscopes brillants, multicolores, fendront et chamarreront la nuit. La voix d'Eris ira frapper le plafond. Ses ventes dépasseront celles de Shakira : pas dix, pas quinze, mais *vingt* millions de chaque nouveau single. Ébahies, les foules écouteront Eris et Juan Camilo chanter qu'il faut prendre sa vie en main. Leurs fans connaîtront par cœur leurs paroles sauvages et les chanteront avec eux : *Faut apprendre à être libre.*

Certes, elle sait que des millions de jeunes femmes de par le monde rêvent de devenir pop stars. Mais pour moi, se dit-elle, ce n'est pas un rêve. Pour moi c'est un besoin vital. Si j'y arrive pas je vais mourir, alors je dois y arriver. Je dois le faire et je vais le faire.

Le père de Shakira, tout comme le père d'Eris, est d'origine libanaise… Ah mais la ressemblance s'arrête là, car le daron de Shakira a émigré vers le sud et celui d'Eris, hélas ! vers le nord. Jamais il n'aurait accepté qu'Eris, âgée de quatre ans, danse sur la table du restaurant moyen-oriental du quartier, jamais il n'aurait souri en hochant la tête et en l'accompagnant au *doumbek*, jamais au grand jamais il ne l'aurait encouragée à monter sur une scène.

Ingénieur de son état, le père d'Eris est un des gros bonnets de la communauté musulmane de Luniville.

Il a un diplôme du département d'ingénierie et d'architecture de l'American University of Beirut, et ne permettra à personne de l'oublier. "Toutes les autres familles nous admirent! Notre honneur est sacré! Tu ne dois pas nous faire honte!" Les Khallil se sont installés à Luniville dès les années quatre-vingt. Ils figurent parmi les trente familles musulmanes ayant financé en 1989 la construction du *masjid* de la ville, superbe mosquée dont la salle de prière peut accueillir pour les prières rituelles jusqu'à deux cent cinquante personnes. Oum Khallil était enceinte à l'époque, et ils se demandaient en riant quel événement ils auraient à fêter en premier, de l'inauguration du *masjid* ou de la naissance de leur fils.

Pas une seconde il ne leur est venu à l'idée que ça pourrait ne pas être un fils, se dit Eris. Catastrophe, ils se sont retrouvés avec un machin à vagin : moi. Une deuxième tentative, en 1993, s'est soldée par un deuxième échec, auquel ils ont donné le nom d'Azar. Après quoi, plutôt que de courir le risque d'un troisième fiasco, ils ont tout bonnement renoncé à procréer. "Tout ce qu'on peut faire, c'est élever nos filles du mieux que l'on peut, et prier pour qu'elles épousent de bons musulmans et mettent au monde des garçons."

Depuis qu'Eris est née il y a dix-sept ans, la population musulmane de Luniville a plus que décuplé, passant de quelques centaines à dix mille. Le *masjid*, somptueux en 1989, a l'air riquiqui aujourd'hui. Il est plein à craquer chaque vendredi ; les jours des grandes fêtes, comme l'Aïd, il déborde littéralement de musulmans venus du monde entier se prosterner cinq fois par jour et se répéter en boucle que les femmes doivent se cacher.

En nage et en rage, Eris court. Ses pieds frappent et frappent le bitume brûlant. Quand le trottoir prend fin, elle entre dans l'épais bosquet d'arbres qui sépare la ville de la rampe de mise à l'eau.

Shakira a écrit sa première chanson à huit ans. La chanson avait pour thème les lunettes noires que portait en permanence son père : il était triste car l'un de ses fils s'était tué en moto. Comme elle adorait son papa, la petite Shakira voulait l'aider à oublier sa douleur et à faire plus attention à elle. Alors elle s'est mise à chanter pour lui, et à danser sur les tables, jusqu'à ce qu'il commence à l'accompagner au *doumbek*. Quoi que je fasse, se dit Eris, mon père ne sera jamais fier de moi. Il passe son temps devant la télé, à regarder Al Jazeera grâce à la parabole sur le toit. Surtout en ce moment, car les Israéliens ont décidé de pulvériser la ville de Beyrouth une fois de plus. Mon père tient le décompte des victimes, il dit que pour chaque juif tué il y a toujours dix ou vingt Arabes. Jusqu'ici son calcul est juste : l'autre jour, d'après les chiffres officiels, les Israéliens avaient perdu une centaine d'hommes et les Libanais, plus de mille. Ça lui rappelle une autre fois, en 1982, quand Israël est entré au Sud-Liban puis a envahi tout le pays jusqu'à Beyrouth. En tout, vingt mille Arabes ont perdu la vie cette fois-là, et même pas mille Israéliens. C'est justement ce qui l'a poussé à émigrer en OverNorth. Je sais pas pourquoi il a la nostalgie de son pays d'origine. On dirait que le Liban a toujours été en guerre! Quand il était jeune, il y avait une méga-guerre civile où tout le monde massacrait tout le monde, son père a été tué dans un attentat à la bombe et sa mère est devenue dingo, alors ses frères et sœurs se sont éparpillés dans le monde entier. D'après mon père il y a deux fois plus de Libanais à l'extérieur qu'à l'intérieur du Liban. Maintenant il s'installe devant la télé et regarde les ponts de sa ville bien-aimée sauter les uns après les autres, comme s'il avait envie d'y être! Hé, papa! T'as quitté le Liban il y a, genre, un quart de siècle, alors quitte-le, tu veux? Ou du moins laisse-moi le quitter! Moi je suis née à Terrebrute et j'ai passé toute mon enfance ici, faut me laisser mener une vie de Terrebrutienne! J'ai le droit de vivre!

Dégoulinant de sueur, haletante, le cœur et les pieds lancés à fond dans deux rythmes différents, eni-vrée par sa propre indignation, toute à la joie de ses sensations extrêmes, Eris ne remarque pas qu'elle est suivie. La chanson préférée lui bat dans les oreilles, dans la chair et dans tout le système nerveux.

> *J'commence à te sentir mon chéri*
> *Allons-y, tout lentement oh oui*
> *Tu vois pas amour qu'c'est juste parfait ainsi*
> *Don't you see baby asi es perfecto?*

Juan Camilo lui avait appris quelques mots d'espa-gnol pour l'aider à comprendre les paroles, et pour-quoi il y a jamais de paroles aguichantes en arabe, maman? Pourquoi on n'a jamais le droit de faire la danse du ventre parmi nos voiles tourbillonnants pour allumer les hommes, comme Oum Kalsoum le faisait dans le temps, hein? Pourquoi Allah nous a donné un corps sexy s'il ne voulait pas qu'on s'en serve? C'est ce que nous pensons, nous, Juan Camilo et moi. Nous pensons que le corps a été fait pour bouger et swinguer, pas juste pour se prosterner dans la prière ou la *salât* et répéter encore et encore les mêmes mots débiles.

Voici trois jours, ils ont vu ensemble le clip *Les hanches ne mentent pas* à la télé chez Juan Camilo. Ses parents, eux, ne sont pas constamment branchés sur Al Jazeera, ils ont la télé normale, et sa mère est toujours accueillante et chaleureuse avec Eris. Un peu plus tard, dans la chambre de Juan Camilo, ils se sont mis à danser ensemble sur les rythmes de *Hips Don't Lie*, tout en scandant chacun sa prière quotidienne, lui en espagnol et elle en arabe :

Padre nuestro que estás en los cielos   Allahu Akbar
Santificado sea tu nombre   Subhana rabbi al adheem

Juste au moment où, de sa voix la plus sensuelle, Eris susurrait le dernier vers de la *salât* dans un micro imaginaire – *"Assalamu alaikum wa rahmatullah"* –, Juan Camilo s'était pressé contre elle tout dur et chaud et avait dit : *"Señorita, sens la conga – oui! Bouge comme si tu venais de la Colombie!"* Écroulés de rire, ils étaient tombés dans les bras l'un de l'autre, et, au moment de se quitter ce jour-là, elle avait glissé une phrase dans la belle oreille noire de Juan Camilo, citant Shakira une fois de plus : *"Sois fort   Déchiffre bien les signes de mon corps."*

Derrière elle, sans bruit aucun. Caché par les arbres.

Comme elle approche maintenant de la rampe de mise à l'eau, elle veut à tout prix éliminer de son esprit sa rage et ses bouderies de petite fille. Se préparer pour l'arrivée de son amoureux, être femme pour lui, et rien d'autre. Elle a quelques minutes d'avance, il n'est que midi moins dix et ils se sont donné rendez-vous à midi pile, Juan Camilo a emprunté le bateau de son père, ils descendront la rivière en dérivant, passeront l'après-midi ensemble dans le bateau, c'est peut-être aujourd'hui qu'elle perdra sa virginité, qui sait, ils n'ont pas fait de projet précis mais ça pourrait arriver. Juan Camilo a promis d'apporter un pique-nique mais aura-t-il pensé à la protection ? Elle a envie de se concentrer entièrement sur la préparation de son corps pour son grand amour. Dans sa poitrine, son cœur est un petit oiseau dont les ailes battent follement. Elle pose son sac à main par terre et en retire le hijab bleu pâle. Se le met sur la tête et s'en recouvre tout le corps. Attend, en respirant au rythme d'un tambour imaginaire. Sélectionne sur son iPod, une fois de plus, *Hips Don't Lie*. La chanson reprend – *No fighting! Pas de bagarre!* – et, pour la énième fois, chantant d'abord tout bas, puis tout haut, puis à tue-tête, elle entre dans les paroles de Shakira et les fait siennes.

Eris Khallil danse. Les yeux fermés, la tête rejetée en arrière, elle soulève son voile bleu très haut dans les airs et se met à virevolter, fait sautiller ses hanches et ses fesses charnues, remue son corps comme une Colombienne, ou comme les danseuses du ventre magnifiques qui entourent Shakira sur scène. Elle caresse de ses propres mains son ventre et ses seins, qui s'arrondissent un peu plus chaque jour. *"Oh boy"*, dit-elle dans un soupir à Juan Camilo, les yeux fermés, balançant les hanches au rythme de la musique et tournoyant toute seule dans la forêt, sous le voile bleu.

Quand elle en vient au couplet *I can see your body moving… Je vois ton corps qui bouge   Mi-animal, mi-homme*, les centaures et satyres dans le livre de son père sur l'art ancien du Liban lui reviennent en mémoire et elle manque se pâmer de désir. Son père lui avait montré ce livre pour la première fois quand elle avait sept ans. Il tenait beaucoup à ce que sa fille connaisse son pays d'origine, qu'elle en soit fière. Tout en lui parlant des Phéniciens, des Romains et du village de Byblos où était né l'alphabet, il avait tourné lentement les pages. Eris avait été médusée par les centaures, ces créatures mi-homme mi-cheval, luttant face à face sur un sarcophage à Sidon... et par les étonnantes statues de satyre à Baalbek, mi-homme mi-bouc. Elle avait remarqué que chaque fois la moitié humaine se trouvait en haut et la moitié animale en bas. Au long des années suivantes, elle était souvent entrée dans la bibliothèque, quand son père était au travail et sa mère occupée à la cuisine, pour reprendre le livre sur l'étagère, fixer les images à nouveau et s'y laisser glisser jusqu'à ce que son regard se fige et que tout son corps se fonde...

"Tu m'hypnotises", chante-t-elle, si bouleversée par sa propre attente qu'elle en pleurerait presque.

VERTIGES

Dès qu'on a rejoint l'équipe   d'AbsoBrut, monsieur   on a dû prêter serment   jurer de garder
les secrets   de la compagnie   et de ne jamais la
trahir

Vous verrez   a-t-on dit à l'accusé   Ici-haut
nous formons tous une grande famille   Et c'est en
famille que nous lavons notre linge sale   Rien de
ce que vous voyez et entendez ici   pas la plus petite
bribe d'information   ne doit quitter le site   Vos
lèvres doivent être scellées Compris?   Pas de visites
féminines dans les logements   Compris?

Au fond   cette dernière règle   l'arrangeait   à
une exception   près Une ou deux fois par
mois Leysa   la sœur cadette de Luka   sautait
dans un avion à Rodeotown et   venait leur rendre
visite   à l'infirmerie   Luka et Leysa étaient
d'ascendance   ukrainienne Leurs grands-parents
Romanyuk   avaient émigré en Terrebrute   dans
les années trente   et elle   elle   elle Leysa était
différente   elle avait   une voix   chaude et
basse   que l'accusé parvenait à écouter   Très
difficile de   dire si elle était   marmotte ou
culpette   Leysa aimait les oiseaux Elle savait
tout au sujet des   canards qui avaient péri par

centaines sur les lacs de rétention   les popula-
tions   décimées de merles rouillés de pipits de
Sprague   et de moucherolles à côtés olive   Elle
comptait les grues blanches   qui migraient   vers
le nord   moins nombreuses chaque année   Elle
enseignait la littérature russe   à l'université de
Rodeotown Parfois elle apportait   un livre   et
assise   le temps d'un café   au Centre de maintenance respiratoire   leur lisait   à voix haute
un poème   ou une nouvelle qu'elle affection-
nait   Littérature russe!   aurait dit   le père
de l'accusé en hochant la tête   tu me fais marcher!   À quoi   ça peut bien servir? Leysa était
amoureuse   d'un de ses collègues à l'université   un *collinsi*   en neurologie et psychologie
du nom de Gleb   originaire de Saint-Pétersbourg
Hélas Gleb était marié   Les amants se retrouvaient   chaque fois qu'ils le pouvaient   On
peut faire   des folies pour l'amour   a-t-elle
dit   une fois C'est bien possible   a-t-on
répondu   d'une voix neutre   Leysa et Gleb
parlaient le russe   ensemble et écoutaient de la
musique russe   Elle disait qu'ils   se reconnais-
saient dans les   personnages d'une nouvelle   de
Tchekhov   *La Dame au petit chien*

*Ils ressemblaient à deux oiseaux migrateurs, le mâle
et la femelle, qu'on aurait capturés et forcés à vivre
dans deux cages différentes. Ils s'étaient pardonné l'un
à l'autre ce dont ils avaient honte dans leur passé, ils se
pardonnaient tout dans le présent, et ils sentaient que
cet amour les avait transformés tous les deux.*

Ils étaient spécialement fans   d'un chan-
teur   à la voix rauque du nom de Vladimir Vyssotski   mort à   quarante-deux ans   à la suite

de graves   abus de substances   De temps à autre   Leysa apportait à l'infirmerie   un CD de Vyssotski   Elle leur faisait écouter une ou deux de ses chansons en traduisant les paroles   au fur et à mesure

Un soir   peu de temps après l'arrivée   de l'accusé   c'était l'anniversaire de Luka   ils étaient de nuit   Leysa est arrivée   au CMR avec une bouteille de vodka   et un livre   S'installant sur le lit de l'infirmerie elle leur a lu   jusque tard dans la nuit   une nouvelle   incroyable de Dostoïevski juste incroyable   au sujet d'un garçon de onze ans   Dès la première page   l'accusé a eu envie   de pleurer   On n'avait jamais entendu une histoire si proche de la sienne

Je parle toujours de mes onze ans, c'est qu'en effet j'étais un enfant, rien qu'un enfant. Parmi les jeunes femmes, plusieurs me caressaient volontiers, mais ne songeaient guère à s'informer de mon âge ; cependant – chose étrange –, un sentiment, que j'ignorais encore, s'était emparé de moi, et quelque chose s'agitait vaguement dans mon cœur. Pourquoi ce cœur battait-il si fort par moments, et pourquoi mon visage se couvrait-il de subites rougeurs ?

Hypnotisé   on s'est   accroché au bord du lit   d'infirmerie en buvant les paroles de Leysa   Jamais   on ne s'était à ce point reconnu dans les mots d'un autre   Elle a lu   de minuit   jusqu'à deux heures du matin La nouvelle s'intitulait   *Le Petit Héros*   et pendant qu'elle la lisait   Luka fumait et écoutait   On ne faisait qu'écouter La nouvelle peignait à traits précis le portrait même de sa douleur et   à l'entendre   on frémissait   *Je me sentais parfois*

143

des mouvements de honte au point d'en verser des
larmes. Bientôt je me trouvai isolé dans le tourbil-
lon qui m'entourait. Comment était-ce possible? *Mon cœur palpitait et tressautait dans ma*
poitrine, comme celui d'un oiseau entre les *doigts*
cruels d'un enfant... De la première à la dernière page on a tremblé

Voici comment se termine l'histoire *Mon âme,*
dominée par une sorte de pressentiment, se sentait enva-
hie par une vague et douce langueur. Mon pauvre cœur
effarouché palpitait d'impatience, devinant quelque
chose... Tout à coup ma poitrine s'agita, je sentis une
douleur cuisante, comme si quelque arme aiguë m'eût
transpercé de part en part, et des larmes, de douces
larmes jaillirent de mes yeux. Je me couvris le visage de
mes mains, et, tremblant comme un roseau, je m'aban-
donnai librement au premier sentiment, à la première
révélation de mon cœur. Mon enfance venait de finir...

Après le départ de Leysa l'accusé a fait du café
pour lui-même et Luka et lui a dit que son
enfance à lui aussi avait pris fin à onze ans

C'est là qu'on a entraperçu sa nature pour
la première fois tout comme le petit garçon de
l'histoire sauf qu'en l'occurrence cette nature
était mauvaise

Luka écoutait attentivement alors on a
poursuivi

Ce qui s'est passé ce jour-là à la cathédrale
anglicane de Codborough c'est la découverte
du paradis Le soi fond il n'y a plus que des
yeux des yeux qui avalent la beauté de Marie et
la voix qui chante les mots de Marie qui chante
l'amour d'une mère pour son fils la foi d'une
mère en son fils Telle est ma joienoire ma

noirejoie   la voix qui s'élance tout là-haut   les
yeux dont la soif s'étanche et le soi qui subitement
déborde de doucedouleur

Levant le regard encore on a vu que Luka   écoutait   sans condamner alors on a poursuivi

C'est ce jour-là qu'on a   découvert   pour la première
fois la communion véritable   senti   grâce aux sons et
aux images   les flots de vie les fabuleux brisants
d'élextase   qui traversent le corps   et trouvé le cer-
cle parfait et protégé de la félicité de soi à soi

On s'est tu   Luka a fait oui de la tête   et
son hochement de tête semblait   dire   *Ne t'en fais
pas   Varian   Je comprends* C'était très important
pour l'accusé de penser que son ami pouvait   saisir la gravité et le caractère   sacré de ce qu'il avait
vécu   Peut-être   tous les hommes connais-
saient-ils cela ?

Luka   a posé sa main sur   la main   de l'accusé et on a   éprouvé du soulagement   Il y a
eu un long silence   Puis   prenant son courage à
deux mains   sentant que c'était maintenant ou
jamais   grâce à Leysa et au petit héros de Dostoïevski   on avait l'impression   ce soir-là de
pouvoir tout dire

on a ajouté

Mais c'est ce même dimanche de Pâques qu'a eu
lieu   la catastrophe toutes   les catas   dans tous
les schismes   fissures falaises et malaises

Luka a levé un sourcil et   on lui a   raconté
la photo Cette fois le silence   a duré plusieurs minutes   L'accusé avait-il détruit   leur
amitié ? Cette idée lui glaçait les sangs   mais
Luka   n'avait pas retiré sa main   Enfin il a dit
d'une voix calme

Et c'est ainsi   que tu es devenu accro à la dope
Quoi ? a-t-on dit   pris au dépourvu
Mais oui a dit Luka   on peut être   intoxiqué
par la dopamine   ses propres fluides ses propres
hormones   les endorphines acrobates   qui
piquent et fouettent sautent   et plongent   font
des tours dans son propre sang   Et ayant une
fois atteint le sommet   ayant connu   l'élextase   avec cette dose-là   on aura besoin d'une
dose   plus forte   la fois suivante   il faudra
donc parvenir   à un taux plus élevé de   dopamine d'adrénaline   C'est ainsi que croît sans cesse
le besoin d'auto-assistance   et peut-être au bout
d'un moment on a peur de ce qu'on pourrait faire
dans la vraie vie
L'accusé a hoché la tête en   avalant sa
salive   On ne pouvait pas parler à Luka de   l'in-
tensité   de cet   empire qui empire   lui dire
qu'au bout d'un moment pour vénérer   le véné-
rien il faut les images   de culpettes proster-
nées ou agenouillées   des culpettes devant des
mâtres   des culpettes   qu'on   perce et frappe
pendant qu'elles sanglotent   et implorent   des
culpettes qu'on écartèle   pendant qu'elles
halètent et hurlent   des culpettes qu'on mutile et
étrangle   parce qu'elles   ne devraient pas tour-
noyer ainsi   se trémousser frétiller onduler   ainsi
dans   leurs robes sournoises soûlantes moulantes
et scintillantes   Elles *sont*   le serpent   oui
depuis la Genèse depuis la nuit des temps   Elles
enfoncent leurs seins dans ta bouche   et jouent
de ton orgue Elles sont la grande Prostituée   de
Baby alone Elles t'envahissent et te contrôlent
de leur voix aiguë   perçante Encore et

encore   on doit réduire au silence les   marmottes et les culpettes   Par-dessus tout on doit
les empêcher de chanter   Leurs voix ne doivent
pas remplir l'air

En tout cas   on peut dire   que tu es venu au
bon endroit pour rencontrer des femmes!   a dit
Luka   pour détendre l'atmosphère et on a ri

car   au chalet des Lupins Rouges   pour mille
quatre cents hommes il y avait   en tout et pour
tout une trentaine de   femmes

IV

CIRQUE 2

Dans cette blancheur, la conscience revient à Varian tels les traits liquides d'un tableau abstrait de Richter : pâles d'abord, puis fonçant et s'enrichissant pour s'organiser peu à peu en récits. Les personnages de sa vie se raniment dans sa tête. Sa chronologie se remet en place.

"MacLeod, t'ai-je entendu dire que tu as *oublié* l'identité du principal contact malicieux de Romanyuk ? Réfléchis bien, je suis sûr que ça va te revenir. Puis-je me permettre de te rafraîchir la mémoire ? On a trouvé ce nom griffonné sur un bout de papier dans ta chambre : *Monsieur Prokhartchine.* C'est son vrai nom, ça ? ou un pseudo ?"

La décharge lui annihile la pensée. Les mots giclent dans son cerveau, se dissolvant en lettres qui bavent et gouttent, glissent comme du jus de tomate sur les murs de son esprit et s'écoulent par divers sillons et ravins jusqu'à l'océan de néant qui nous entoure tous. Intérieurement il se précipite, s'élance en tous sens, se jette par terre dans une tentative désespérée pour en sauver au moins quelques-uns.

On y va   on y va   il faut plaider   On devrait plaider animal   Humain   en définitive   n'est   pas

rassurant   pas bon signe   du tout   Bon signe
serait animal Bon signe serait   bonobo par
exemple   Si on demande à son tortionnaire   *Êtes-*
vous un être humain? et qu'il répond par l'affirma-
tive   on est dans la mouise   Les animaux ne
sont pas menteurs duplices et traîtres   Ils ne
cherchent pas à se transformer en machines Ils
expriment librement et ouvertement toutes leurs
émotions   peur et appréhension   amour et tendresse   désir et rage

"Je te poserai la question une dernière fois,
MacLeod. Les contacts de ton ami baiseur de caribous sont-ils des ressortissants de Dubaï ou d'Ara-
bie Saoudite?"

Aïe   il semblerait bien   que ce corythosaure est un être humain c'est-à-dire   un
animal qui sait mettre d'autres animaux en
cage   Jamais vu autant d'hommes   en cage
qu'ici   à Terrebrute   d'abord au chalet des Lupins
Rouges et maintenant à BigMax   des hommes
fourrés dans des box   entassés comme les pou-
lets   les cochons et   les vaches que vous assassi-
nez pour les dévorer

Avec Luka   voici quelques semaines   de
nuit   à l'infirmerie   on a regardé   un film
documentaire   sur un laboratoire de recherche
quelque part dans le Sud de l'UnderSouth   Une
installation énorme

où des humains avaient   mis en cage   des
gorilles orangs-outans   chimpanzés et bono-
bos   On les utilisait   dans des expériences
d'apesanteur   pour la recherche spatiale
et des expériences de fertilité pour l'insémination

artificielle   On étudiait leur comportement sexuel et parental

Or   de tous les primates à l'écran   le plus effrayant de loin était   *Homo sapiens sapiens*   Les expérimentateurs étaient   aussi neutres   et dépourvus d'émotion que ce corytho   Quant aux singes ils étaient   adorables affectueux aimants   Ils se tapotaient   le dos se berçaient et s'épouillaient

Il y avait un petit bonobo   auquel on s'est   complètement identifié   Joli visage triangulaire   grands yeux sombres   pelage de velours gris Quand un homme   est venu le chercher dans sa cage   il s'est débattu avec violence   comme s'il savait le sort qui l'attendait   Gros plan sur la   petite créature   qui tremble pendant qu'on lui rase une patte et lui fait une injection Ensuite l'homme   lui a rasé la tête   et lui a attaché des électrodes sur le crâne Il a porté   jusqu'à une table d'opération   ce joli corps si frêle   et émouvant Là   à l'aide d'un scalpel   il lui a ouvert   le tronc du thorax   à l'abdomen

Jésus Christ   a-t-on dit en enfouissant le visage dans l'épaule de Luka

C'est bon   a dit Luka   il est mort

Mais non   ce n'était pas vrai   Dans la cavité   ouverte de la poitrine du petit singe   on voyait battre   son cœur   enfler et se désenfler ses poumons

Il a peut-être une   tumeur   a dit alors Luka Le médecin va l'opérer   et tout rentrera dans l'ordre

Mais non   Avec ses pinces le médecin a farfouillé   un moment   dans la cavité   arrachant

153

des bouts de chair puis   il a annoncé   d'une
voix calme

Maintenant je vais ôter le cerveau

La caméra a regardé pendant qu'à   l'aide d'une
scie l'homme a décapité   le bonobo   Puis s'emparant   d'un instrument pareil à   un casse-noi-
settes il a délicatement brisé le crâne et   prélevé le
cerveau   Bien qu'éteints   et sans peur   désormais les yeux du bonobo étaient toujours   grands
ouverts aussi beaux et profonds que de son
vivant   Enfin se   munissant d'une lame affû-
tée   le scientifique   a méticuleusement découpé
le cerveau   du bonobo en plusieurs   centaines
de tranches fines   qu'il a mises à tremper dans différentes   solutions chimiques   pour les   étudier ensuite sous un microscope

Après une ultime décharge, qui est aussi la plus
puissante, on ramène Varian sur un brancard à sa
cellule, on le flanque sur son châlit, et on l'y laisse.

MORATOIRE

Pour Varian, les répétitions de la chorale sont deve-
nues une torture – non seulement parce que les
autres garçons le charrient constamment au sujet
de la photo de Pâques, mais aussi parce que sa voix
refuse de muer. La date symbolique de son trei-
zième anniversaire est révolue. À cet âge-là tous les
autres sopranes ont commencé à sentir les changements dans leur voix : de cassée elle devient che-
vrotante, puis grave de façon fiable. Ils la testent à
tout moment, beuglant comme des veaux et brail-
lant comme des ânes dans le vestiaire, la rue, les
transports en commun. S'ils ne laissent pas tomber la chorale, ils rejoignent avec fierté les altos ou
les ténors à l'arrière du groupe et sont remplacés
dans les rangs sopranos par des garçons de huit,
neuf et dix ans.

Varian est gêné de ressembler encore à ces gamins-
là, alors que son corps est en proie à des perturba-
tions dont ils ignorent tout. De loin le plus jeune
dans sa classe à l'école, il est désormais le plus âgé
dans sa section de chœur. Partout il se sent déplacé,
coincé entre deux malaises sans échappatoire possible.

"*Mutter...?*"

Beatrix, qui râpe des pommes de terre pour des *Kartoffelpuffer*, un des plats préférés de Varian, lève les yeux. "Mm-hmm?

— Pourquoi on est   en avance   pour son âge dans la tête   et en retard pour son âge dans le corps?"

Pendant quelques secondes, le seul bruit dans la cuisine est celui de la râpe. Puis Beatrix dit tout bas, avec un petit soupir : "Tu sais, *Engelchen*, à certaines questions Dieu seul connaît la réponse."

Elle sourit pour clore l'échange. Mais, tel un chat laissé dehors dans le froid, l'inquiétude de Varian se met à gratter à la porte de son cœur. Cette nuit-là, quand Ross et elle se retrouvent au lit, allongés sur le dos sans se toucher, elle lui demande : "Tu avais quel âge, toi, quand ta voix a mué?

— Oh! moi je suis né basse, dit Ross en plaisantant.

— Non, pour de vrai.

— Pour de vrai, ma douce, je ne sais plus. Onze, douze ans, sans doute.

— Notre fils a plus de treize ans, et il chante du même piccolo d'ange qu'à huit. Ça l'inquiète. Je me demande si ce n'est pas lié à… tu sais… ce problème qu'il y a eu…

— Hé, ma Bea, ne te tracasse pas avec cette histoire. Tu te dis que c'est parce que t'étais pas dans ta première jeunesse quand il est né… mais c'est faux. On a discuté avec le docteur, tu te rappelles? et il nous a dit que ça arrivait beaucoup plus souvent qu'on le croit. Beaucoup plus souvent."

Beatrix se tourne vers lui, tire la couverture par-dessus leur tête et dit à voix basse (car Varian a l'ouïe fine à un point ahurissant) : "Ross amour, peut-être que tu pourrais lui parler du passage de l'enfance à l'âge d'homme? Lui dire, je ne sais pas, que ça varie d'un garçon à l'autre. Peut-être que, venant de son père, ça le rassurerait. Tu en penses quoi?"

Ross est réticent au début… mais en lui restant proche et chaleureuse tout au long de la nuit, Beatrix finit par lui extorquer la promesse.

Il choisit son moment. Il parlera avec son fils à la fin de l'année scolaire, le 1ᵉʳ juillet, jour de la fête nationale de l'OverNorth. (Ce n'est pas comme si l'intégration de l'île à la Confédération leur avait fait du bien, se dit-il, et de se rappeler l'atmosphère électrique qui avait régné dans le cottage ce jour de la fin mars 1949, quand il avait sept ans et demi, toute la famille réunie autour de la radio… Son père et son grand-père avaient tous deux voté contre la loi de Confédération, prédisant à juste titre qu'elle mettrait fin aux traditions séculaires de l'île.)

Quand le grand jour arrive, il fait une chaleur inhabituelle et Beatrix monte faire une sieste après le déjeuner. Ross ne sait pas bien quel cadre choisir pour cette conversation historique. Ah, s'ils pouvaient aller à la pêche ensemble! ça simplifierait tellement les choses! Ne trouvant pas de meilleure idée, il décide d'amener son fils marcher dans l'eau le long de la côte. Il leur prépare une glacière avec de l'eau fraîche, deux gobelets en plastique et, pour son propre aplomb, une bouteille de scotch.

"Ben dis donc. Fait presque assez chaud, hein?"

Le soleil tape sans merci, ses rayons leur tombent dessus à la verticale. Ils sont en nage en un rien de temps.

"Comme ça t'as eu une bonne année à l'école, hein?"

Varian fait oui de la tête.

"Tu veux faire des ricochets avec les galets?"

Varian ne dit rien.

"Comme ça… t'entres en dixième cet automne, hein?"

Varian fait oui de la tête.

"Incroyable! me rappelle ma propre dixième comme si c'était hier!"

Varian ne dit rien.

"Ben alors, comme ça… tu deviens, comme qui dirait, un jeune homme… hein?"

Pas de réponse, naturellement.

"Et j'imagine que… t'as les mêmes appétits que tous les hommes du monde. Hein? pas vrai? Tu veux une goutte de scotch pour te rafraîchir? *On the rocks*, hein? ajoute-t-il pour détendre l'atmosphère, montrant les sombres rochers de granite déchiquetés qui les entourent.

— Non   merci

— De l'eau fraîche, alors."

Ross leur verse à boire. Un long silence s'installe. Qu'est-ce qu'on fait pendant les silences? Ross n'a pas l'habitude de les remarquer. Le silence n'existe pas à la pêche ; on a les mains et les méninges occupées, le vent et l'eau vous murmurent sans cesse des choses à l'oreille. À l'âge de Varian, Ross n'aimait rien au monde autant que de sentir la canne entre ses mains, de laisser courir son regard à la surface de l'eau, d'attendre en rêvassant et de bavarder par moments avec l'ami à ses côtés… Pas une fois Varian n'a demandé à passer l'après-midi avec un ami.

Là, il n'y a ni vent ni paroles. Même les mouettes se sont planquées, loin de la chaleur. Idée débile, se dit Ross, de venir au bord de l'eau par cette canicule.

On aurait dû faire comme les mouettes, se cacher à l'ombre. Que dire?

"T'as déjà une copine, fiston? ou ça fait encore partie des choses à venir?"

Silence brûlant, interminable.

"J'imagine que les jolies filles commencent à t'intéresser, tout de même?"

Comme il le fait depuis l'âge de deux ou trois ans chaque fois qu'il est nerveux, Varian agite les doigts en des calculs rapides.

"À ton âge, je me rappelle, j'aimais zyeuter tout ce qui portait une jupe, à part la Fanfare royale de l'armée écossaise."

Varian ne rit pas, évidemment. Ross se demande quand il a fait rire son fils pour la dernière fois. Bea y arrive à l'occasion, lui non. En raison du scintillement dur de l'eau, Varian cligne des yeux encore plus souvent que d'habitude, et le soleil transforme les taches rouges sur ses pommettes en flammes de honte. Pour ne pas être agacé par les mouvements frénétiques des doigts de son fils, Ross détourne les yeux, regarde vers la mer.

"Les voies du Seigneur sont parfois impénétrables, fiston, dit-il en soupirant. Personne ne sait pourquoi il prépare notre corps à la paternité plusieurs années avant qu'on soit prêt à assumer la responsabilité d'une famille…"

Tiens, pas mal, ça. Le scotch joue bien son rôle, lui délier la langue. Ross ne se retourne pas pour voir si Varian l'écoute.

"À mon avis, c'est pour nous tester. Nous apprendre la patience, la tolérance, ce genre de chose."

Des gouttes de sueur lui dégoulinent dans la nuque : son front dégarni brille comme une plaque de bronze sous le soleil chaud. Même pas pensé à prendre un chapeau, nom de Dieu.

"Mon propre p'pa m'a dit, je me rappelle : Sois libre avec tes pensées, prudent avec tes yeux, sévère avec tes mains. Plus bas encore, oublie que ça existe! Ah! ah! ah!"

Toujours pas de rire complice de son fils.

"Mais en fait, Varian, je suis pas d'accord… En fait, le p'tit bonhomme dans notre pantalon, c'est… c'est un peu… comme un autre soi, non? Et en général, quand on arrive à ton âge, eh ben, ce soi commence à vouloir de la compagnie. Alors… je voulais juste te dire… qu'en attendant de rencontrer ta future épouse… ben voilà, c'est pas grave si tu… joues avec ton soi. Dans le temps on nous disait que c'était un péché mais en fait c'est pas vrai. En fait c'est rien que normal."

Sentant que son père approche dangereusement de la découverte des magazines sombres sous son matelas, les images des culpettes se prosternant nues devant leurs mâtres, Varian s'efforce d'annuler ses phrases en les traduisant, syllabe par syllabe, dans une langue étrangère.

"Bon, tu m'as compris. C'est d'accord, on en parle plus… Fait drôlement chaud, hein? Sûr que tu veux pas boire un p'tit coup?… Non?… Il y avait un limerick, je me rappelle…"

Ralentie par la chaleur, par l'alcool et par sa propre nervosité, la mémoire de Ross farfouille inefficacement dans ses archives.

"La chaleur avait tant sonné cet Écossais
Il se dit que les cornemuses débarquaient…

— Non   c'est *les cornemuses bourdonnaient*

— Tiens! tu le connais donc? Ça alors! Tu fais plus attention au blabla paternel qu'on ne croit! Et la suite? (Comme s'il testait l'enfant, alors qu'en réalité il ne se rappelle pas…)

— *Dans des lieux improbables   genre grosses dunes de sable"*

Père et fils terminent ensemble à l'unisson : *"Il rêvait que les Campbell débarquaient.*

— Bravo, dis donc, toi! dit Ross en collant de grosses claques sur le dos de son fils. Sauf que tu sais pas qui sont les Campbell! c'est ça la différence entre toi et moi!"

La voix de Varian est rapide, flûtée, excitée : "Eh bien   dans le   Nord de l'Écosse   au dix-huitième siècle   il y avait une   guerre civile

— Faut qu'on rentre, là."

Dès qu'ils franchissent la porte, Beatrix se met à enguirlander Ross (fait rarissime) d'être sorti avec Varian sous le soleil de midi. L'enfant a attrapé un méchant coup de soleil sur le nez, la nuque, les épaules, les avant-bras et le dos des mains.

"Mais à quoi pensais-tu? Il aurait pu avoir une insolation! À quoi pensais-tu?

— Fallait qu'on se parle d'homme à homme, rétorque Ross, enhardi par ses trois verres de scotch. Pas vrai, mon gars?"

Il fait un clin d'œil à Varian et inflige à ses côtes un coup de coude quasi vaudevillesque.

"Ross! Tu as bu!

— C'est la fête nationale! J'ai l'droit de boire à la santé de l'OverNorth avec mon propre fils, oui ou non?"

Étourdi par la chaleur, Varian s'allonge sur la banquette-lit, se déplaçant avec une précaution extrême pour ne pas frotter sa peau brûlée.

"Eh bien, t'as qu'à fêter ça avec le ministre fédéral de la Pêche! lance Beatrix, furieuse. Il vient d'arriver en ville.

— Quoi?

— Je l'ai entendu à la radio. Une foule énorme est allée l'accueillir sur le quai, avec des pancartes disant que l'accord était mauvais. Je suis descendue pour te le dire et… pfft! plus personne! Vous aviez disparu! Tu aurais pu au moins me laisser un mot pour me dire où vous étiez. J'étais folle d'angoisse!

— Comme ça, il a dit quoi, le ministre?

— Qu'il avait une annonce importante à faire. Ça sera aux nouvelles demain soir.

— Quelle annonce? Ils vont récrire l'accord ou quoi? Ils vont commencer les licenciements?

— J'en sais rien, mais il s'est bien fait huer et conspuer par la foule. Tout le monde criait sur tout le monde. À la fin, même le ministre s'est mis à crier. *C'est pas moi qui ai sorti le poisson de l'eau!* qu'il a dit.

— L'abruti! le crétin!

— Les organisateurs ont fait comme si de rien n'était. Ils se sont mis à chanter l'hymne de l'Île Grise tout seuls. Et pendant ce temps la foule est restée là, les bras croisés, à fusiller le ministre du regard.

— Ça va barder.

— Ce sera aux nouvelles demain. Bon, tu veux bien me laisser, Ross? Mon petit garçon a de la fièvre.

— *Mon petit garçon a de la fièvre.* Bea, je te signale que notre fils a treize ans! Peut-être que si tu cessais de le traiter comme un bébé, sa voix pourrait muer et il pourrait devenir un homme.

— Ah oui, c'est ça. Bravo, Ross MacLeod! Au moins tu sais qui blâmer pour tout ce qui te dégoûte chez ton fils.

— J'ai dit que mon fils me dégoûtait? Misère! J'ai dit qu'il me dégoûtait, mon fils?"

Ross sort sur le perron en claquant la porte derrière lui, mais l'air épais et brûlant lui obstrue tout de suite la gorge et il n'a d'autre choix que de rentrer dans la maison. Jamais Beatrix ne s'est comportée de manière si injuste. Lui aussi a le front brûlé par le soleil, les tempes qui cognent, le cœur plein d'effroi… mais elle s'en contrefiche. Elle doit à tout prix voleter comme un colibri autour de leur enfant, lui apporter une citronnade glacée, lui étaler de ses doigts gracieux une pommade sur le dos, la nuque, le nez…

Beatrix ne prépare pas le repas du soir. Varian n'a pas faim, et elle-même est tellement bouleversée par leur querelle qu'elle en a perdu l'appétit. Brusquement, la vie de Ross se trouve de guingois. Dehors il fait encore une chaleur étouffante, et dedans il ne sait même pas où s'asseoir.

Quand il descend le lendemain à six heures du matin, le thermomètre annonce déjà vingt-sept degrés. Elle continue de grimper d'heure en heure, atteignant trente-cinq, puis trente-huit, puis quarante… record absolu pour l'Île Grise, où la température moyenne un 2 juillet est de dix-huit degrés. Les gens sont agités. Une rumeur roule à travers la province. Elle roule de cœur en cœur et de gorge en gorge. La répercutant, des familles incrédules – les MacLeod, tous leurs voisins, tous leurs amis – commencent à couler en de petits ruisseaux vers la capitale. À mesure que les ruisseaux confluent en un fleuve de certitude, l'incrédulité se mue en colère. La nouvelle monte, rugit, inonde la ville. Le soir venu, elle est officielle. Le gouvernement fédéral de l'OverNorth a déclaré un moratoire sur la pêche à la morue sur toute la côte est, pendant une durée minimum de deux ans. À prendre effet immédiatement.

Trente-cinq mille personnes se retrouvent au chômage dans la minute. Hommes et femmes, vieux et jeunes, dans les boutiques et les usines, les bateaux et les marchés, sur les plages, dans les plaines et les villages. L'allocation est ridicule : deux cent cinquante lunis par mois. Depuis cinq siècles, l'économie de l'île tourne autour de la morue : tous passent leur temps à l'attraper, à la nettoyer, à la peler, à la découper, à la sécher, à la fumer, à la cuire, à la surgeler, à l'emballer, à la vendre et à l'exporter ; là, en un clin d'œil, c'est fini. C'est comme si le géant d'un conte de fées avait levé un énorme maillet en l'air et l'avait abattu sur l'île sublime, puis s'était redressé, hilare, pour contempler les dégâts, tenant son gros ventre des deux mains et riant à gorge déployée tandis que des milliers de petites créatures se noyaient dans leur sang et d'autres milliers s'égaillaient en tous sens.

L'économie doit se transformer, explique-t-on aux Grisiliens. Dorénavant, c'est les plateformes offshore ou rien.

Le choc est si fort que les soirées bectance-et-bombance s'arrêtent. Personne n'a de souffle pour chanter et danser. Comme les autres pêcheurs grisiliens, Ross MacLeod réagit au choc en parlant, en buvant et en militant. Quand, à mesure que se succèdent les journées étouffantes de l'été, il devient clair que parler et militer ne servent à rien, que le décret est réellement aussi désastreux et irréversible qu'on pouvait le craindre, il boit plus, parle moins, et cesse de militer.

Beatrix et ses amies se réunissent dans les cuisines. Elles ont déjà commencé à faire des stocks de mélasse, de matière grasse et de farine pour les longs mois d'hiver. Elles achètent des ampoules de plus faible puissance, échangent des tuyaux pour la couture et le tricot, portent chez le cordonnier les bottes et chaussures trouées pour les forcer à tenir un hiver de plus.

À voir ses maigres économies fondre comme neige au soleil, Ross est consumé par la honte et la rage. Son père lui a appris qu'un homme doit entretenir sa famille, et cette crise le dévirilise. Il crie souvent sur Beatrix, les jours où il rentre du pub avant qu'elle ne soit endormie, la colère courant dans ses veines tel un ersatz de virilité.

Calfeutré dans le cottage, Varian passe l'été à lire. Il dévore les classiques grecs et latins dans le texte. Recroquevillé dans un coin de sa banquette-lit, complètement cloîtré dans sa tête, il tourne les pages des livres avec fébrilité, agite les doigts et avale les sublimes mythes et métamorphoses d'Homère et d'Hésiode, d'Eschyle et d'Aristophane, de Pline et de Lucrèce. Récits d'inceste, de meurtre et de suicide, de jalousie folle et de désir fou à vous faire dresser les cheveux sur la tête. Un dieu devient cygne pour violer une femme. Une femme devient arbre pour échapper au viol. Les histoires fouettent son cerveau jusqu'à la frénésie. Le soir, quand ses parents remontent enfin dans leur chambre (non, comme jadis, pour partager le rituel sacré et sensuel de l'amour physique, non pour s'agripper l'un à l'autre dans des transes de plaisir, simplement pour récupérer des tensions de la journée), Varian tire les images sombres de sous son matelas, s'enferme dans la salle de bains et catapulte son corps jusqu'à l'élextase. Il a inventé pour ce processus le terme auto-assistance et il s'y livre de façon méthodique, contrôlant l'arrivée en lui de ces images et mots comme s'il branchait son corpesprit dans une prise pour le galvaniser, le lancer dans un va-et-vient de plus en plus rapide entre toucher et fantasme, colère et adrénaline. L'élextase, violente et silencieuse, est suivie par une chute brutale vers le vœudemort… mais aussi par la renaissance de la faim dans ses entrailles, le douloureux renouveau du désir.

Un matin au début du mois d'août, Beatrix apporte son café à Ross. Quand elle juge que son esprit est parvenu à ce point d'équilibre fragile entre plus-somnolent et pas-encore-éméché, elle s'installe en face de lui, pose les deux mains à plat sur la table et dit : "Ross, amour."

Il ne répond pas. À quoi bon répondre ? Quelqu'un d'autre s'appelle Ross dans les parages ?

"Ross, amour, on ne peut pas commencer la nouvelle année scolaire comme ça. Sans vouloir te contrarier… j'ai réfléchi, et je me suis dit qu'il fallait prendre des mesures concrètes.

— Tu vas me quitter. Et comment te le reprocher ?" dit Ross, d'une voix qui, étrangement, résonne du doux accent écossais de sa mère. Mais bien sûr, se dit-il. Le départ de son épouse est la conséquence

naturelle de son licenciement, et, tout aussi inéluc-
tablement, le prochain chapitre de l'histoire sera sa
mort. Après tout, il a cinquante et un ans, à cet âge-
là son propre père était déjà sous la terre. Jamais il ne
retrouvera un emploi décent. Jamais plus il ne mon-
tera les marches du perron, le jeudi soir, d'un pas
élastique, sa paie de la semaine dans sa poche. Non,
c'est fini. Sa vie est finie ; son épouse a bien raison de
prendre ses cliques et ses claques et rentrer en Allemagne avec son fils.

"Quelle idée, mon chéri ! Pour moi, nos serments
de mariage sont aussi sacrés que la vie elle-même.
Non… c'est au sujet de Varian. Toi et moi on peut
traverser l'hiver prochain en se serrant la ceinture.
Mais Varian est un enfant en pleine croissance…

— Ah ! Dieu t'entende ! Ça fait six mois qu'il a
pas pris un centimètre !

— Les années qui viennent seront décisives pour
son éducation, son avenir…, il a besoin de bien manger. Besoin d'un certain confort physique.

— C'est ça, retourne le couteau dans la plaie !
Je demande pas mieux, mais je suis au chômage,
comme des milliers d'autres ! Comment lui acheter
la bonne nourriture, le confort physique, avec ce
qu'on nous verse ? Tu peux me dire ça ?

— J'ai envoyé son dossier scolaire au Grand Lycée
royal la semaine dernière, dit Beatrix à toute vitesse,
sa langue trébuchant presque sur les mots maintenant qu'elle s'est décidée à les prononcer. Et ce
matin… j'ai reçu une réponse. Il est admis, Ross.
Notre fils vient d'être accepté au Lycée royal !"

Un silence s'installe entre eux.

Quand Ross prend la parole à nouveau, c'est d'une
voix lente, presque rêveuse.

"Le Grand Lycée royal?… Cette pension snobinarde pour gosses de riche? Mais c'est à mille bornes d'ici… T'as perdu la tête, ma Bea! Même avant le moratoire c'était hors de notre portée, mais là…

— Ross, il a été accepté comme boursier. Tous ses frais de scolarité seront pris en charge.

— Que…"

Ross ne tient plus en main les rênes de sa vie.

"Amour, ça ne nous coûtera pas un seul centime. Ils ont regardé les notes de Varian, et ils se sont dit : *Il a de l'avenir, ce jeune homme!*

— Mais ma Bea… quand ils voient le jeune homme lui-même, il va se passer quoi?

— Varian est surdoué, Ross. Tous les enfants surdoués sont singuliers."

Nouveau silence.

"Comme ça, tu l'envoies au loin.

— Ils ont besoin du consentement des deux parents. Même s'il nous manquera affreusement – tu *imagines* comme il va me manquer? – c'est important pour son avenir. Tu veux bien donner notre accord, dis, amour?"

Ross pose les mains sur les fleurs bleues de la toile cirée, et sa tête sur les mains.

"Ne me demande pas mon avis, dit-il tout bas. Fais pas semblant de me demander mon avis, Beatrix MacLeod. Tu as agi toute seule et tu vas continuer de faire toute seule exactement ce que tu veux. J'ai raison ou pas?

— Fais-moi confiance, Ross, dit Beatrix en lui caressant les cheveux. C'est pour le mieux. On va s'en sortir."

Beatrix se lance dans les préparatifs pour le départ de son fils. Quand les formulaires d'inscription arrivent par courrier, elle convoque Varian auprès d'elle et étale sur la table de la cuisine les brochures de l'école remplies de photos : bâtiments en brique rouge, laboratoires scientifiques, salles de classe équipées d'ordinateurs, pelouses et forêts impeccables.

"Regarde, Varian, comme c'est beau! N'est-ce pas que c'est magnifique? C'est ton premier pas vers l'université! Comme il aurait été fier de toi, ton *Opa*!"

Varian frémit de voir tous ces jeunes mâles et femelles humains forts, joyeux et ambitieux, qui sourient en longeant les couloirs du GLR dans leur uniforme GLR bleu marine, réalisent des expériences scientifiques dans la forêt du GLR et lèvent la main pour répondre aux questions d'un professeur GLR en costume-cravate. Il frémit de lire, dans les textes de ces brochures, qu'au GLR il va apprendre à chanter mieux, à rêver plus, à penser mieux, à sauter plus, à accomplir mieux, à concourir plus, à créer mieux, à faire plus, et à voir mieux qu'il n'aurait jamais cru possible.

Le jour arrive. Beatrix prépare la malle de son fils pour le premier trimestre. Elle le conduit à la gare de Codborough et le serre dans ses bras. Varian est glacé de peur, car il sait quel avenir l'attend au Grand Lycée royal. Pendant les quatre années qui viennent, à la chapelle, à la bibliothèque, à la salle à manger et au dortoir de cette institution, l'avorton roux sera en butte à toutes sortes de blagues, de gags et de canulars vicieux. Il découvrira des formes inédites de solitude et de malheur, formes si intenses que, suicide à part, le seul remède possible sera l'auto-assistance.

En rentrant vers le cottage au volant du pick-up cabossé de Ross, Beatrix a la vue floutée par les larmes. Après les avoir courageusement chassées, elle formule en son for intérieur une prière silencieuse.

Prends soin de lui, Seigneur. Varian est mon ange étrange et je sais que tu le destines à de grandes choses. N'étant plus à ses côtés pour le nourrir et le protéger, je n'ai d'autre choix que de te le confier. La maman oiseau doit pousser son oisillon hors du nid pour qu'il apprenne à voler… mais oh, Seigneur! Fasse que ses ailes le ramènent toujours vers elle! Fasse qu'il lui appartienne à jamais! Amen.

VERT

Deirdre O'Reilly tire une Guinness. Elle fixe des yeux la chope et son contenu, un tiers bière noire, deux tiers mousse blanche. Fixe la main qui le tient, très jolie main sans vouloir se vanter, hier elle s'est fait faire une manucure avec une nuance de vert différente à chaque ongle. Elle attend que la chope soit à moitié remplie, la penche sous la pompe pour réduire la mousse, et ôte ce qui déborde avec une petite spatule en bois.

C'est réellement moi qui fais ça en ce moment, se dit-elle. Je ne suis pas en train de vivre une autre vie, c'est vraiment ça que je fais, soir après soir au Shamrock Inn, le meilleur pub grisilien de Luniville, aux murs joliment décorés de feuilles de trèfle vertes, de chapeaux et de harpes celtiques, pour ne rien dire des grandes photos couleurs de l'île elle-même, ça fait drôle de voir nos chères côtes rocheuses ici, au milieu des étendues de neige désespérantes. Le pub peut contenir deux cents clients mais le plus souvent il est vide, ce soir en particulier, le 18 mars étant la fête de la Gueule-de-bois-de-Saint-Patrick. À peine une poignée d'épaves des deux sexes agglutinées autour du bar, l'estomac toujours occupé à digérer le repas Jiggs et les tonneaux de bière qu'ils ont avalés hier. Ils parlent fort et s'agrippent à la présence les uns des autres pour ne pas mourir. Vais-je me transformer peu à peu en une de ces obèses hideuses qui s'installent au bar, leurs seins lourds reposant sur le comptoir, et passent des heures à picoler, à papoter, et à rire de leurs propres blagues piteuses? Idée affolante. Puisse un beau jeune homme débarquer, là tout de suite, et m'emporter loin d'ici!

Je regarde autour de moi en ville et c'est vraiment *De l'eau, de l'eau, partout de l'eau, mais pas une seule goutte à boire!* Des mecs, des mecs, à perte de vue, mais aucun dont je voudrais partager le lit ou la vie. Pas mon genre, ces accros du boulot, butés et taiseux, sans parler du fait qu'ils ont presque tous une bourgeoise qui les attend à l'autre bout du monde!

Trente ans cette année : trois décennies sur Terre, bon Dieu, je n'arrive pas à le croire, trente ans et vieille fille! Vieille avant mon temps, à cause du double saut périlleux qu'a fait ma famille, son double exil. L'économie irlandaise s'effondre en 1984 et on saute quatre mille kilomètres à l'ouest jusqu'à l'Île Grise, l'économie de l'Île Grise s'effondre en 1992 et on saute quatre mille kilomètres à l'ouest jusqu'à Luniville, et où sautera-t-on, chère mère, cher père, quand l'économie de Luniville s'effondrera? En enfer, ça se peut bien, en enfer ou sur la Lune. N'aurais pas dû suivre l'étoile déclinante de p'pa la deuxième fois, mais avais-je réellement le choix? Pas évident de démarrer ma propre vie à dix-sept ans, et m'man avait besoin d'aide avec les petits, alors j'ai cédé et accepté de déménager avec le gang. P'pa a rejoint en arrivant l'équipe de football gaélique mais ça n'a duré que quelques mois, le principe de cet endroit étant de se casser le cul sans discontinuer.

Que ce soit pour construire un nouveau pont ou pour élargir l'autoroute, il travaille chaque jour non de neuf à cinq mais de cinq à neuf, seize heures à la montre entre son départ le matin et son retour le soir, sous nos yeux il est devenu vieux, poussif et fatigué, il n'arrive plus à suivre, bientôt il dégringolera de la machine, aussitôt enterré aussitôt oublié…

"Oui, bien sûr. Une autre pinte, c'est ça ?"

En tirant la bière, Deirdre passe un moment à étudier son reflet dans la pompe. Cheveux châtain clair, impeccablement coupés et coiffés, peignés et laqués, mi-longs comme ceux de Natalie Portman dans *V pour Vendetta*, on me dit souvent que je lui ressemble. OK, j'ai six ans de plus qu'elle, pas la peine de remuer le couteau dans la plaie. Devrais rafraîchir mon fond de teint et mon mascara. Suis incapable de quitter la maison sans maquillage, aurais l'impression d'être encore en pyjama… non, encore *nue* !

"Un whisky… Vous avez une marque préférée, monsieur ? Wild Turkey – ah, du bourbon, alors ! Avec ou sans glaçons ?"

Elle jauge le client. Un peu sur le retour, la quarantaine déjà, mais bon, nécessité fait loi… Doudoune en cuir noir Import-Export qui a bien dû lui coûter deux cents lunis, tiens, il a des sous. L'homme lui dit qu'elle a un beau sourire et elle répond "Comme c'est gentil" en baissant les yeux et en battant des cils avec modestie. Dire que je portais des faux cils, dans le temps ! Plus envie de passer des plombes à me faire une beauté tous les soirs.

Quand elle se détourne pour verser son whisky, elle sent le regard de l'homme sur son dos, traçant les courbes de ses hanches et de ses fesses. Aurais-je pris un peu de poids ? Toujours soixante et un et demi quand je me suis pesée dimanche, mais à mon âge il faut faire gaffe, un kilo est vite pris et long à perdre, je n'aurais pas dû aller au Burger King en sortant du boulot hier soir, c'est cinq cents calories un hamburger, sans compter le ketchup et la mayonnaise dont j'ai copieusement badigeonné le pain. Mmmm, OK, promis-juré, le week-end prochain c'est famine : je suivrai ce régime draconien fait de thé et sommeil en alternance…

L'homme avale son whisky cul sec, laisse un billet de dix lunis pour les huit que ça coûte, se dirige vers la porte.

"Merci !" dit Deirdre à son dos qui s'éloigne.

Elle dépense presque tout l'argent de ses pourboires en soins de beauté. Hier elle est donc allée à la boutique de manucure près de chez Reitmans, se faire peindre les ongles dans toutes les nuances de vert en l'honneur de la Saint-Patrick. Une fête que son père prenait au sérieux quand elle était petite. Ce jour-là, tous les membres de la famille devaient porter quelque chose de vert : pull ou veste, chemise ou jupe, nœud papillon, broche ou barrette, peu importe, mais il *fallait* mettre du vert le 17 mars car on commémorait ce jour la mort du saint patron de l'Irlande, l'homme qui avait chassé tous les serpents païens du pays pour le convertir au christianisme, même si Deirdre n'a jamais bien saisi le lien entre cela et les treize millions de pintes de Guinness que les Irlandais font disparaître chaque année le 17 mars. En s'arrêtant chez ses parents hier en route vers son travail, elle les avait trouvés déjà en pyjama, avachis devant la télé à huit heures du soir. Ils n'avaient même pas remarqué ses ongles.

Pour compenser l'absence de clients, les haut-parleurs diffusent des airs irlandais au volume maximal. Ambiance, quand tu nous tiens… Le Shamrock Inn ayant dépensé une fortune pour faire des concerts irlandais *live* la semaine d'avant la Saint-Pat, ils n'auront que de la musique en boîte pour le restant du mois. En ce moment passe la rengaine *I'm Looking Over a Four Leaf Clover*, interprétée par Art Mooney.

Un jour à l'Île Grise la mère de Deirdre avait trouvé un trèfle à quatre feuilles et son père avait sauté de joie. *Un vrai* shamrock! *Ça va nous porter chance!* Après avoir pressé et séché le trèfle, il l'avait enveloppé dans un petit carré de papier cadeau pour le garder dans son porte-monnaie, mais la chance n'avait pas été au rendez-vous et la famille avait continué à tirer le diable par la queue comme par le passé.

"Oui, monsieur. C'est comme si c'était fait."

La plupart des hommes venaient seuls à Luniville. Ce n'était pas très responsable de la part de p'pa, quand il a trouvé un emploi ici, d'entraîner tout le gang avec lui. OK, les salaires sont élevés… mais les loyers sont astronomiques et les factures *idem*, pour ne rien dire de ce que ça coûte d'habiller sept enfants pour l'hiver. Mme O'Reilly étant de santé fragile, les tâches ménagères revenaient automatiquement à sa fille aînée, et, quand Deirdre avait fini le lycée, tout le monde avait trouvé normal qu'elle prenne un emploi pour aider ses parents, et comment imaginer emploi plus logique que serveuse au célèbre Shamrock Inn?

"Oui, madame. Quatre George Killian's. C'est comme si c'était fait."

Au début elle avait trouvé cet emploi palpitant. Voyant qu'elle connaissait les paroles des vieilles chansons irlandaises telles que *The Raggle Taggle Gypsy O* ou *Step it out, Mary*, les musiciens grisiliens l'invitaient parfois à les rejoindre ; ensemble, au cours de la soirée, ils réussissaient à mettre Dublin sur la scène et à y croire. Après avoir chanté et dansé avec Deirdre, les hommes lui faisaient la cour et l'amour, puis s'éclipsaient. Dès la fin de leur tour de chant, ils retournaient à leur vraie vie et Deirdre se retrouvait seule, à servir des bières, à bavarder avec des losers, à laver ses habits pour en éliminer l'odeur de bière, à gérer les problèmes de sa mère fragile et de son père éreinté, et à tenter d'oublier le froid impitoyable. Les hommes qui lui plaisaient ne restaient pas à Luniville ; ceux qui y restaient ne lui plaisaient pas. Les années lui avaient glissé entre les doigts – douze déjà comme serveuse, mon Dieu, et combien encore à venir ? toute la vie, peut-être ?

De l'étagère sous le bar, elle retire le dernier *Elle*, un numéro spécial de plus de quatre cent cinquante pages, et se met à le feuilleter. *Actualités chirurgie esthétique : plus rapide, plus jolie, plus sûre. Souvent stressée ? La nouvelle femme : elle est détendue, heureuse (et n'essaie pas de tout faire). Changer de look : 15 idées faciles pour votre coiffure et maquillage. Quand votre meilleure amie est amoureuse… alors que vous, vous êtes seule…* Enfin elle trouve le dossier qui l'a poussée à acheter ce numéro : *On a choisi pour vous : 590 des meilleures chaussures, sacs, et looks !* Non qu'elle puisse s'offrir les sacs, chaussures ou looks en question, mais elle ne se lasse jamais de regarder les modèles et d'imaginer la vie qu'elles mènent… S'immergeant complètement dans le magazine, elle se met à comparer prix, cuirs, mollets, bagues, ongles, formes de sacs, coiffures… Elle est si absorbée par son étude qu'elle ne remarque même pas le client qui vient de se hisser sur le tabouret tout près d'elle.

Quand l'homme s'éclaircit la gorge pour montrer son agacement, elle sursaute et lève les yeux. Plutôt jeune. Mal sapé.

"Pardon. Vous désirez…?

— Vous n'auriez pas   par hasard de la   tisane à la camomille?"

Deirdre explose de rire. "Non, monsieur, je… ah! ah! ah!… Non, on n'en a pas. Première fois qu'on me le demande."

Elle doit littéralement ravaler sa salive pour cesser de rire. L'homme a l'air crispé.

"Alors   un simple verre d'eau   s'il vous plaît

— Désolée, il faut prendre une consommation payante, monsieur.

— Vous ferez une note   pour   le verre d'eau

— Ah, je ne peux pas faire ça, monsieur. Je dois rendre compte de chaque consommation enregistrée en caisse. Je peux vous servir un Pepsi?

— Apportez le   verre d'eau et prenez   un pourboire de cinq lunis

— Monsieur, si vous voulez rester au bar, vous devez commander une boisson payante. Désolée, ce n'est pas moi qui fais les règles.

— Vous ne pouvez pas   juste balancer un   Pepsi à la poubelle?

— Ben, après tout…" Le rire de Deirdre s'élance dans les airs, loin au-dessus de la musique irlandaise tonitruante. Et elle le fait, à ceci près que c'est son propre sac à main qui lui sert de poubelle.

Quand elle pose devant Varian le verre d'eau glacée, il remarque le vernis en camaïeu de vert au bout de ses doigts.

Ongles longs   ongles de vice   de vamp   de vampire   Oui encore une   culpette déguisée en   marmotte   Elles enfoncent   leurs griffes et leurs crocs   dans notre chair   sucent notre sang   et notre moelle   avalent notre semence   et nos sous   Oh! ce rire! On dirait le rire de Sheila   l'amie de Ross et Beatrix   à cause de qui on s'est   enfermé dans les WC Peut-être Sheila a-t-elle fait breveter ce rire   et on le vend maintenant sous   cellophane   un rire   cellophanatique

"Vous êtes d'où, monsieur?"

Une coquette   collante mielleuse   gluante   Elle ne se gêne pas
"L'Île Grise, répond Varian, en serrant les mâchoires.
— Tiens! moi aussi!
— Ah?
— C'est-à-dire qu'en fait je suis née à Dublin… mais, vu d'ici, c'est presque la porte à côté, n'est-ce pas? Après Codborough, Luniville est la deuxième plus grande ville grisilienne du monde, vous le saviez? Il y a toute une communauté de Grisiliens dans les immeubles là-haut sur la colline, à Noël ils se déguisent en mimateurs et se filment en train de chanter dans les cuisines, puis envoient les vidéos à leur famille dans l'Est! Si vous avez le mal du pays, ils vous laisseront sûrement y participer!"

Comment   fait-elle pour   échanger jour
après   jour des propos imbibés   avec des inconnus   répéter les mêmes platitudes   et   partir du
même rire de culpette   dans l'espoir qu'on lui lais-
sera   un pourboire

"Vous vous appelez comment?" demande Deirdre.
La réponse a franchi ses lèvres avant que sa colère
n'ait pu se mettre en branle.

Sous   prétexte   qu'on vient   l'un   et
l'autre   de Codborough elle pense qu'elle a le droit
de   tout savoir   Le   nom   Et puis quoi encore?
L'âge peut-être?   Le métier?   Le salaire?   Le
type sanguin?   Pour voir si   par hasard   on
est   génocompatibles et susceptibles de   frayer
ensemble?

"Ah! bon, vous êtes donc écossais? Alors que moi,
ma famille est d'origine irlandaise. En fait je suis
née à Dublin."
A-t-elle oublié lui avoir transmis cette information il y a trente secondes à peine, ou cela lui est-
il égal de se répéter? Varian décide de ne plus lui
adresser la parole.
"Il y avait un MacLeod qui venait ici autrefois,
poursuit Deirdre. Il y a plusieurs années de ça. J'étais
encore toute jeune et mignonne. Il raffolait de la
musique celtique, celui-là, oh oui! Souventes fois
on a dansé ensemble."
Elle se déplace, encaisse l'argent d'un autre client,
essuie quelques verres, revient.
"Ross MacLeod, il s'appelait, ça me revient. Un
homme mûr mais qui portait encore beau. C'était

un client régulier… Vrai amateur de scotch, et vrai connaisseur de musique celtique."

Le verre de Varian se renverse. L'eau glacée gicle jusqu'à la poitrine de Deirdre, lui éclabousse le visage, colle son uniforme vert contre sa peau.

"Hé!" piaille-t-elle en reculant.

Varian se dirige vers la porte, vers les ténèbres, vers le parking presque vide où est garée la voiture de Deirdre.

"Pourriez demander pardon, au moins! crie-t-elle à son dos, tout en épongeant l'eau sur le comptoir et en s'apprêtant à servir un autre client. Complètement fêlé, le mec", dit-elle encore, avant d'ajouter à part elle : Dommage. Première fois depuis des années que je trouve un mec mignon en dehors de la scène, et il faut qu'il soit fêlé. Dommage, dommage…

"Oui, monsieur, dit-elle tout haut. Six pintes de la bonne noire. C'est comme si c'était fait."

FÊTE

Un samedi matin, monsieur   alors qu'on n'était à
AbsoCrude que depuis quelques mois   Bill Brawn
le représentant   des tyrannosaures   a convoqué l'accusé   dans son bureau   pendant ses
heures   de travail Luka était en congé   ce week-
end-là   Il était rentré en avion à Rodeotown   pour
une réunion familiale   M. Brawn   avait l'accusé
à la bonne   Allez savoir pourquoi   ses cheveux
roux peut-être   ou le fait qu'ils venaient l'un et
l'autre   de l'Île Grise
     Après l'avoir salué   devant sa secré-
taire   d'une voix tonnante   Brawn a refermé
la porte de son bureau et lui a dit tout bas   Écoutez MacLeod   on fait une petite sauterie ce
soir   pour   fêter l'arrivée à BigMax de ce Malicieux   Ça vous tente de vous joindre à nous?
     D'un bout du pays à l'autre   les jour-
naux   l'avaient annoncé en une CAPTURÉ PAR
L'UNDERSOUTH!   Un des criminels   les plus
dangereux   de la Terre   un de ces diables
à turban   blanc mais à la barbe et à l'âme
noires   un de ceux qui avaient pris part à la
Conspiration   malicieuse contre l'US   avait
enfin été coincé   cloué écroué   puis envoyé

en OverNord   pour plus de sécurité   Quel cadeau   quel honneur   quel triomphe

On a plus ou moins bégayé   Oh   ne vous dérangez pas

Ouais je sais   a dit Brawn   Vous êtes un Monsieur Propre   n'est-ce pas? Vous ne fumez pas   ne buvez pas   ne sniffez pas   ne vous piquez pas ni ne mangez de la viande   mais   tout de même au bout d'un moment   ce doit être lassant de se polir le jonc   non?

L'esprit de l'accusé   s'est précipité   pour escamoter l'obscénité brûlante   derrière mille syllabes flocons de neige   C'est la chose qu'on trouvait la plus difficile   à Terrebrute   transformer son cerveau en usine de traitement des eaux usées   liquéfier les gros mots des hommes   pour qu'ils s'écoulent   par les vannes de la mémoire   et ne vous polluent pas   le corps

Quel bébé vous faites! s'est exclamé   Brawn À   vingt-deux ans c'est à ne pas y croire   Écoutez MacLeod   il ne faut pas avoir honte de ses désirs d'homme hein?   On est tous logés à la même enseigne   et le moins qu'on puisse dire c'est que   ces mines ne sont pas l'endroit le plus voluptueux de   la Terre   Mais comme dit la Bible   si Mahomet   ne va pas à la   putain de montagne   il faut bien amener   la putain de montagne à Mahomet   tu vois ce que je veux dire?   Alors c'est ça   qu'on va faire ce soir   Pour aider les patrons et leurs potes à fêter cette   arrestation LibreMonde Noir nous expédie   par avion   un cargo de demi-castors   Qu'en dites-vous? Vous êtes partant?   Ça commence à sept heures et demie   Le mot de passe

182

est *Nickel Games*   Noté? Et si en venant vous
pouviez   attraper une boîte de seringues   ce
serait super

Sans donner   à l'accusé le temps de répondre Bill
Brawn a ouvert   la porte   et crié de sa   voix de
stentor   Parfait alors MacLeod   je vous attends
au QG à   dix-neuf trente tapantes

Obsédé par cette invitation   on a fait les cent
pas dans la chambre   tiraillé entre   la peur d'aller
à la fête   et la peur des moqueries voire des vexa-
tions qu'on aurait   à subir si on   n'y   allait
pas   Au bout du compte on a décidé d'y aller
car   sauf à feindre une crise cardiaque   on ne
voyait pas comment s'y soustraire   Après avoir
pris la décision   on a passé plus d'une heure   à
essayer de se calmer par l'auto-assistance   mais
la perspective de la fête   était tellement angois-
sante   que le soulagement ne venait pas   Au
moment   de quitter sa chambre   on n'avait
encore pris aucune décision quant à la   manière
dont on allait se comporter   On n'avait fait qu'avaler   quelques cachets contre la nausée   Puis on
s'est mis à longer   les couloirs interminables du
logement   Pour s'occuper les méninges   on
enregistrait en passant le chiffre au   centre de
chaque porte   on additionnait les chiffres   et
divisait leur somme par cinq   par six   par
sept   obtenant des solutions justes mais absurdes
à ces problèmes absurdes   Une fois dehors on s'est
mis à compter le nombre de pas entre le chalet des
Lupins Rouges   et le quartier général de Libre-
Monde Noir en essayant   de calculer   combien de pas de moins on aurait eu à faire   si on
avait   été plus grand de   dix centimètres   et si

183

par conséquent chacun   de ses pas   avait été plus
long de sept centimètres Certes la distance   parcou-
rue   eût été la même et il n'était pas exclu   qu'avec
des jambes plus longues   on eût marché   plus
lentement

On est arrivé   à neuf heures   avec une heure
et demie   de retard   En sonnant à l'interphone   on a murmuré *Nickel Games*   tout
bas   et la porte s'est ouverte comme par magie
Des stroboscopes secouaient les ombres et un tsu-
nami de musique techno   a déferlé sur l'accusé   manquant le renverser On avait dans les
veines   un taux si élevé   de soi-suc qu'on
osait   à peine bouger   de peur de perdre le
contrôle   On se sentait comme un lézard frit pla-
qué   tout grésillant   contre un des murs blancs

Un peu partout   dans la pièce   des narines
bâillaient   et des veines s'ouvraient pour absor-
ber   ce   qu'elles pouvaient   Seringues pailles
et bouteilles de   champagne   circulaient librement   Les culpettes aussi   avec leurs   faux sourires et   leurs chairs brillantes   Le pantalon aux
chevilles une vingtaine de   daspletosaures et de
gorgosaures profitaient sauvagement de tous   les
orifices   offerts   toutes   les fissures   infectées
suintantes lubriques et lubrifiées   béantes   Un peu
partout   des sois étaient en train de forer   et
des gorges de grogner   et des bouchons de sauter   et des   fontaines de gicler   arrosant
de   gouttelettes blanches   les visages   ventres
et seins   multicolores

Rentrant son soi   dans son pantalon   Bill
Brawn s'est dirigé à grands pas vers l'accusé   Hé
mon garçon a-t-il dit   avec un grand sourire

184

en lui prenant la boîte de seringues Content de
te voir enfin J'avais peur que tu te dégonfles que
tu fasses honte à notre contingent grisilien! Eh bien
mon fils a-t-il ajouté en glissant un bras paternel
autour des épaules de l'accusé T'as qu'à jeter un
regard à la ronde et choisir la petite dame qui
te convient C'est la boîte qui paie

Oh merci a balbutié l'accusé mais à
vrai dire ayant attrapé une espèce de
rhume n'est-ce pas

Une espèce de rhume c'est ça? Tu veux vraiment me servir cette excuse éculée? Écoute fiston tu sais de quoi tu souffres pour de
vrai ? de timidité pathologique voilà de quoi tu
souffres! Non mais regarde-moi ce fard que tu
piques! Les coquelicots afghans peuvent aller
se rhabiller! Je t'aime bien mon garçon Tu sais
ce qu'on va faire?

Il a pincé la joue de l'accusé et infligé à ses côtes
un coup de coude assez douloureux

Je veux t'aider à surmonter ta timidité
et à entrer dans une vie d'homme normal T'as
pas onze ans pour l'amour du ciel t'en as vingt-
deux! OK si jusqu'ici tu n'as eu affaire qu'à
nos vertueuses filles de l'Île Grise je peux
comprendre que tu ne tiens pas à tester ta
virilité en public la première fois mais sincèrement tu devrais profiter de l'occasion Allez!
choisis celle que tu veux et je te la fais livrer
à ta chambre d'ici un quart d'heure Ça te
va? Mais n'oublie pas qu'elle doit être sur
le tarmac demain à six heures tapantes pour son
vol retour à la capitale Hein, qu'en dis-tu? Marché conclu? Laquelle tu veux?

On a montré la culpette la plus proche une gamine caribéenne qui se livrait à des facéties de fauteuil avec un gorgosaure grisonnant et bidonnant Et encore dire qu'on l'a montrée est trop dire Du menton on a esquissé en sa direction un mouvement imperceptible

Excellent choix! s'est exclamé Bill Brawn et de se pencher vers la fille Comment t'appelles-tu ma puce? Roxanne? Elle s'appelle Roxanne

On ne garde aucun souvenir du trajet de retour à la chambre mais quand la jeune fille a frappé à sa porte un peu plus tard on était plié en deux de douleur Elle a frappé encore et encore Quand elle s'est mise à dire le nom de l'accusé dans un chuchotement puissant on s'est forcé à griffonner un mot et à le lui glisser sous la porte en même temps qu'un billet de cinquante lunis

Merci d'être passée Roxanne disait le mot *mais aujourd'hui n'est pas un bon jour Désolé À une autre fois peut-être*

V

LASER

Varian est descendu dans un tunnel noir au milieu de la nuit. Trempant son pinceau dans un pot de peinture noire, s'élançant de droite à gauche, il peint des graffitis sur le mur avec de grands gestes erratiques de son bras droit. Soudain, deux hommes surgissent. Ils jettent sur lui une bâche énorme qui le recouvre entièrement et l'étouffe. Il se débat pour se libérer, agitant les mains derrière son dos. Il voudrait attraper les hommes par les testicules, leur serrer leur pincer et leur tordre les couilles pour les obliger à le relâcher, mais c'est impossible de les atteindre à travers les pans lourds de la toile. Maintenant ils lui soulèvent tout le corps, il essaie de hurler, il a beau resserrer ses cordes vocales au maximum et prendre quantité d'air dans les poumons, tout ce qui sort de sa gorge est une série de coassements pitoyables…

Son deuxième coassement le réveille pile au moment où retombe le rabat métallique : son repas vient d'être livré. Voilà trois jours qu'il n'a pour ainsi dire rien mangé. Nauséeux et nerveux, il se prépare à être déçu. Dans un effort pour maîtriser son violent besoin de se nourrir, il va dans le coin pour uriner avant de traverser jusqu'au passe-plat. Quand il s'empare de la boîte, le grincement du polystyrène lui perce l'âme, lui donne envie de mourir.

Oh mère   *Ach Mutter*   quelle chance tu
as   de flotter dans des limbes mentaux   indif-
férente au sort de ton fils   Tu serais effondrée si
tu savais comme on le crucifie ici   Ainsi tu ne
viendras pas   draper sur tes genoux   son misé-
rable   corps dénudé démoli détruit Non tu sau-
teras le chapitre *Pietà*   et iras   directement au Ciel

Il relève le couvercle de la boîte avec les gestes
cérémonieux d'un prêtre ouvrant le tabernacle. Plus
vite que ses yeux, son estomac enregistre le miracle
et saute de joie : cette fois, on lui a apporté un vrai
repas. Assiette végétarienne, copieuse et croquante.
Tomates cerises, salade romaine d'un vert profond,
croûtons, tranches d'œuf dur, olives, poivrons rouges
en saumure et maïs doux, le tout luisant de sauce.
Ni pain ni beurre, hélas – mais, malgré tout, de loin
son repas le plus royal depuis qu'il a quitté le camp
de travail. Il s'installe pour le savourer. Voudrait
presque allumer une bougie, en souvenir des repas
qu'il partageait avec Beatrix au début de son adolescence. Songe même à murmurer quelques mots
en guise de bénédicité. Il porte avec soin la fourchette en plastique jusqu'à sa bouche. Ses lèvres mor-
dillent, caressent, câlinent, attirent doucement vers
sa langue le mélange multicolore de légumes… puis
le recrachent avec fureur dans l'assiette en plastique.
Les gardiens ont arrosé sa salade, non de sauce mais
de shampooing.
Ils viennent le chercher environ une heure plus
tard, quand il a fini de pleurer. Varian se lève et met
de lui-même les mains dans le dos, pour atténuer la
brutalité du menottage. Mais au lieu de le menot-
ter, les troodons lui disent cette fois de se mettre nu.

"Pour   quoi faire?

— Nouvelle procédure, dit l'homme le plus gros, qui pèse facilement deux fois plus que Varian.

— Les ordres", grogne celui qui n'est que modérément obèse.

Les ordres c'est   de l'ordure   du fumier   des excréments Ordure oui   les fèces   et la face   de ces sbires   des hadrosaures

Ses doigts pincent nerveusement ses habits. On lui donne une claque pour qu'il se dépêche.

"Allez, beauté, à poil! lui lancent-ils, comme s'il était une culpette employée par la boîte de strip-tease de Luniville. À poil! À poil!

— Ça sert   à quoi   tout ça? marmonne-t-il, une fois nu.

— On sait jamais, tu pourrais avoir une arme.

— Où aurais-je trouvé   une arme   depuis hier?

— Ah! ça, c'est toi qui l'sais, mon maigrichon! fait l'homme le plus gros, persifleur. Regarde-moi ça, Jack, sa mère a dû être nulle comme pute, il a que la peau sur les os, hein?

— Y bande pas non plus, Sam!

— Moins qu'on puisse dire. T'as vu sa pauvre petite quéquette qui s'cache dans le coin là?

— Ouais, elle sert pas à grand-chose. Autant la couper et la jeter aux chiens, hein? Ils la prendraient pour un cou de poulet et n'en feraient qu'une bouchée. Ah! ah! ah!

— Penche-toi, MacLeod." Sam, le très-obèse, lui donne un coup de poing sur la tête qui l'envoie valdinguer contre le mur.

"T'es sourd ou quoi?" Jack, le moins-obèse, l'attrape sur le rebond et le fait pencher en avant pour que Sam ait libre accès à son arrière-train.

"OK, voyons voir." Sam enfile un gant chirurgical. "On voudrait pas que tu te mettes à chier des lames de rasoir, hein?" Son médius s'enfonce dans l'anus de Varian et explore. Le temps se mue en glace. "Bon, ça va pour cette fois-ci, fait-il enfin… et d'ajouter, avec un petit gloussement immonde : Ça se voit que t'aimes ça, dis donc! Vous faites quoi ensemble au juste, toi et ton pote de médecin? Hein, vilain garçon?"

Repoussant Varian avec violence, il laisse tomber le gant souillé et envoie un crachat à sa suite.

"Dégoûtant.

— Rhabille-toi, dit Jack en remettant Varian debout. Et cesse de chialer! J'veux pas voir mon bel uniforme tout taché de ta morve."

Après avoir ordonné aux troodons d'attacher Varian à sa chaise comme d'habitude, le corytho leur dit de lui bander les yeux. Ensuite il éteint toutes les lumières et quitte la pièce, mais seulement après s'être excusé : "Désolé, il ne m'est pas loisible de rester auprès de toi pour cette étape de la procédure. Je dois penser à ma propre santé. Un peu comme le dentiste qui s'éloigne pendant les radios de ses patients."

Quoi   Quoi   avec   quoi   bombardent-ils le corps ?   Quelle irradiation   quel laser empoisonné   Que font-ils aux cellules   aux atomes   à la chair vulnérable?

SCISSIONS

Le Grand Lycée royal est situé dans une province de l'OverNorth qui, bien que maritime, est tout sauf voisine de l'Île Grise. Varian doit prendre trois cars et un ferry pour rentrer chez lui : voyage exténuant, interminable et ruineux. Son séjour dans cette pension lointaine est exactement aussi pénible qu'il se l'était imaginé à l'avance. Plus, même, car il est raillé ici non seulement pour sa taille et ses tics, mais aussi pour sa façon de parler. Entre l'accent irlando-écossais de Ross, épicé d'idiosyncrasies grisiliennes (diphtongues tordues, *th* voisés, *oui* itérés sur l'inspir), le soupçon d'accent allemand de Beatrix, et sa propre syntaxe flottante, les autres élèves de Royal ont du mal à croire que l'anglais est sa langue maternelle. "Vous êtes d'où ?" est de loin la question qu'on lui pose le plus souvent. Il y réagit en se refermant comme une huître, ce qui ne fait qu'aggraver son ostracisme. Il vit désormais sa solitude comme une chose palpable et solide, sorte d'épais cylindre de verre qui a poussé autour de son corps et l'accompagne partout, floutant la réalité qui l'entoure.

C'est maintenant sa dernière année et il a seize ans. Aujourd'hui, il s'est enfermé dans un cabinet des toilettes hommes du bâtiment des sciences.

Son heure de déjeuner tire à sa fin. Il a posé debout sur le réservoir d'eau un magazine dont les pages en papier glacé montrent la punition bien méritée des culpettes. De sa main gauche il tourne lentement les pages tandis que sa main droite tient son soi. L'énergie est en train de circuler comme il faut, comme il se doit, son souffle se fait court et rauque, ses yeux avalent la noirceur, son cerveau la convertit en électricité et l'envoie courir le long de sa colonne dorsale et de sa moelle osseuse, lui inondant tout le système nerveux. La jeune culpette est terrorisée, elle se débat, son corps blanc et nu est supplicié par un groupe de Noirs furibards qui brandissent leur soi contre elle et en elle, ça y est presque, sous peu la tête de Varian pourra basculer en arrière et son visage se convulser dans la décharge culminante de l'élextase, il tourne les pages avec frénésie pour rafraîchir les images, oui ça vient, sa respiration se fait plus rauque et plus hachée et chacune de ses cellules grouille de sauvagerie, sur cette autre page on voit une culpette asiatique dont les sous-vêtements ont été arrachés, on l'a bâillonnée avec sa propre petite culotte, le tissu carmin lui dégouline de la bouche comme du sang, elle est à peine plus qu'une enfant mais les hommes costauds la plaquent avec violence contre le mur, lui serrent la gorge et enfoncent leur soi en elle, là ça va venir, il le faut, il tourne désespérément les pages, celle-ci alors, une culpette noire punie par des hommes blancs en colère, ils la retiennent la giflent la ligotent l'écartèlent l'épissent la fendent et la fendillent, non, l'autre est mieux, la culpette blanche punie par des Noirs, leur giclement d'élextase sublime l'explosera et ils la laisseront pour morte, oui, enfin ça vient ça vient ça vient ça vient ça vient presque, la cloche sonne. Son cours de chimie commence dans trois minutes, il est encore temps, il peut encore y arriver, il suffit de… sa main droite serre fort, il faut que ça vienne. Mais soudain la porte des toilettes hommes s'ouvre brusquement et deux élèves bruyants y débarquent ; tout en pissant côte à côte, ils font des blagues débiles sur les bas résille de la prof d'anglais… et tous les efforts de Varian sont réduits à néant.

C'est plus ardu d'y arriver, ça ne coule plus de source comme jadis… Ce n'est pas la première fois qu'il reste ainsi atrocement en suspens, tout le corps grésillant d'énergie non dépensée. Il tire la chasse et sort du cabinet. Se lave les mains sans se tourner vers les autres garçons, même s'il les reconnaît du coin de l'œil.

"Hé! MacLeod, dit celui qui s'appelle Johnny. Tu sors avec nous, samedi?"

C'est une vieille blague dont ils ne se lassent jamais. À pas raides, Varian va jusqu'au mur d'en face et s'essuie les mains sur la serviette enroulée.

"Sauf si t'as décidé d'épouser les chiottes, bien sûr! dit celui qui se nomme Darren, et les deux s'esclaffent. Qui sait, c'est peut-être une coutume grisilienne!"

Varian essaie de sortir mais ils bloquent la porte, le tancent et le bousculent.

"T'as avalé ta langue, MacLeod? dit Darren.

— Réponds quand on te parle! dit Johnny. C'est une simple affaire de politesse, MacLeod. Les mères grisiliennes n'apprennent donc pas la politesse à leurs enfants?"

Les joues de Varian flambent. Croisant les bras pour empêcher ses mains de s'agiter, il dit, d'une voix rendue fluette par la peur : "Une autre fois peut-être Là ce week-end il faut rentrer à la maison"

Sa voix a enfin mué l'an dernier, à l'âge de quinze ans et demi. En temps normal, si elle est loin d'être basse, c'est désormais une voix d'homme sans méprise possible… mais quand elle panique elle monte brusquement d'une octave, tel un oiseau qui cherche à s'envoler par le conduit de cheminée. (Du reste, il a arrêté complètement le chant, car il ne sait jamais avec certitude quelle voix sortira de sa gorge.)

"Ah bon, dit Darren, on rentre encore chez sa maman, c'est ça? On rentre *souvent* à la maison, n'est-ce pas, petit boursier? Et *qui* finance tous ces voyages? Hein? Comment fais-tu pour voyager tant, avec un paternel au chômedu? Nos études à nous sont payantes! Autrement dit, pour que *toi* tu puisses aller pleurnicher dans les jupons de ta manman, ce sont *nos* parents qui casquent!

— Pleurnicheur!" dit Johnny. Impressionné par le raisonnement de son ami et ne trouvant rien à ajouter de son cru, il pince et gifle le bouc émissaire.

"*Nous* on ne rentre qu'une fois par trimestre, insiste Darren. Tu trouves que c'est juste?

— Hein, MacLeod? dit Johnny. Tu trouves que c'est juste?

— C'est   c'est

— Tu rentres chez toi bien trop souvent, MacLeod, poursuit Johnny, fier d'avoir trouvé une idée à lui. Si tu veux être un homme, faut apprendre à devenir indépendant.

— Ouais! rigole Darren. Après tout, t'es en dernière année, là, même si tu as l'air d'avoir sept ans. Va bientôt falloir te débrouiller seul! Peut-être qu'on devrait aider ce petit garçon à grandir… hein, Johnny? Qu'en dis-tu?"

En se frottant l'entrejambe, ils font reculer Varian, le bousculent, le coincent contre le mur du fond de ces sanitaires spacieux aux murs vert pâle.

"Ça me paraît une excellente idée, dit Johnny. Il trouve toujours un prétexte pour ne pas se joindre à nos petites sauteries… Comment il va faire, plus tard, si personne ne s'occupe de son éducation?

— On peut pas se réfugier éternellement dans les jupes de maman, petit garçon.

— Nan… Il faut grandir!

— On va te montrer comment faire avec les filles.

— Toi, tu joues la fille… Viens, chérie, donne-moi tes lèvres…"

Darren lui plante un baiser sur la bouche. Quand Varian se détourne violemment pour l'esquiver, John l'attrape par le col et le pousse dans le dernier cabinet de la rangée. Prestement, les deux garçons s'y introduisent avec lui. Varian est affolé : s'ils arrachent son blazer, ils trouveront le magazine qu'il a enroulé et glissé dans la poche intérieure. Et s'ils le trouvent, ce sera comme la photo de Pâques dans les vestiaires il y a cinq ans : il n'en entendra jamais la fin.

"Veuillez prendre place sur le trône, Votre Majesté des chiottes. Voilà. Donc, tu crois sans doute que cette partie du corps ne sert qu'à pisser, mais en fait elle a une autre fonction. Il est temps que quelqu'un t'explique…

— Cher enfant, il faut rester tranquille, dit Darren, et de frapper la tête de Varian contre le réservoir d'eau. Ah, voilà qui va mieux… non ? Tu vois, dans le fond, il s'agit d'une autre forme de communion. Ouvre grande la bouche…"

La deuxième cloche sonne. C'est inconcevable, mais seulement trois minutes se sont écoulées depuis la première. Darren et Johnny se rajustent et détalent, conscients qu'un retard pourrait leur coûter leur samedi soir en ville.

Varian se retrouve seul, en train de pleurer de soulagement. Il met un bon moment à tout lisser : habits, visage et sentiments. Se dit qu'il vaut sans doute mieux manquer tout à fait son cours de chimie que de s'y pointer avec dix minutes de retard. Se dirige vers l'infirmerie.

Demander un papier quelconque   une attestation   Rendre l'absence officielle   avec une excuse officielle   Seul hic   se trouver nez à nez avec une infirmière   qui voudra   à tout prix   interroger le malade   ou pire   l'ausculter

Il hésite, mais ne voit pas d'alternative. En chemin vers l'infirmerie, il glisse le magazine dans les ténèbres au fond de son casier.

À sa grande surprise, quand il frappe à la porte de l'infirmerie c'est une voix d'homme qui répond : "Entrez donc !"

Il avance jusqu'à la réception. "Désolé de vous déranger, docteur… Euh… j'aurais voulu parler avec une infirmière.

— C'est moi l'infirmier ! fait l'homme en riant. Parlez avec moi !"

Varian rentre effectivement chez lui ce week-end-là, car Beatrix lui a dit qu'ils avaient des nouvelles importantes à lui annoncer. *Nachrichten, die nicht warten kann, mein Schatz*, avait précisé sa dernière lettre : des nouvelles qui ne pouvaient pas attendre.

Le voilà dans la cuisine du cottage où s'est déroulée toute son enfance. Là où une sage-femme aborigène du nom de Dorothée Lejeune l'a glissé nouveau-né dans le four. Là où Ross et Beatrix faisaient jadis des bectances-et-bombances, et se roulaient des pelles dans les coins. Là où, après qu'il s'était enfermé dans les WC chez Sheila, ils ont bu une tisane à l'églantine. Là où Beatrix a inventé pour son plaisir d'innombrables recettes végétariennes. Là où, Ross parti dans des expéditions de pêche de plus en plus longues, mère et fils ont partagé des repas aussi sacrés que l'eucharistie. Là où, le jour de la fête nationale 1992, à la veille du moratoire, Ross a hurlé contre Beatrix.

La cuisine est inchangée à un point presque inquiétant. Même toile cirée à fleurs bleues sur laquelle il faisait jadis ses devoirs, propre, à peine effilochée. Même percolateur avec son gargouillis d'eau, son sifflement de vapeur, son odeur de café. Mêmes tasses et couverts. Mêmes placards en sapin bon marché, datant d'avant l'invention du Formica et jamais remplacés. Mêmes rideaux de dentelles blanches à la fenêtre, régulièrement lavés, amidonnés et repassés par Beatrix.

Les personnes dans la pièce ont changé, en revanche, dans les trois ans et demi depuis le départ de Varian pour le Grand Lycée royal. Ross a été inactif pendant ce temps, sauf que le mot inactif échoue à décrire ce qu'il a été. Effacé, plutôt. Effacé en dedans. Il a comme disparu de sa propre vue. Il est tombé dans un gouffre à l'intérieur de lui-même dont il ignorait jusqu'à l'existence. Même boire avec des amis ne ramène plus à la surface le vieux Ross sympathique et rigolo d'autrefois. Il a serré les mâchoires tellement souvent que son visage est devenu non seulement plus lourd, mais aussi plus *carré*. Il ne se rase plus tous les jours – à quoi bon? – et sa barbe repousse en chaume gris. De sombres taches marron sont apparues sous ses yeux, et quand ses paupières lourdes se relèvent on voit des éclairs de colère. Il l'étouffe au lieu de la parler, et elle le dévore de l'intérieur. L'an dernier on l'a opéré d'un ulcère, intervention qui l'a endetté jusqu'au cou. Il a cinquante-quatre ans mais on lui en donnerait soixante. La différence d'âge dans leur couple est annulée. À soixante et un ans, on dirait que Beatrix fond comme une grosse chandelle. Ses hanches s'étalent, ses bajoues pendent, ses cheveux blonds blanchissent et se dressent en mèches folles autour de sa tête, la chair de ses bras et de ses cuisses ramollit et tremble comme de la gelée. Quant à Varian, c'est un jeune homme malingre et crispé qui a l'air perpétuellement sur ses gardes. Sa voix a beau être plus grave, elle est encore plus douce qu'avant… Mais, par-delà la douceur, une oreille fine y entendrait peut-être vibrer une sorte de rage contenue.

Quand Beatrix repose sa tasse de thé sur la soucoupe, sa main tremble et on entend un cliquetis. Comme d'habitude, c'est elle qui parle. Ross reste là, assis, à fixer les fleurs de la toile cirée. Il semble avoir renoncé aux échanges humains.

"D'abord, *Engelchen*… Félicitations pour ton travail à l'école! Tes notes sont magnifiques, on est fiers de toi… Voilà… je t'ai demandé de venir parce qu'on a des nouvelles à t'annoncer. Ou plutôt… *une* nouvelle."

Varian hoche la tête "oui" et attend ; Ross ne bronche pas.

"L'économie grisilienne est par terre, je n'ai pas besoin de te le dire. La province est ruinée. Toujours aussi belle mais… totalement… ruinée. Les Grisiliens ont faim ! ils tirent le diable par la queue. Ils ne peuvent plus payer leur loyer, on leur coupe l'électricité, quand ils tombent malades en hiver, ils n'ont pas assez d'argent pour se soigner. Le long de la côte, les gens émigrent par milliers. Le gouvernement les *paie*, maintenant, pour partir ! Ils veulent fermer le plus de villages possible pour ne plus avoir à assurer les services. N'est-ce pas, Ross ?"

Aucune réponse, bien sûr.

"Tiens, Diane Lejeune est décédée la semaine dernière, je ne sais pas si je te l'ai écrit… La fille de cette Dorothée Lejeune qui m'a aidée à ta naissance… Elle n'avait que trente-cinq ans ! Elle est morte de tuberculose. Tu savais que la tuberculose était de retour ?"

Pendant que, mal à l'aise, Varian attend que Beatrix en vienne au fait, ses yeux déchiffrent à l'envers le titre d'un journal. *L'Île Grise officiellement classée zone d'ambroisie à haut risque pour les oiseaux.* Tout en écoutant sa mère, il aimerait tirer le journal vers lui et le lire. Cela n'empêcherait pas le sens des mots de Beatrix de se cristalliser dans son cerveau, mais mettrait en place un deuxième message qui résorberait une partie de sa détresse. *Taux de mortalité annuel : 300 000 oiseaux maritimes.*

"Ton p'pa a trouvé de l'emploi", lâche alors Beatrix.

Voilà qui est inattendu. Varian regarde son père, mais Ross n'a toujours pas bougé d'un millimètre.

"Il a trouvé un job. Et bien payé, avec ça… Mais ce n'est pas ici à l'Île Grise."

Un autre silence s'installe. Tour à tour, Beatrix siffle son thé à petites gorgées et fait cliqueter sa tasse. Varian ne se donne pas la peine de la relancer. Il sait qu'elle se relancera toute seule.

"Donc voici ce qui se passe, *mein Liebchen*, poursuit-elle. Je sais que tu avais prévu d'aller dans une fac de l'UnderSouth à l'automne prochain, mais… eh bien… je ne peux pas vivre ici toute seule… C'est… je ne saurais pas me débrouiller sans un homme à la maison… donc… C'est juste pour deux, trois ans, mon ange. J'espère que tu comprends. Ton p'pa est encore capable de faire un travail dur, un vrai travail physique, pendant deux, trois ans. Il gagnera assez d'argent pour rembourser nos dettes, et toi et moi pendant ce temps on se remettra à vivre comme avant. Ce n'est que pour deux, trois ans, tu comprends… le temps qu'il mette des sous de côté. Les salaires sont beaucoup plus élevés là-bas."

Varian est atterré. Il n'a jamais entendu Beatrix tourner en rond comme cela. Soudain il la coupe.

"Attends   Attends   un instant   Tu as   omis la chose   la plus importante   Tu vas faire   quoi p'pa?   Et où? Hein? C'est quoi   ton nouvel emploi?"

Ross se met debout si brusquement qu'il renverse sa chaise, et quitte la maison à grands pas. Beatrix pose sa tête blanche sur les bras et fond en larmes. Ses épaules charnues tremblent comme de la gélatine, et les sanglots qui la secouent sont si violents qu'il est impossible d'entendre le mot de *Terrebrute* les trois premières fois qu'elle le prononce.

JAUNE

Eileen Wu lève une jambe nue à la verticale, la colle contre le poteau et se hisse rythmiquement jusqu'en haut. Quand elle redescend en suivant de tout son corps les battements de la musique, les hommes l'applaudissent, leurs voix disent : "Ouais!" et "Waouh!" et "*Vas-y*, beauté!" Elle se tourne vers eux en se pavanant, rejette la tête en arrière et fait arquer son dos jusqu'à ce que ses longs cheveux noirs et raides touchent le sol. Secouant ses seins pailletés, elle avance vers les hommes le pubis en avant, bientôt son string étincelant n'est plus qu'à vingt centimètres de leur visage. "Oui" et "oui" et "OUI", disent-ils, et elle sent son pouvoir. Son ventre est tout glissant de sueur, c'est la première fois qu'elle fait ce travail et elle est complètement *dedans*, enfin son rêve de danser professionnellement en public devient réalité, elle touchera deux cent cinquante lunis pour la soirée, pas mal pour une débutante, et comme le chiffre 250 est associé en chinois à la stupidité, ça ne la dérangera pas de l'augmenter, dans l'arrière-salle après le spectacle en dansant sur les genoux des clients solitaires.

Chas, son compagnon, est parti avec leurs deux petits garçons pour un week-end de chasse à l'orignal en motoneige, et c'est pur hasard si Lily, une des danseuses régulières de l'établissement, a attrapé la grippe précisément aujourd'hui. Ce n'est pas la faute d'Eileen, elle n'a rien planifié, sa prof de danse poteau l'a appelée ce matin pour demander si elle pouvait prendre le créneau de Lily la nuit de samedi, et le mot *oui* a franchi ses lèvres avant même qu'elle n'ait réfléchi. Elle n'en a pas parlé à Chas et elle ne le fera pas, car toute vérité n'est pas bonne à dire…

Quand, voici trois ans, elle avait commencé à prendre des cours de danse poteau, voulant retrouver sa forme physique et mentale après le bébé et la tragédie, Chas en avait fait tout un fromage. Elle lui avait patiemment expliqué que le but de cette activité n'était pas le sexe mais le fitness. Pour le convaincre, elle l'avait fait asseoir dans un fauteuil et lui avait apporté les règlements du concours, où il était stipulé à de nombreuses reprises que le spectacle ne devait comporter aucun élément sexuel ni sensuel.

Des actes de masturbation de même que tout autre comportement indécent sont proscrits. Il est interdit d'ôter des habits entre le cou et les genoux, même si on porte d'autres habits dessous. La musique ne doit contenir aucun mot obscène et les paroles ne doivent pas être ouvertement suggestives. Le temps de son règne, la Championne s'engage à ne pas apparaître dans un support pornographique imprimé ou filmé. L'accent doit être mis sur la forme physique et la présentation, non sur la sensualité. Aucune suggestion sexuelle ne sera tolérée. La suggestion sexuelle est définie comme tout mouvement explicitement érotique ou séducteur. "Putain, c'est quoi ce binz? avait dit Chas, en abaissant violemment le document contre ses cuisses. T'es folle ou quoi ? – Je t'en prie, Chas, lis la suite." *Il est interdit de donner un spectacle en étant nue ou partiellement nue, même involontairement. Si vous avez des doutes au sujet de votre costume, scotchez-le à votre peau ! Un bas complet est défini comme un bas qui recouvre le fessier aux deux tiers. Des rotations du pubis, au sol ou au poteau, ne sont pas acceptables. Le* bounce dancing *et le* twerk *ne sont pas acceptables.* "Putain c'est quoi le *twerk* ? – Ça veut dire, euh…. je crois que c'est une certaine façon de se remuer le popotin, tu sais ? comme le font parfois les Africaines… Mais dans la danse poteau, c'est exclu. Tu vois ? interdit. Pour de vrai, Chas, c'est une affaire réglo !" *Si l'on dessine un angle droit, en prenant comme verticale la raie fessière (marquée comme zéro degré) et comme horizontale le repli fessier (marqué comme quatre-vingt-dix degrés), l'angle de couverture ne doit pas être inférieur à soixante degrés. Une couture intérieure de deux centimètres et demi est obligatoire, à moins que le costume ne recouvre complètement le pli du fessier. Le haut ne doit pas montrer un décolleté excessif. À partir du sternum, il est recommandé d'avoir au moins deux centimètres et demi de couverture entre le bord inférieur et le bord supérieur du costume (ce chiffre se réfère directement à la partie du costume située au centre de la poitrine).* "Oh, génial. Eileen, t'entends pas comme c'est pervers, ce truc ? C'est plus tordu que tout ce que j'ai pu voir sur le Web. Comme ça, il y a des mecs qui vont tourner autour de toi avec des compas et des mètres à ruban pour voir jusqu'où tu révèles ton cul et tes nichons ? Non, mais, ça va pas, non ?! T'es *mère*, t'as oublié ? T'as un petit *garçon* ! Je t'interdis de t'embarquer là-dedans de près ou de loin. – Chas, avait dit Eileen, fière de son sang-froid, tes idées au sujet des mères sont légèrement surannées. – Ah, tiens ! Ton fils n'a qu'à s'arranger avec l'idée que sa maman se fout à poil et vole dans les airs sous le nez des mecs, c'est ça ? *C'est ça ?* – D'après l'entente entre nous, rappelle-toi, je prends les décisions pour mon fils et toi pour le tien. – Tu veux qu'on se sépare, bordel, continue de parler *exactement* comme tu le fais en ce moment ! Et *mon fils*, au fait, tu y as pensé ? Ça pourrait nuire à *mon fils* aussi ! Tu y as pensé ? – Chas, je t'en prie, calme-toi, je t'en prie. Écoute. Pour moi, la scène est un *besoin physique*. C'est mon destin. Je l'ai dans le sang et dans le cœur. Tu sais que ma mère, après avoir sacrifié tous ses rêves, m'a suppliée de ne pas faire de même ! Elle m'a dit de viser la lune ! S'il y avait de bons cours de ballet ou de tango à Luni-ville, je ferais du ballet ou du tango ! Il se trouve que la danse poteau c'est ce que Luniville peut offrir en matière de haute culture ! D'accord, tout le monde sait pourquoi, je ne suis pas naïve. Mais… fais-moi confiance ! Tu ne peux pas juste *me faire confiance* ? Ça me fait de l'exercice, j'adore la musique, et je ne me suis pas sentie aussi bien dans ma peau depuis… – Vas-y, finis ta phrase : depuis la mort de Mo. Dis-le. *Dis-le*. DIS-LE ! Tu prends pas ton pied avec moi aussi bien qu'avec lui. *Dis-le*. – Tu n'as pas besoin de moi pour te faire mal, Chas. Tu y arrives très bien tout seul. Écoute, franchement, j'aime autant qu'on reprenne cette discussion plus tard, quand tu ne seras pas défoncé."

Elle se tortille au sol sous la pulsation des lumières rouge, jaune et orange. Les hommes se rapprochent, se pressent tout contre l'estrade. Bouche ouverte, bavant presque, ils ressemblent à des gamins à qui on vient de montrer un énorme gâteau d'anniversaire aux bougies toutes allumées. La plupart ont la vingtaine. Elle voudrait tellement les rendre un peu plus heureux. Elle sait ce que c'est d'être loin de chez soi, déconnecté de tout ce que l'on connaît. Tous ont le corps cabossé, comme décollé de leur âme. Ils ne savent plus marcher, sauter, danser, crier de joie, faire l'amour à une vraie femme. Pour eux, Eileen incarne non seulement un fantasme sexuel, mais un fantasme de mouvement, un fantasme de liberté, un fantasme de sens.

Née dans la province du Yunnan dans l'Empire Est en 1980, elle a grandi dans la ville de Kunming. Même si ses parents étaient tous deux cols blancs, sa mère s'intéressait sérieusement à l'art et aux idées féministes. Eileen était leur unique enfant (bien sûr, vu les sanctions économiques sévères infligées aux couples qui en avaient plus) ; grâce aux idées avancées de sa mère au sujet des femmes, elle n'avait été ni éliminée après la première échographie, ni étranglée à la naissance, ni abandonnée dans un jardin public en plein hiver pour être sauvée par un passant ou mourir, selon les aléas du destin. Au contraire, sa mère l'avait choyée dès les premiers instants de sa vie, et s'était efforcée de lui donner accès à toutes les beautés qui lui avaient manqué, à elle. Pour commencer, elle l'avait nommée Eileen d'après Eileen Chang, *alias* Zhang Ailing, à son sens le plus grand auteur EE du vingtième siècle. Zhang Ailing avait écrit son premier roman à l'âge de douze ans. Sa mère adorée l'avait abandonnée… son père opiomane l'avait battue et enfermée dans un cachot… son premier mari l'avait quittée pour une infirmière adolescente… son deuxième mari l'avait obligée à avorter puis était mort jeune, la laissant seule en exil… À force de tanguer d'une guerre, d'un mariage et d'un continent à l'autre, Zhang Ailing était devenue une femme brillante et désabusée. Elle avait publié une cinquantaine de livres en tout, dont dix avaient été portés à l'écran, et dégringolé peu à peu de la gloire à Shanghai jusqu'à l'anonymat à Los Angeles, en passant par Hong Kong, New York et la colonie Mac-Dowell, résidence d'artistes à Peterborough dans le New Hampshire.

Dès que la petite Eileen eut appris à marcher et à parler, sa mère avait commencé à l'amener dans des galeries d'art, aux musées et aux concerts, à lui lire des histoires et à stimuler son imagination de toutes les manières possibles. Très tôt, la fillette avait manifesté une passion pour la scène. À trois ans, elle avait commencé des cours de chant et de danse ; à douze, elle étudiait déjà à Kunming avec une chanteuse d'opéra réputée et rêvait de faire partie de l'Opéra de Pékin… Mais c'était alors 1992, l'année où tout avait changé.

En pénétrant dans la boîte de strip-tease de Luniville, les hommes ne s'étaient certainement pas attendus à trouver *cela*. Après être passés par toutes les fourches caudines – flics sur le perron, sas à rayons X, carte d'identité –, ils s'étaient attendus, en gros, à trouver beaucoup de bruit et d'alcool pour flouter la réalité, assortis d'un peu de chair féminine pour atténuer ou engourdir la douleur dans leurs testicules. Mais Eileen – agile, mince, souple, sexy, incroyablement belle – est un pur miracle vibrant et doré. Chacun de ses muscles est accordé et entraîné pour obéir à ses ordres ; et ce qu'irradie son corps – à travers l'effort, la sueur, les sourires, les yeux brillants, l'attitude *viens-là-chéri*, les virages et envols à travers les airs – c'est la vitalité à l'état pur. Jamais les hommes n'ont vu une personne aussi vivante. Eileen les aide à oublier leur bière, leurs factures, leurs ruminations angoissées au sujet d'un chez-soi situé à des milliers de kilomètres, en Colombie ou aux Philippines ou en Empire Est ou en Terre de Malice ou à l'Île Grise : leur épouse a-t-elle trouvé un petit copain pour lui tenir chaud au lit pendant qu'ils triment dans les mines douze heures par jour sept jours par semaine deux semaines sur trois pour payer les études qu'entreprendront les gamins d'ici une ou deux décennies, et les gamins les reconnaîtront-ils à leur retour ? Soudain ils ne sont plus rien d'autre qu'un regard affamé. Leurs yeux dévorent littéralement le talent, la sensualité et l'énergie exceptionnels d'Eileen, et cela apaise un peu la famine de leur âme.

1992 en Empire Est a été l'année de la Grande Trahison. Le Retournement impensable, invraisemblable, inqualifiable. Brutalement, le gouvernement EE a annoncé qu'il allait libérer le marché. Toujours pas de liberté de presse, d'expression ni de voyage ; seulement les échanges commerciaux étaient libérés. mais totalement. Du jour au lendemain, des produits étrangers se sont mis à inonder le pays. En quelques semaines, les parents d'Eileen ont été licenciés. Le cœur serré, la fillette de douze ans a assisté impuissante à la détresse et au désarroi du couple, "retraité" de force à quarante ans. En 1995, après trois années d'angoisse, ils ont perdu leur appartement et, comme des foules d'autres travailleurs et paysans EE, été contraints de déménager à Shanghai. Pas facile, ensuite, de vendre leurs maigres talents dans la mégalopole. "Je sais réparer des tuyaux qui fuient", disaient les petites pancartes qu'ils accrochaient au guidon de leur vélo dans les parcs de la ville. "Je sais faire des planchers en bois."

Deux autres années s'étaient écoulées, pendant lesquelles la petite famille avait déménagé d'un *lilong* surpeuplé et malodorant à un autre, dormant à trois sur le même matelas et mangeant rarement à leur faim. Puis, une nuit, la mère d'Eileen avait eu une idée de génie. Elle s'était acheté quelques pans de tissu rouge, y avait découpé des costumes pour sa fille, et l'avait encouragée à chanter et à danser dans un coin du parc du Peuple. Rapidement, de petites foules s'étaient formées, nostalgiques de l'époque où le président Mao s'occupait d'eux et où tout le monde avait au moins un emploi, un maigre revenu et un toit sur la tête. Âgée de dix-sept ans, Eileen dansait les solos les plus connus du *Détachement féminin rouge*... et les gens, émus autant par leurs propres souvenirs que par son talent, se penchaient pour déposer pièces et billets sur la longue écharpe jaune que la mère avait posée par terre.

Parmi les passants, un certain après-midi, s'était trouvé Mo, beau jeune homme d'affaires de Shanghai, très élégant avec son costume trois pièces et ses chaussures en cuir. Ayant fait une pause pour regarder le spectacle d'Eileen et s'étant trouvé ensuite incapable de s'en arracher, il avait attendu l'entracte puis entamé la conversation avec cette fille-femme de dix ans sa cadette.

Contrairement aux parents d'Eileen, Mo avait tiré un grand bénéfice de la nouvelle économie. Il travaillait pour EPIC, l'Eastern Petroleum Industry Corporation, et était sur le point d'être envoyé en OverNorth pour les représenter. Le père d'Eileen était impressionné, pour ne pas dire ahuri. Une vraie tornade, leur histoire d'amour : fiançailles, mariage, grossesse et départ pour Luniville… En moins d'un an, la vie d'Eileen avait subi une métamorphose complète.

"Mais, mère, je ne peux pas partir en vous laissant ici!" avait-elle murmuré, larmoyante, en étreignant sa mère à l'aéroport international de Shanghai. "Sois forte, Eileen, avait répondu sa mère. Tu as un bon mari, et tu auras bientôt un enfant. Ce sont là des choses importantes, mais n'oublie jamais de suivre ta propre étoile. Travaille pour ce que tu veux, *toi*, ce dont *toi* tu as besoin. Sois prête à souffrir et à patienter, mais non à renoncer. Je ne connais pas ce lieu où tu vas vivre, mais l'humanité est la même partout. C'est Eileen Chang qui me l'a appris, celle dont je t'ai donné le prénom. Songe aux malheurs qu'elle a endurés! C'est grâce à ces épisodes douloureux qu'elle est devenue une grande romancière. Vis, Eileen, je t'en conjure! N'aie pas peur des obstacles, ils te propulseront plus haut dans ton art! – Mais, mère, avait dit Eileen en sanglotant, l'OverNorth est tellement loin! Je m'inquiéterai pour toi et père à Shanghai. – Ton père et moi trouverons le moyen de rentrer chez nous au Yunnan. Construis ta propre vie, Eileen. Moi je voulais être romancière et je n'ai pas osé. Sois plus forte que moi. Promets-moi que tu oseras. Ose briller!"

En 2000, quand leur fils Mo Junior n'avait que deux ans, Mo avait trouvé la mort dans un horrible accident sur "l'autoroute de l'Enfer". Un camion géant, roulant à plus de cinquante kilomètres-heure au-dessus de la vitesse autorisée, s'était déporté sur la gauche et avait heurté de plein fouet la voiture arrivant en sens inverse, où Mo se trouvait dans le siège du passager. Plus tard, les analyses de sang avaient révélé que le camionneur, décédé lui aussi dans l'accident, avait absorbé des quantités impressionnantes d'alcool et de stéroïdes.

Une employée des pompes funèbres, constatant qu'Eileen était en état de choc, lui avait donné les coordonnées d'un groupe TDC (Thérapie de deuil compliqué). Et, en tant que veuve âgée de vingt et un ans, largement à l'abri du besoin grâce aux assurances vie de son époux, elle s'était dit qu'elle n'avait rien de mieux à faire. C'est là qu'elle avait fait la connaissance de Chas, propriétaire d'un magasin de location de moto-neiges, dont les chemises à carreaux rouges mettaient les muscles en valeur. Chas était lui-même en deuil d'une épouse originaire de la Floride qui, expliquait-il, rendue neurasthénique par le manque de soleil en Terrebrute, s'était ouvert les veines, le laissant seul avec leur petit garçon Joe. Chas avait flashé sur la beauté d'Eileen ; Eileen avait été rassurée par la rude virilité de Chas ; et au bout de trois ou quatre soirées, ils avaient décidé d'emménager ensemble. Certes, Eileen était parfois heurtée par la vantardise agressive de Chas mais, n'y reconnaissant pas encore un symptôme de la dépendance à la cocaïne, elle supposait qu'elle relevait des codes culturels de l'OverNorth. Plus important, à ses yeux, était le fait que leurs deux fils Mo et Joe s'entendaient fameusement… du moins au début.

Le spectacle proprement dit est terminé, musique et lumières ont baissé, mais Eileen est encore sur scène ; si son strip était le plat principal, reste à proposer le dessert. Entièrement nue désormais, hormis ses sandales et les paillettes sur ses paupières, elle se balade en se déhanchant sur l'estrade, passant d'un petit groupe d'hommes à un autre et se servant de la longue écharpe jaune de sa mère pour cacher, révéler et rehausser sa nudité. Des images lui traversent l'esprit un peu au hasard et, un moment, elle se laisse aller à la fatigue de son corps et aux vaguelettes de désir qu'il déclenche autour de lui.

Cette écharpe est le fleuve Jaune des terres du milieu… Chas ne sait même pas à quel point c'est bête de vouloir m'énerver en nous traitant de Jaunes. En Empire Est, toutes les connotations de cette couleur sont positives! Je ne lui dis pas que de nos jours elle est associée à l'érotisme ; par contre j'essaie de lui expliquer que chez nous depuis la nuit des temps elle est vénérée, presque sacrée. On a donné le nom d'Empereur jaune au sage légendaire Huangdi, et le symbole de l'agriculture honoré par la tribu de son armée était la Terre jaune. Ça l'a vexé. Chas n'aime pas que la moindre petite parcelle de mon être lui échappe. Alors il est allé glaner sur Internet quelques clichés au sujet de Huangdi, et est revenu me les jeter à la figure. "Bel exemple de sagesse, ton bonhomme! Il paraît que son palais était plein à craquer des belles femmes qu'il avait volées à ses ennemis… Et comme ça ne suffisait pas à combler ses appétits, il se faisait livrer chaque jour une jeune concubine vierge. Pour être sûr qu'elle n'introduise pas d'armes dans le palais, elle devait être mise nue, emballée comme un cadeau dans un grand carré de soie jaune et apportée sur le dos d'un eunuque… Pas mal. Ah, oui, un vrai parangon de sagesse, votre Empereur jaune, pas de doute!"

Tant de femmes pour un seul homme, à l'époque... se dit rêveusement Eileen tout en ondulant sur le sol. Et maintenant, tant d'hommes pour une seule femme...

En plus de l'écharpe, elle porte un récipient en plastique doré qu'elle coince tour à tour entre ses seins ou ses fesses, et qu'elle fait trémousser pour solliciter des pourboires... Mais ce n'est pas vraiment humiliant, se dit-elle. C'est plus comme une citation, une référence, un jeu... même si elle aurait du mal à dire de quoi et à quoi et pour quoi. Les hommes lui lancent des sous en riant très fort. Quand les pièces la frappent sur la poitrine, le dos, les bras ou les fesses et retombent sur l'estrade, Eileen les ramasse d'un geste preste et continue de se trémousser en souriant. Quand elles tombent directement dans le récipient, elle leur envoie un baiser soufflé.

Les hommes se régalent de voir ce corps vivant et véritable. Oui, après tant de femmes virtuelles sur leur écran d'ordinateur ou de smartphone, ils viennent tout près d'Eileen pour constater qu'elle est réellement en chair et en os. Leurs narines s'ouvrent pour aspirer l'odeur de sa sueur et de sa cyprine, et quand elle se met à quatre pattes, leur tourne le dos et dévoile son sexe, rasé pour être plus visible encore, ils soupirent d'aise. C'est toujours vertigineux de voir de près un sexe de femme, les plis complexes autour de l'orifice natal et, plus haut, l'étoile sombre de l'anus... Puis l'écharpe jaune vient recouvrir le tout et Eileen glisse un peu plus loin.

Va falloir qu'elle quitte Chas. Comme le groupe TDC les avait encouragés à faire remonter leur niveau de sérotonine par tous les moyens possibles, rigoler et baiser avaient fait partie de leur programme de guérison en douze étapes. Incroyable, se dit-elle ce soir, comme l'état amoureux vous persuade que tout coulera de source dorénavant! Sous l'influence de la sérotonine, on déduit du présent euphorique un avenir parfait. Impossible de prévoir les moments plus rocailleux. Quand les choses ont-elles commencé à mal tourner?

Eileen avait aimé l'idée de réunir leurs deux petites familles, mais la grande famille ainsi créée ne cessait de s'atomiser. Chas et Joe étaient fanas de sports d'hiver, alors qu'elle et Mo aimaient se lover sur le canapé et écouter de la musique. Elle essayait de cuisiner pour tout le monde, mais, d'après Chas, un estomac de l'OverNorth ne pouvait tolérer leur régime de nouilles, de brocolis surgelés et de champignons séchés; le plus souvent, il commandait par téléphone pizzas, hamburgers ou poissons-frites et s'empiffrait avec Joe devant la télé, pendant qu'elle et Mo sifflaient leurs nouilles à la cuisine.

Chas adorait légiférer, mais était souvent injuste. Il inventait des lois draconiennes pour réglementer les corvées des garçons à la maison, puis changeait brusquement les règles en faveur de son fils sans barguigner. Le temps passant, les garçons étaient entrés dans une phase de rivalité aiguë. Joe, de loin le plus costaud, faisait des croche-pattes à Mo pour l'empêcher de gagner une course; s'il commençait à perdre à un jeu de société, il s'arrangeait, ou pour tricher, ou pour renverser la table. Eileen trouvait ces manières inadmissibles. Patiemment, elle expliquait à petit Joe le b.a.-ba de la moralité : attendre son tour, ne pas être mauvais joueur. Joe courait alors se plaindre à son père... lequel père, le plus souvent, se gavait de statistiques sportives devant son écran d'ordinateur. Furieux d'être interrompu, Chas criait sur Eileen : "Laisse-moi éduquer mon fils comme je l'entends ! – Mais nos fils jouent ensemble, Chas ! protestait Eileen. Nous vivons ensemble, tous les quatre ! Nous formons une famille ! Je croyais que c'était là notre but !"

En raison du régime communiste de son pays, les diplômes d'Eileen ne valaient rien en OverNorth. Pendant ses deux années à Luniville avant l'accident de son mari, elle avait suivi des cours intensifs d'anglais – et, plus tard, à l'instigation de Chas, s'était inscrite à un cours du soir en compétences informatiques. Cela ne s'était pas bien passé. Outre qu'elle trouvait le cours mortellement ennuyeux, il lui rappelait qu'elle avait trahi les espoirs de sa mère. Un jour à la caisse d'un supermarché, elle avait vu un flyer pour des cours de danse poteau. Elle avait griffonné le numéro dans son calepin et, avant même que Chas ne rentre du travail ce soir-là, effectué les démarches d'inscription. Elle avait apprécié ce cours dès le premier jour : après les longues années de tristesse et de maternité à plein temps, c'était enivrant de se sentir jeune et forte à nouveau. Impressionnée par la souplesse exceptionnelle d'Eileen et par son sens du rythme, la prof n'avait pas été étonnée d'apprendre qu'elle avait étudié les arts de la scène en Empire Est.

Même si Eileen se faisait un point d'honneur d'aller à l'heure chercher les garçons à la crèche, Chas râlait et bougonnait. Il lui reprochait ses absences et prétendait que la maison était mal tenue. Ses doses de cocaïne augmentaient, le nombre de leurs querelles aussi ; ni les unes ni les autres ne favorisaient leur entente au lit. Au long des quatre années qu'avait duré leur concubinage, les étreintes de Chas étaient passées de bâclées à brusques, puis à brutales.

La disparité physique entre les deux garçons allait grandissante ; Joe prenait le dessus dans toutes leurs bagarres, et le peu de résistance que lui opposait Mo ne faisait que fouetter son sadisme. En classe, au contraire (ils avaient commencé l'école primaire cet automne), les résultats de Mo étaient nettement supérieurs à ceux de Joe. Dans la maison, la tension et la dissension étaient palpables à tout moment. Si Mo essayait de se défendre, Joe courait voir son père et se plaignait d'être martyrisé. Récemment, Chas était allé jusqu'à rédiger un contrat et avait insisté pour que Mo le signe, s'engageant à passer par l'"intermédiaire" d'un des adultes s'il souhaitait "contacter" Joe.

Il faut que je m'en aille d'ici, se dit Eileen. Elle fait une dernière révérence devant les clients éblouis, secoue sa boîte de pourboires quasi pleine, resserre autour de son corps l'écharpe jaune de sa mère et quitte la scène d'un pas gracieux. Aussitôt, un homme à l'allure homosexuelle vient essuyer le poteau pour la danseuse suivante. Faut que je quitte Luniville. Mais pour aller où ? Impossible de ramener petit Mo en Empire Est, où tout lui est étranger y compris la langue… il serait complètement paumé.

À plusieurs reprises, elle avait proposé de faire venir ses parents à Luniville pour rencontrer leur petit-fils, mais le projet était resté lettre morte. "On ne saurait pas se comporter, là-bas", lui avait écrit sa mère. Au début, déchiffrant ce message dans les caractères chinois soigneusement tracés par sa mère sur le mince

217

aérogramme bleu, Eileen avait pleuré. Puis, levant les yeux, elle avait vu par la fenêtre de la cuisine le paysage morne et plat, les bâtiments laids, fonctionnels, les camions et les diesels, la boue et la neige ; se rappelant alors le sombre labyrinthe des allées de Shanghai et les merveilleuses fleurs de cerisier au printemps à Kunming, elle avait donné raison à sa mère. En EE on était constamment avec les autres, tout le temps, de la naissance à la mort. Les gens avaient l'habitude de vivre au sein d'une foule. Ses parents auraient été accablés par cette ville étrange et glaciale, où les cafés et boutiques, rues et parcs étaient si peu accueillants, et où les habitants parlaient cinquante langues différentes mais n'avaient rien à se dire.

Où aller, petit Mo ? la côte ouest, peut-être ? Mais… pour y faire quoi ? Oh, mère, j'ai peur. Mais au moins, en gagnant de l'argent par la danse, je commence enfin à suivre tes conseils. *Ose briller*.

Après s'être douchée, elle revêt un haut à licou en soie noire et un short noir, vêtements choisis pour couvrir le moins et aguicher le plus possible, mettre en valeur les courbes dorées de sa poitrine, de son dos et de ses cuisses. Elle attache ses longs cheveux noirs avec un ruban de velours à paillettes et glisse ses pieds dans des escarpins à talons aiguilles qu'elle peut quitter aisément. Les hauts talons sont à double tranchant : de loin, l'homme apprécie la manière dont ils modèlent vos mollets, vous cambrent les reins et vous empêchent de vous enfuir ; mais de près, si les talons vous rendent plus grande que lui, il sera intimidé et débandera. La mère d'Eileen avait été intraitable à ce sujet : pointes et talons aiguilles étaient l'équivalent occidental des pieds lotus, donc hors de question pour sa fille. Dans l'EE d'antan, les femmes dont on avait brisé, cassé, écrasé, écrabouillé puis bandé les pieds dans l'enfance ne marchaient qu'avec difficulté. Les hommes chinois trouvaient érotiques les pieds bandés, non parce qu'ils étaient beaux, mais parce qu'ils prouvaient leur puissance économique : leur femme n'avait pas besoin de marcher ! Fillette, la mère de l'écrivaine Eileen Chang avait eu les pieds bandés, mais la première chose qu'elle avait faite en quittant son opiomane de mari avait été de se précipiter en Suisse pour skier dans les Alpes.

Eileen jette négligemment l'écharpe jaune sur ses épaules et retourne dans le bar où les hommes l'attendent. Elle est un peu nerveuse car, hors scène, elle ne connaît pas ses gestes par cœur ; il lui faut improviser. Par bonheur, les hommes aussi sont nerveux. Chez eux, ils ne mettraient jamais les pieds dans un bouge comme celui-ci ; et leurs épouses ou amies les tueraient si elles savaient qu'ils gaspillent dans des boîtes de nuit une partie de leur précieux salaire.

D'un pas nonchalant, encore protégée par l'aura de son spectacle, Eileen se dirige vers le premier groupe, qui s'ouvre et l'engloutit. Les hommes gravitent ; elle attire. Lequel des bourdons aura le bonheur de s'envoler ce soir avec la reine ?

"Alors mes chéris, dit-elle. Qui veut qu'on s'occupe de lui tout seul, pour la somme modique de cinquante lunis ?"

Les hommes se charrient, se taquinent, se lancent le défi, hésitent, jurent tout bas.

"Un petit billet de cinquante, dit Eileen, approchant l'un d'entre eux. Qu'est-ce que cinquante lunis entre amis ?"

Zéro femme parmi la clientèle, se rend-elle compte en jetant des coups d'œil à la ronde. Qu'il s'agisse des serveuses, des employées de vestiaire ou des danseuses, tout le personnel féminin de l'établissement s'habille et se comporte en pute car c'est cela qui fait s'ouvrir le portefeuille des clients. Jusqu'où s'ouvrira-t-il ce soir ? Telle est la question.

"Cinquante", répète-t-elle en souriant.

Même si cela leur paraît cher pour une danse sur les genoux, les hommes n'aiment pas paraître radins les uns devant les autres. Ça teste et ça taquine ; le rituel se poursuit ainsi plusieurs minutes, pendant que les autres clients de la boîte tètent leur whisky et font semblant de suivre, sur des écrans installés en hauteur, les images clinquantes de virilité et de féminité outrancières.

Soudain, un jeune homme surgit des ténèbres : "Voici   cinquante"

Tous se tournent vers le rouquin adolescent, maigre et pour ainsi dire tordu, qui tend à bout de bras un billet de banque. Après un instant de confusion, Eileen lance son écharpe jaune tel un lasso autour du cou de Varian et le tire doucement hors de la pièce.

"Suis à vous tout de suite, les mecs, lance-t-elle par-dessus son épaule. Le temps de dompter ce mustang…"

Le rire des hommes est pareil à un aboiement.

Elle n'a pas plus tôt fermé la porte que Varian pose son billet sur la table. Et quand elle se retourne pour lui faire face, il dit : "De grâce   ne dansez pas   ne   bougez pas"

Le cœur d'Eileen cesse de battre. *Je suis mère* est sa première pensée. *Vous ne pouvez pas me tuer, je suis mère, Mo a besoin de moi.*

220

Ils viennent de franchir la porte et se tiennent là face à face, figés. Sous le matelas, il y a un bouton rouge pour les urgences. Les videurs débarqueraient dans la minute : deux colosses grognant et haletant dont les poings transformeraient ce jeune homme en bouillie en moins d'une minute. Mais il est loin, le matelas! de l'autre côté de la pièce. Devrait-elle hurler? L'homme ne l'a pas encore menacée ; elle n'est même pas sûre qu'il porte une arme.

"Il ne faut pas   dit Varian en tremblant violemment.   S'il vous   plaît"

De près, Eileen voit que ce n'est pas un adolescent. Son allure est celle d'un gosse paumé, mais en fait il doit avoir son âge : vingt-cinq ans, voire un peu plus. Maintenant elle balance entre fille-effrayée et mère-secourable. Cette dernière l'emporte, et elle se détend.

"Je n'ai pas le droit de rester plus d'une demi-heure avec vous, dit-elle très doucement. Que désirez-vous au juste?"

Varian tend brusquement une main vers son écharpe jaune et Eileen la lui cède.

Si seulement   la femme *était* cette étoffe   on pourrait l'écraser   contre soi sans   qu'elle y oppose la   moindre résistance charnelle

"Vous êtes d'où?" demande Eileen.

Rubicond, congestionné, les gestes saccadés, le jeune homme semble sur le point de fondre en larmes. Avec des mouvements très lents, Eileen s'installe sur le tabouret destiné au client, celui autour duquel elle est censée danser en ce moment. Elle fait un geste en direction du lit. Obéissant, muet, Varian s'y allonge et remonte l'écharpe jaune sur son visage.

"Si je vous racontais une histoire pour vous endormir ? dit Eileen.

— Oui dit-il mais retournez-vous Tournez le dos"

À la fois perplexe et soulagée, Eileen fait pivoter le tabouret et se trouve face au mur. Là, l'unique élément de décor est un calendrier aux photos de camions, encore ouvert à la page de juillet alors qu'ils sont au mois d'octobre. La pin-up de juillet est un turbodiesel de livraison rouge de cinq tonnes… précisément le camion qui a tué son mari. Quelle coïncidence ! Les notes que martèle une basse électrique lui parviennent aux oreilles, atténuées par la porte capitonnée.

Mais… quoi comme histoire ? Elle a un blanc. Elle en a lu des centaines à Mo et Joe au long des années, mais n'en retrouve pas une seule… Effrayée à l'idée de laisser le silence s'installer, elle décide de chanter une chanson que sa mère lui a apprise, berceuse où alternent des vers chinois et anglais (vu qu'Eileen Chang avait écrit des livres en anglais, la mère d'Eileen avait tenu à ce qu'elle apprenne cette langue)…

> *Shi shang zhi you ma ma hao You ma de hai zi xiang ge bao.*
> *Seule maman est la meilleure au monde. Avec une mère, on a le trésor le plus précieux.*
> *Tou jin ma ma de huai bao Xin fu xiang bu liao.*
> *Saute à pieds joints dans le cœur de maman et tu auras le bonheur sans fin.*
> *Shi shang zhi you ma ma hao Mei ma de hai zi xiang gen cao.*
> *Seule maman est la meilleure au monde. Sans une mère, on est comme une feuille d'herbe.*
> *Li kai ma ma de ---*

DÉVERSEMENT

Puis en 2003, monsieur   un peu plus de deux
ans   après qu'on eut rejoint AbsoBrut   il y a
eu un déversement   C'était la plus grande fuite
d'eau produite en OverNorth   depuis le début
des opérations   d'extraction d'ambroisie des
abysses de Terrebrute Six cent
trente mille litres d'eau salée mêlée à   de
l'ambroisie et à des éléments chimiques   se sont
écoulés   On eût dit   que le pipeline était
un   monstrueux pénis métallique éjaculant sur
le sol   Oui   qu'un Dieu tout-puissant et malveil-
lant avait fait   de l'auto-assistance   et giclé
ses jus   noirs toxiques sur   tout le paysage   Jusque-là   sur le plan médical   là-
haut à AbsoBrut on n'avait eu affaire qu'à des
problèmes   ordinaires Mais là l'atmosphère a
changé   Brusquement on est passé   à une
vitesse supérieure   Luka a dit que le nettoyage   allait commencer tout de suite
   Tenez jeune homme   a-t-il dit   en brandis-
sant une brochure   sous le nez de l'accusé   Voici
votre ah   outil d'entraînement   ah ! ah ! Tu
vois   Varian ?

En effet sur la couverture   c'était   marqué
Déversements d'ambroisie : Outil d'entraînement pour
les opérations de nettoyage

Passant à la dernière page de cette   publication
officielle qui en comportait cent   Luka a montré
du doigt et lu tout haut la mise en garde imprimé
tout petit

Les dangers et problématiques évoqués dans cet outil
d'entraînement sont dynamiques et requièrent vigilance
et flexibilité.   En termes simples mon ami   a-t-il
ajouté en riant   si on meurt   ils sont couverts   Luka riait   comme un fou   Il s'est mis
à   pointer un passage après l'autre   et à les lire
tout haut

Écoute-moi ça   Varian !   *L'ambroisie et les*
matières dangereuses associées au nettoyage peuvent
représenter un danger pour la santé humaine.   Tiens-
le-toi pour dit!   Les matières dangereuses peuvent
être dangereuses   Certes c'est pas nous
qui   allons faire   le nettoyage   a-t-il
ajouté   et c'était incroyable comme il riait   Notre
boulot c'est de nettoyer   les nettoyeurs   Car
l'être humain   tout comme la forêt boréale   est
un écosystème complexe

Adaptant l'une des   petites cabanes amo-
vibles   qui sautent le long du pipeline   telles
des puces blanches au ralenti   pour donner chaleur   et lumière aux   soudeurs en hiver   une
infirmerie d'urgence   avait été installée près   du
site du déversement   Alors qu'ils se mettaient   au travail   Luka a dit   à l'accusé
que   sa véritable initiation allait commencer
maintenant mais   que leurs lèvres devaient rester
scellées Motus   et bouche cousue

Beaucoup d'hommes   venaient à l'infirmerie en titubant   comme en proie à l'ivresse   défoncés par les vapeurs d'essence   rêvant en plein jour   écarquillant les yeux devant des hallucinations d'horreur   Sur un site de nettoyage, monsieur   inhaler de l'essence   est inévitable   et peut vous donner un cancer   C'était le fin fond de l'hiver   et on ne pouvait s'empêcher de se demander comment   avait fait Luka pour tenir près d'une   décennie au milieu de cette   folie

Tout en s'occupant   des premiers patients   Luka a conseillé à l'accusé de se familiariser avec le livret   Alors on s'est mis à lire   des   passages à voix haute   et souvent   Luka riait mais   au-dessus   de son masque   de chirurgien   ses yeux lançaient des   éclairs de colère

Écoute ça Luka a-t-on dit   *Une exposition prolongée aux agents de dispersion peut porter atteinte au système nerveux central, provoquer des maladies du sang, des reins ou du foie, et laisser dans la bouche un goût métallique.*

Excellent !   a dit Luka   en   riant aux éclats   La phrase se termine par le mauvais goût   dans la bouche   ce qui permet d'oublier qu'elle a commencé par une atteinte   au système nerveux central

L'accusé a lu plus loin   *Le dioxyde de soufre peut aggraver une maladie cardiaque existante, conduisant à un nombre accru d'hospitalisations et à une mort prématurée.*   L'embêtant là-dedans   a dit Luka   c'est le nombre accru d'hospitalisations   Tu vois ?   S'ils meurent   au moins   ils libèrent des lits d'hôpital

Les hommes venaient   à l'infirmerie en tous-
sant   et en crachant   Ils venaient en proie à la
nausée et   au vertige   Ils éclaboussaient   de
leur vomi l'équipe médicale   poussaient des grognements   et s'endormaient motus et bouche cousue

Le monoxyde de carbone peut donner lieu aux
symptômes suivants : maux de tête, vertige, som-
nolence, nausée s'exacerbant jusqu'au vomissement,
perte de connaissance. Une exposition prolongée peut
conduire au coma ou à la mort. Si vous rencontrez un
de ces symptômes-là où il y a un risque de présence de
monoxyde de carbone, QUITTEZ LES LIEUX IMMÉDIA-
TEMENT. Surtout   si vous rencontrez   le symptôme de la mort   s'est esclaffé   Luka tout en
auscultant   la gorge d'un patient Là   faut vraiment prendre   ses jambes à son cou!

L'accusé continuait   de tourner les pages   *L'équipe*
de nettoyage doit s'attendre à rencontrer des cadavres
d'animaux morts et boursouflés. Des bêtes qui se tordent
et agonisent.

Ouais   a dit Luka en se marrant   Leurs cadavres   sont non seulement boursouflés   ils sont
également   morts   Il est vrai que nous rencon-
trons   assez rarement   des cadavres vivants

Des milliers d'animaux meurent immédiatement
par imprégnation d'ambroisie. Des taux de mortalité
plus élevés sont à prévoir au cours des années suivantes,
car ils ingèrent des proies qui habitent le sol contaminé
ou des résidus d'ambroisie dans leur pelage en faisant
leur toilette.

Ah! Tu vois? a crié Luka en riant de plus belle
C'est pas pour rien qu'on les appelle   des bêtes!
Elles peuvent pas se retenir de   la *bouffer*   cette
merde! Vu qu'on n'a pas encore développé des

équipements   de protection pour la faune de la forêt   on n'a d'autre choix   que de rester là   à les regarder   souffrir

Les humains   par contre   portaient des respirateurs N-95   des RPA   (Respirateurs purificateurs de l'air) demi-visage   des combinaisons de protection   contre les éclaboussures chimiques   des gants   en nitrile des lunettes de protection   et des écrans faciaux   Ils scotchaient leurs bottes   à leur pantalon   pour qu'ils soient hermétiquement scellés   Mais malgré tous leurs efforts   les éléments chimiques parvenaient à s'infiltrer   et à grignoter leur corps   s'attaquant   à la peau vulnérable de   leurs   mollets   leurs   mains   leur nuque   leurs joues   leur langue

Les nettoyeurs   venaient à l'infirmerie   gravement brûlés   à force de vaporiser   l'eau presque bouillante   sous pression   extrême Ils se tordaient de douleur   la peau enflée et pâle   Ils venaient à l'infirmerie   rendus presque aveugles   par les accélérateurs   dont ils se servaient pour   dissoudre l'ambroisie   à la surface de l'eau   et on leur nettoyait les yeux   à grande eau   Ils venaient la peau en feu   et on leur nettoyait la peau à grande eau   Ils venaient ayant aspiré du Corexit   dans les poumons et   vu qu'on ne pouvait   leur nettoyer   les poumons à grande eau   ils pouvaient   s'attendre à attraper   une pneumonie chimique

Donnez-vous la permission de vous sentir abattu   conseillait l'outil d'entraînement

Lors d'une pause-café   de deux minutes   jetant un œil par la fenêtre de   leur infirmerie   portative au milieu   de cet enfer blanc   Luka et

l'accusé   ont vu des hommes   qui travaillaient
par   paires L'un tenait un sac jetable   et l'autre
y enfournait par   pelletée les   matières conta-
minées   Ça   c'est le système de jumelage   a dit
Luka   C'est ce qui tient lieu   d'amitié   par
ici   Que dit le livret là-dessus ?

*Fatigue et stress : surtout dans les régions reculées,
instaurez avec vos équipes le système de jumelage.*

Ouais !   a dit Luka en riant   On peut
pas   se parler en raison   des masques mais
bon   Tu tiens la pelle   moi le sac   Nous voilà
jumeaux !

*La décon est obligatoire avant de manger, de boire
ou de fumer.*   C'est quoi la décon ?   a-t-on demandé.

Une   façon de nous engourdir a répondu
Luka   Le fait de l'appeler   décon   permet d'oublier   qu'il s'agit de   décontamination   oublier
du coup   que ces hommes ont été contami-
nés   Ici-haut   les mots eux-mêmes   sont char-
cutés   et châtrés Tout est   neutralisé par   le
recours   aux abréviations   aux euphémismes
aux acronymes   L'équipement protecteur personnel c'est   EPP   Un plan propre au site est un   PPS

Travaillant   nuit et jour   au site du déversement   et discutant sans cesse   pour ne
pas   s'endormir   Luka et l'accusé ont   commencé à comprendre   pourquoi   dans les camps
et les mines de   Terrebrute   le laconisme était
de rigueur VOTRE FORCE COMPTE !   disait-on
aux hommes   Oui mais   leur matière grise ne
comptait pas   Leur matière grise   ô le gris si
beau si précieux   dépérissait   Ça vaut non seulement pour les TET   mais aussi pour les TOB a

dit Luka   Quoi?   a-t-on dit Les Travailleurs
étrangers temporaires   maîtrisent mal la langue
anglaise   et les Travailleurs d'origine brutale   un
peu comme le maïs transgénique   ont été sélec-
tionnés   sur plusieurs générations pour avoir
le corps costaud et l'esprit étroit Alors vu que
la moitié des travailleurs ici sont étrangers et
l'autre moitié illettrés   les messages se   doivent
d'être simples   et concis!   D'où les panneaux
qu'on voit à Luniville SOIS   SOIS UNIQUE   TU
COMPTES   SOIS TOI-MÊME   SOIS GRAND   LA
GRANDEUR COMPTE

Soixante-douze heures durant   Luka et l'accusé   ont travaillé et parlé non-stop   De nouvelles vagues de nettoyeurs   arrivaient sans cesse
et l'équipe médicale   les soignait   en buvant du
café   et en discutant

Faudrait lutter   contre ça Varian   marmon-
nait Luka toutes les deux ou trois heures   en
levant les yeux   d'un corps mâle prostré   pendant qu'on lui tendait ses instruments   Suffit
pas de leur nettoyer les poumons   les yeux la
gorge et le nez Faudrait leur nettoyer   l'âme
aussi   mais comment faire?

C'est ainsi, monsieur   que peu à peu   tout en
travaillant   l'équipe médicale a   jeté les bases de
son projet   sa conspiration   sa déconspiration

Oui! a dit Luka   Leysa nous aidera à décon-
taminer ces hommes en leur apportant   des
poèmes de Tsvetaïeva Brodsky Akhmatova et
des nouvelles de Tolstoï Dostoïevski Tchekhov
Oulitskaïa

En matière de   littérature russe a avoué l'accusé l'esprit de votre infirmier est aussi   illettré

que le leur   Enfant on a absorbé   musique
médecine et mathématiques   grec et latin   plus
tard au lycée   philosophie et économie   biolo-
gie chimie   et physique et enfin à la fac anato-
mie   et pharmacologie

Tchekhov était médecin   a dit Luka   tout
en   effectuant un massage cardiaque sur
un travailleur entre deux âges qui venait   de
dégringoler dans le coma   Je connais mal
les autres   mais Tchekhov j'adore À ton âge
Varian   il est allé   sur l'île de Sakhaline passer
du temps   dans un camp de travail   un peu
comme celui-ci   sauf que c'était un bagne   et
les travailleurs   n'étaient pas payés   En plus
d'avoir passé sa vie à soigner des moujiks misé-
rables il a trouvé le   temps d'écrire six   pièces
de théâtre   et des centaines de nouvelles   Il est
mort de tuberculose à quarante-six ans   J'adore
ce type   Pour moi   lire Tchekhov c'est respirer de l'air pur   boire de l'eau pure

C'est ainsi, monsieur   que   tout a commencé   Oui dans l'infirmerie provisoire   tout
là-haut sur le site du déversement de 2003   C'est
là que Luka et l'accusé ont   décidé de devenir   des mouches dans l'huile du parfumeur   en
organisant   des cours clandestins   de littérature russe   Leysa venait tous les dimanches
matin   et les cours avaient lieu l'après-midi   Ils
ont décidé de   garder l'acronyme CMR   et
de lui faire signifier non plus le Centre de maintenance respiratoire   mais le Club des miracles
relatifs   Entre eux par contre   ils exécraient
les abréviations   et énonçaient les mots complets
avec soin   et amour   *Le Club des miracles relatifs*

Difficile d'imaginer   tâche plus impro-
bable   et plus ardue   que de créer une ambiance
littéraire   dans les espaces publics lisses brillants
immaculés et vides   des loges de travailleurs   là-
haut   à AbsoBrut   Les poètes   russes
pourraient-ils seulement y survivre? Leysa
n'en   était   pas sûre   Ils ne sont pas   habi-
tués au lino   au chrome   et au Formica disait-
elle

Ni Luka ni l'accusé   n'avaient la moindre idée
de comment s'y prendre   pour détacher les travailleurs des slogans pour lesquels leur   cerveau avait
été formaté depuis l'enfance   et les convaincre de
glisser la lame du doute   sous le couvercle scellé de
leurs certitudes Peut-être fallait-il   commencer
par leurs   patients vulnérables   quand ils arrivaient haletants   sur des civières? Un peu comme
les   médecins missionnaires   convertissant les
païens au moment de les guérir   ils profiteraient
de leur faiblesse physique pour leur   glisser à
l'oreille qu'il y avait peut-être des choses plus intéres-
santes à faire   pendant leurs heures de
liberté que de rester assis sur leur lit   dans leur
chambre à regarder   les chaînes câblées   et à
s'auto-assister ou d'inviter un inconnu à jouer   avec
eux au ping-pong ou aux fléchettes ou au golf d'ordinateur   ou au baby-foot ou au hockey de
table   Des choses peut-être même   plus intéres-
santes   que de s'installer devant une PlayStation et
de tripoter une télécommande pour que   d'énormes   monstres mâles   hérissés d'armes
puissent   anéantir leur ennemi

Leysa s'est mise à apporter   des livres de   Rodeotown et petit à petit à eux trois   ils ont   constitué

une bibliothèque Chaque dimanche après-
midi   ils lisaient   tout haut pour leurs patients
des poèmes et des nouvelles russes Ensuite ils
restaient ensemble un long moment à parler de ce qu'ils avaient lu   à rire   à boire du
café ou de la bière et à écouter de vieux trente-trois
tours de Vyssotski

Les oiseaux mais non les balles   Peuvent être arrê-
tés en plein vol

VI

CASQUE

Varian est l'ombre de l'ombre de l'homme qu'il était.

BigMax le maintient sur plusieurs fils du rasoir en même temps, posé en équilibre instable entre vie et mort, veille et sommeil, raison et folie. Il n'est plus tout à fait certain que la réalité n'est pas un cauchemar, ni que ses cauchemars ne sont pas réels. Souvent, ce qu'il découvre à son réveil est pire que le pire de ce qu'il aurait cru possible de rêver.

La boîte en polystyrène qu'on lui apporte à l'heure du repas s'accompagne chaque jour d'un nouveau gag. L'humour des troodons en la matière est inépuisable. Ce matin, son odorat a suffi pour le détourner d'une délicieuse macédoine de légumes frais : brocolis, carottes, pommes de terre nouvelles, haricots verts et petits pois gourmands, cuits à la perfection dans du beurre et copieusement arrosés d'urine. À deux reprises déjà, il est rentré de sa promenade solitaire dans la cour pour trouver sa literie maculée d'excréments.

De crainte qu'il ne se laisse aller à l'apathie et à l'inanition, on le réveille chaque nuit à trois heures du matin et on le nourrit de force par perfusion. Chez l'*Homo sapiens*, pour des raisons neurologiques encore mal éclaircies, trois heures du matin ont toujours été l'heure de la terreur la plus noire, l'heure du suicide. Les autorités de BigMax ont pris toutes les précautions, bien sûr, pour empêcher le détenu MacLeod d'accéder à cette porte de sortie-là. Pas de draps qu'il pourrait déchirer en lanières et tresser en nœud coulant ; pas de fourchette dont les dents pourraient libérer le fleuve de sang endigué dans ses veines ; pas de piles radio qu'il pourrait avaler dans l'espoir de s'empoisonner au sodium et à l'hydroxyde de potassium. Et, en raison de la loi du rendement décroissant, il est pour ainsi dire impossible de se tuer en se frappant la tête contre le mur – car, plus on est groggy, moins on a d'énergie pour se délivrer le coup de grâce.

Contre la propre volonté de Varian, la nourriture liquide que l'on injecte dans ses veines l'inonde du désir de vivre et redonne un sens à son existence. Souvent, accroché au goutte-à-goutte dans sa cellule au milieu de la nuit, il se dit dans un éclair de lucidité qu'il faudrait exiger que le corytho lui dise de quel crime on l'accuse au juste, ou demander à sa mère de contacter un avocat grisilien (il sait par Luka que presque tous les avocats de Terrebrute sont subornés par les compagnies d'ambroisie). Hélas, la torture qui s'ensuit le prive de sa volonté, et il ne donne jamais suite à ses propres résolutions. Même s'il le regrette, il retombe dans l'apathie à la fin de chaque séance.

Aujourd'hui, il reste inerte quand les troodons viennent le chercher. Il n'essaie plus d'inventer des moyens de les calmer ou les égayer, dans l'espoir de diminuer la quantité de douleur et d'humiliation qu'ils lui infligeront.

Non seulement   on ne croit plus en Dieu   on ne croit plus en soi-même   On est le fruit   pourri

de sa propre imagination une ampoule à
fil a ment de tung stène langue métallique   qui grésille et sera bientôt   grillée

"Debout, grand garçon! s'écrit Sam, le plus-qu'obèse.
— On y va, Godzilla! dit Jack, le simplement-
obèse. On n'a pas que ça à faire!"

Sans avoir rien décidé, Varian ne bronche pas. On
l'arrache à son matelas comme une bande Velcro.

"Comme ça, t'as pas apprécié ton plat de légumes?
dit Jack, en voyant sur le passe-plat la boîte en polystyrène au contenu intouché. Ah, ben, c'est dommage! On a l'estomac bien sensible!

— Ouais, dit Sam. C'est vraiment l'histoire de la
princesse au petit pois, ah! ah! ah! Ou la princesse
au pipi! et tu l'as senti sans même y avoir goûté!"

À deux, ils accrochent quelques vagues habits au
corps flasque de Varian, le menottent et le traînent
le long du corridor, flagadi flagada, jusqu'à la salle
des interrogatoires.

Jovial, le corytho l'accueille d'une grosse tape dans
le dos. "Salut, MacLeod! Alors! comment vas-tu,
depuis le temps? Écoute, tu sais quoi? On ne va pas
t'embêter aujourd'hui. Il semblerait que les baiseurs
de caribous aient eu vent de ton arrestation et que
deux ou trois fouines de journalistes soient venues
demander de tes nouvelles... Ça me choque, je dois
dire, que ces gens-là viennent fourrer leur nez dans
nos affaires. C'est des ingrats. Franchement, qu'est-
ce qu'il leur faut? On t'a laissé goûter à notre cirque
électrique, on t'a arrosé sans compter de rayons X
carcinogènes, on t'a offert en prime une belle dose
de privation sensorielle, tout ça à l'œil, et ils ont le
culot de venir exiger qu'on respecte tes droits

constitutionnels. Non, mais! Entre nous, MacLeod, ces gars-là me mettent hors de moi. Quel culot, venir nous ordonner de laisser l'ambroisie dans la terre! Comme s'ils pouvaient se passer d'ambroisie! Comme si l'ambroisie n'était pas l'alpha et l'oméga de leur existence, comme de la tienne et de la mienne! L'autre jour, figure-toi, ma propre *fille* m'a obligé à regarder un docuweb réalisé par des baiseurs de caribous! Tu peux croire ça? Elle m'a fait asseoir sur le canapé et elle m'a dit Regarde, papa. Écoute ce qu'elle dit cette femme. Il y avait une Peau-Rouge bien foutue qui blablatait dans un micro, à je ne sais quel colloque de mes deux. De beaux lolos, qu'elle avait! Pendant qu'elle parlait, ils sautillaient sous son T-shirt rayé en coton. Elle racontait à l'auditoire comment son papa l'avait amenée, petite, voir les premières mines par ici et lui avait dit N'oublie pas ce que je vais te dire, ma fille. Tout ça fait mal à notre mère la Terre, et un jour elle prendra sa revanche. Puis le papa peau-rouge a amené sa fillette peau-rouge dans la forêt et lui a appris à nager et à pêcher et à chasser comme dans le bon vieux temps, pour qu'elle n'oublie jamais que nous sommes les enfants de la Terre Mère, et que nous devons prendre soin de protéger notre frère Caribou, notre sœur Morue, notre cousin Héron et autres fadaises dans le même style. Tu sais pourquoi c'est des fadaises, MacLeod? Tu sais pourquoi tout ce que vous racontez, toi et les baiseurs de caribous et la gonzesse peau-rouge aux lolos sautillants, c'est des *conneries*? Parce que vous portez des lunettes, voilà pourquoi. Parce que vos T-shirts rayés et vos blue-jeans sexy et vos baskets et vos livres de propagande, tout ce que vous touchez et regardez au cours de la journée, jusques et y compris vos caleçons puants, a été fabriqué grâce à l'ambroisie. Sans ambroisie, cette connasse de Peau-Rouge n'aurait même pas de cahier où griffonner ses idées débiles, sans parler d'un cellulaire pour rester en contact avec les autres baiseurs de caribous aussi débiles qu'elle. Elle n'aurait rien. Nada. Elle pourrait se baigner à poil avec son papounet si ça lui chantait, mais en sortant grelottante du lac de montagne elle ne trouverait pas de serviette duveteuse, ni du pain à griller, ni de cuisine où le griller ! Toi, MacLeod, si tu te mettais en tête de retourner à la nature, tu ne tiendrais pas trois *jours* ! Mère Nature est une salope, c'est la plus mauvaise mère de l'histoire de l'humanité ! Elle laissait crever neuf de ses enfants sur dix et s'en foutait éperdument. Dieu bénisse le Père Ambroisie. Oui ! Répète après moi : Dieu bénisse le Père Ambroisie. MacLeod, si d'ici à ta sortie je ne réussis pas à te faire crier *Dieu bénisse le Père Ambroisie*, je veux bien manger mon chapeau. Bref, je te disais donc, cher ami, qu'à notre avis tu mérites une journée de repos. Tu n'as qu'à mettre ce casque et à te détendre, on va te faire écouter un peu de musique. Hélas, le volume est bloqué au maximum. Voilà, je serai de retour d'ici quelques heures. Ah oui : pour ta gouverne, cette institution emploie sept cent trente-huit individus de sexe masculin."

Au long de ce discours, Varian a gardé les paupières serrées. Maintenant on vient lui ajuster un casque sur les oreilles. Il entend la voix d'un troodon l'interroger, lui demander s'il est confortable, mais il ne répond pas.

Ensuite le corytho murmure dans le micro, s'adressant apparemment à quelqu'un dans une autre pièce : "Si Mlle Romanyuk est prête, on peut commencer."

Le corps de Varian se fige. Dans le casque il entend d'abord de la friture, puis le bruit d'une porte qui s'ouvre. Des pas légers. La porte qui se referme. Silence. Une femme qui s'éclaircit la gorge et lâche plusieurs jurons… C'est, sans erreur possible, la voix de Leysa. La porte qui s'ouvre. D'autres pas, plus lourds ceux-là, superposés. Des pas d'hommes, au moins deux ou trois hommes… La porte qui se referme. Exclamations masculines. Bruits de lutte. Cri féminin perçant.

Il s'évanouit.

COURRIER

Varian marche et marche, suivant la ligne fractale de la côte nord. Fouetté par le vent et la pluie, brûlé par le soleil, étouffé par la neige, il marche par tous les temps, s'invente des chemins parmi les genévriers et les bouleaux nains, escalade les rochers, traverse les petits ponts de bois, contourne les cascades, agite les mains et parle tout haut. Ceux qui croisent son chemin le jugent légèrement timbré.

Il fait des études d'infirmier à la grande université à peu près publique de Codborough, avec une spécialisation en pharmacologie, vu que les objets silencieux le stressent moins que les corps parlants. Son projet initial avait été de se spécialiser en chimie ; et du reste, quand Beatrix l'avait convoqué à Pâques 1995 pour lui annoncer la Grande Nouvelle, il venait d'être accepté dans une excellente petite université de l'UnderSouth. Il aurait tant aimé se réfugier là-bas, se perdre dans les beautés de la structure moléculaire, et se voir octroyer un jour le prix Nobel en chimie. Alfred Nobel lui-même était chimiste et, au cours du siècle qui s'était écoulé depuis la création de son prix, près de la moitié des lauréats de l'OverNorth l'ont été en cette discipline. Quarante pour cent, pour être précis – huit sur vingt – dont, cette dernière décennie, pas moins de *cinq*. Aux yeux de Varian c'était très encourageant, et il n'avait pas trouvé facile de tourner le dos à la prestigieuse fac US qui l'attendait la bourse ouverte. Pire, comme ils étaient en avril, les inscriptions étaient déjà closes dans la plupart des départements à Codborough. Il ne restait notamment plus de place en chimie… et du reste, vu la misère où se débattait la province, la notion même de chimie théorique y était inexistante, tous les cours portaient sur la chimie appliquée à l'agriculture. Mais il restait quelques places à l'école d'infirmiers. "Et pharmacologie, avait dit Beatrix, c'est quand même assez proche de chimie, n'est-ce pas, Varian ? N'est-ce pas ?"

Chaque matin il se rend donc en ville dans le vieux pick-up déglingué de son père, ce qui lui vaut beaucoup de rires, et assiste à ses cours d'un air lugubre. Les femmes forment la grande majorité des élèves infirmiers, et plusieurs d'entre elles le trouvent mignon. Elles lui coulent des regards en biais, lui emboîtent parfois le pas dans le corridor, balancent négligemment leurs longues mèches de cheveux derrière l'épaule. En tant que filles libérées de mères libérées, elles n'hésitent pas à l'inviter pour un café, un verre de vin, voire une séance de cinéma… mais Varian ressort chaque fois la même excuse : il doit rentrer s'occuper de sa vieille mère mal en point. Vu que leurs propres mères sont au milieu de la quarantaine (l'âge qu'avait Beatrix quand Varian est né), elles ont du mal à le croire. Mais elles finissent par comprendre qu'il ne fera pas de jalouse en sortant avec l'une d'elles aux dépens des autres, qu'il ne sortira avec personne, homme ou femme, et que sa frêle beauté va se figer faute de servir.

Ainsi, même par temps maussade ou pluvieux, en quittant le campus en fin d'après-midi il conduit quelques dizaines de kilomètres vers le nord et se lance dans une promenade le long de la côte en se parlant à voix haute. Tout en révisant mentalement les milliers de faits appris dans son *Manuel pharmacologique de base pour infirmières (Les prostaglandines sont normalement présentes dans le tractus gastro-intestinal pour inhiber les sécrétions d'acide gastrique et de pepsine afin de prévenir l'ulcération de la muqueuse duodénale)*, il pense à la perte. À son père et à la perte.

Il a perdu la capacité de chanter, l'espoir d'une brillante carrière universitaire, et son père. Sa mère a perdu son mari, et désormais elle perd pied dans la réalité.

Les deux premières années après le retour de Varian à l'Île Grise, Beatrix avait fait de son mieux pour raviver les joies de leur ancienne vie en tête à tête, mais cela n'avait jamais vraiment marché. L'inquiétude constante l'a rendue boulimique et insomniaque. Toutes les années où Ross sortait en mer, elle ne s'était pas inquiétée, alors que la mer peut être dangereuse, Dieu sait! les pêcheurs y trouvent souvent la mort, leurs bateaux chavirent et coulent et ils se noient. Dans les bons vieux temps des bectances-et-bombances, nombreuses étaient les chansons décrivant les épouses éplorées, éternellement en deuil pour un homme que la mer leur avait arraché. *Le Naufrage du Regulus* lui revenait en mémoire par exemple, et elle le chantonnait à mi-voix tout en errant dans la maison, un plumeau à la main et les yeux pleins de larmes :

Le remorqueur John Green alors vers le port s'est dirigé
Pour apporter la nouvelle aux veuves : le Regulus *a*
   coulé !
Que Dieu, seigneur de la terre et de l'océan le gardien,
Aide les pauvres veuves orphelines à pleurer leur cha-
   grin.

Ou *Le Caribou*, chanson pour laquelle elle devait demander l'aide de Varian, certains vers ayant flotté au-delà de l'horizon de sa mémoire ou coulé dans ses sombres profondeurs.

Ce matin sur le Chenal, jamais on ne pourra l'oublier
Voir les mères et les orphelins geindre et s'inquiéter
Voir les veuves et fiancées se lamenter : Pauvres de
   nous !
Car elle ne voguera plus jamais, la goélette Caribou*!*

Des années durant, Ross et Beatrix avaient chanté à tue-tête ces chansons-là sans y réfléchir. C'était comme les cantiques ! La musique vous portait, on ne se souciait pas du sens des paroles !

Mais là… Mais là… Dans ce lieu lointain où était parti Ross, il n'y avait ni vagues démontées ni vents déchaînés, ni tribord ni bâbord, ni ciré jaune ni chapeau de pluie, rien auquel l'imagination de Beatrix pût s'accrocher. Ross lui avait peu raconté pendant ses trois congés annuels, encore moins dans ses lettres… et, depuis son congé de l'été dernier, même les lettres s'étaient interrompues.

Les talents culinaires de Beatrix ont décliné. Ses sauces blanches sont souvent grumeleuses. Elle estime mal les temps et les températures de cuisson. Quand ses tartes sortent du four, la pâte est soit carbonisée, soit sous-cuite, trempant dans deux centimètres de jus. Elle essaie de le tourner en plaisanterie : "Heureusement que c'est Dorothée Lejeune, pas moi, qui t'a glissé dans le four !" Et Varian de rire obligeamment, terrorisé.

Souvent, se mettant à la table, le jeune homme et sa mère soudain vieille découvrent qu'ils ne savent pas de quoi parler. Beatrix interroge Varian au sujet de ses cours de pharmacologie mais, comme elle ne comprend pas ses réponses, son esprit glisse rapidement vers autre chose… et l'autre chose est toujours son mari. Elle se met à rêvasser à son sujet, et le reste du repas se déroule dans le silence.

À sa grande surprise, Ross a rajeuni et embelli depuis son départ pour Terrebrute ; il lui est même redevenu désirable. Elle a du mal à l'admettre, mais à soixante-quatre ans elle fait des rêves érotiques au sujet de son mari. Elle rêve qu'ils font l'amour comme autrefois, haletant, bavant et riant de plaisir. Ils s'accrochent l'un à l'autre, se cabrent et planent, toutes leurs cellules galvanisées. Parfois un orgasme crispé et désagréable la réveille à l'aube, et elle est toute déroutée de se retrouver seule, vieillarde affolée par le désir. Elle baisse la tête de honte. Comme c'est ridicule ! Qu'en penserait sa mère, cette femme si belle et si pure ? Mais cette idée la fait pleurer car sa mère est décédée et son père aussi ; ils n'ont jamais rencontré son mari ni son fils.

Le cœur lourd, Beatrix se remet à penser obsessionnellement à Ross et à se demander pourquoi il n'écrit plus. Son esprit est tellement rongé par le souci qu'elle néglige son corps. Elle boutonne ses robes de travers, oublie de se peigner, affiche souvent un air débraillé pour ne pas dire dément, et s'en fiche. "As-tu relevé le courrier, *Engelchen*?" demande-t-elle à Varian, oubliant qu'elle lui a posé la même question quelques minutes plus tôt. "Tu veux bien jeter un coup d'œil dans la boîte aux lettres, *Schatz*?" "Tu peux aller voir si on a du courrier?"

Bien que Varian se montre patient avec Beatrix, le simple fait d'ouvrir plusieurs fois par jour cette boîte rouge métallique enfonce l'absence de son père dans son âme tel un poignard. Il commence à mal dormir, lui aussi. Parfois dans ses rêves la voix de Ross lui récite des limericks sur un ton sarcastique, mais Varian n'arrive pas à en saisir les mots, seulement le rythme, et l'éclat de rire agressif de son père après la chute.

Le vide de la boîte aux lettres en vient à symboliser celui qui hante désormais leur existence entière : maison vide, village vide, province vide. Ah! mais les derricks offshore vont venir à la rescousse de l'Île Grise. Malgré les icebergs et les accidents, les déversements et les tempêtes, on vient de construire la plus grande plateforme d'ambroisie du monde à moins de trois cents kilomètres au large de Codborough. La production a commencé pour de bon l'année dernière, il y a des milliards de barils prouvés et probables là-dedans, on y remplit déjà des centaines de milliers chaque jour, bientôt des millions! Pourquoi Ross ne reviendrait-il pas travailler ici? Où est-il? As-tu vérifié la boîte aux lettres aujourd'hui, *Liebchen*?

Les pertes flottent et chavirent, dans le cerveau de Varian. C'est devenu un lieu dangereux, aussi dangereux que la mer. Des images sombres peuvent jaillir à tout moment d'un trou béant dans son âme et se jeter sur lui sans prévenir. Pour les tenir en respect jusqu'à la nuit, il se remplit la tête de questions tirées de ses examens en pharmacologie. *Le plus souvent un traitement à la cortisone engendre quel type de déséquilibre électrolytique? La dexaméthasone est classée dans la catégorie des...? Chez le client diabétique, trop d'exercice peut causer...?*

Quand il entend enfin Beatrix se mettre à ronfler à l'étage, il s'installe devant son nouvel ordinateur et lui arrache du plaisir, redoutant toujours qu'un cri ne lui échappe au moment de l'élextase et que sa mère ne descende en courant, pour le surprendre tout dégouttant... et après? Et après? Tout homme qu'il est, devrait-il alors grimper sur les genoux de sa mère et y mourir pour la rassurer?

Il a le sommeil agité.

ORANGE

Dans le coin cuisine de son appartement blanc brillant et moderne au onzième étage d'un immeuble sur l'avenue Eau-Claire, avec sa vue imprenable sur Rodeotown, Leysa Romanyuk sert le petit-déjeuner à Gleb, son amant. Le soleil hivernal montre à peine le bout de son nez rouge de l'autre côté du fleuve. Gleb est venu le plus tôt possible en cette matinée de dimanche pour fêter Noël avec elle – avec un jour de retard, certes, mais de tout cœur. Il boit tranquillement son café au comptoir pendant que, debout derrière lui, les mains sur ses épaules, Leysa lui plante de doux baisers sur le sommet du crâne, derrière les oreilles, dans la nuque. Et, alors qu'ils se tiennent là à contempler la belle ville silencieuse, le gel blanc du fleuve prend soudain feu et lance des éclairs écarlates. Leur conversation est chuchotée, chaleureuse, et en russe.

"Il est fou, mais tellement gentil, dit Leysa.

— Il est intrigant, en tout cas, dit Gleb. Tu ne m'avais pas dit qu'il allait suivre les conseils de Luka et chercher de l'aide à Luniville pour son addiction?

— Il a fait quelques tentatives dans ce sens mais elles ont tourné court. Pour un homme comme

Varian, la thérapie collective en douze étapes n'est pas vraiment une option.

— Parce que?

— D'abord, il ne sait pas faire partie d'un groupe. Ensuite, il supporte mal leurs techniques de désintox, qui consistent par exemple à fixer les images sombres en se répétant comme un mantra (Leysa louche comme un clown et chante comme un sadhu indien) : *C'est ta sœur, c'est ta sœur, c'est ta sœur*, ou *C'est ta mère, c'est ta mère, c'est ta mère.*"

Gleb rit. "Il y a une célèbre étude de Luria sur l'hypermnésie, tu la connais? *Une prodigieuse mémoire.*

— J'en ai entendu parler mais je ne l'ai pas lue. J'ai lu l'autre : *L'Homme dont le monde volait en éclats*… Pourquoi? Tu crois qu'il y a un lien entre l'addiction aux ténèbres de Varian et sa mémoire phénoménale?

— Je n'en sais rien. J'ai lu deux ou trois études neurologiques sur la stimulation par images sombres. Ce qu'on observe dans le striatum ventral, c'est *exactement* le même modèle de déplétion-réplétion que dans la dépendance aux substances. Quand on alterne longtemps comme ça entre manque sévère et satiété, ça entraîne des changements micromorphologiques dans l'arborisation dendritique.

— C'est-à-dire, en version pour les nuls? dit Leysa.

— Ce qui veut dire que le cerveau même de Varian a pu être affecté… D'un autre côté, ajoute Gleb en terminant son café et en faisant pivoter le tabouret pour enlacer sa maîtresse, il est peut-être tout simplement bizarre!

— Il fait peur, tu sais, dit Leysa dans un murmure.

— Pas à toi personnellement?

— Non, pas à moi personnellement… Moi personnellement il m'aime bien, je crois.

— Pas trop, j'espère.

— Allez, ne joue pas les jaloux. C'est toi qui passes toutes tes nuits avec une autre femme.

— C'est vrai… mais on ne fait que dormir, rien d'autre.

— Prétends-tu.

— Mon bel amour, murmure Gleb en lui enlevant doucement son haut de pyjama en coton bleu. Ne fais pas semblant de ne pas me croire…"

Il dépose un baiser dans le creux à la base de son cou, lui caresse les seins et les prend dans ses grandes mains. "Vas-y, regarde-moi dans les yeux et dis-moi que tu ne me crois pas."

Enflammé de désir, son corps vient recouvrir le sien et il continue de lui parler tout en la berçant, en la caressant jusqu'à l'humidité, en la pénétrant. "Tu me crois capable d'être avec toi comme ça, puis de rentrer à la maison et à être avec une autre femme de la même manière ?

— Non…

— Tu me crois capable de ça ?"

Il bouge, elle bouge, l'un et l'autre bougent.

"Non.

— Moi, je serais capable d'une telle chose ?"

Ils bougent avec plus d'urgence.

"Non.

— Moi qui t'aime à la folie, je pourrais…

— Non, Gleb."

Leurs voix sont incandescentes. Autour d'eux, l'air vibre et vrombit de désir.

"Je t'aime, Leysa… ma belle Leysa…

— Je t'aime, Gleb, je t'aime…

— Je t'aime, toi, toi, amour… et seulement toi.

— Jamais je n'ai aimé un homme aussi totalement…

— Leysa…

— Gleb… Gleb…

— Leysa, oh Leysa!"

Et cætera…

Une heure plus tard, ils sont ensemble sous la douche.

"Merci, amour, d'être venu me voir le lendemain de Noël, dit Leysa en lavant les cheveux de Gleb pendant que celui-ci lui savonne longuement les fesses et la raie des fesses.

"Un jour, j'espère… dit Gleb.

— Je sais bien. Tu n'as pas besoin de le dire."

Plus tard, pendant qu'ils s'habillent, Gleb demande : "C'est Akhmatova aujourd'hui?

— Oui.

> *Nous ne nous croiserons pas   Nous ne sommes pas*
> *   du même bord*
> *M'inviterais-tu, insolence, à te rejoindre*
> *Là où mon frère fut blessé et perdit son sang*
> *En acceptant la couronne d'un ange?*

— À croire qu'elle parle des élections ukrainiennes! dit Gleb pour faire rire Leysa. Moi je suis à fond pour Iouchtchenko.

— Moi aussi, tu penses bien. On ne connaîtra sans doute pas les résultats définitifs avant demain."

Gleb la conduit à l'aéroport. "L'orange te va bien", murmure-t-il. Il l'écrase contre sa poitrine et lui couvre le visage de baisers. "Je suis avec toi, ma Leysa. Je ne te quitte jamais et je ne te quitterai jamais.

— Je sais, amour. Petit texto vers neuf heures ?

— Oui, mon trésor. Bon voyage."

Un instant, le corps chaud et ferme de Gleb est appuyé tout contre le sien ; l'instant d'après, il est parti. Leysa se retrouve seule : grande, légère et diaphane, elle vacille sur ses pieds malgré le poids de son manteau et de ses bottes d'hiver. Elle se retourne juste avant d'arriver au contrôle. Gleb aussi s'est retourné. Son regard bleu la transperce, il l'aime et il est marié à une femme qu'il ne peut quitter en raison de leurs enfants adolescents. Elle ôte manteau et bottes et franchit, avec une sensation d'apesanteur désagréable, le portique de sécurité.

Quand elle arrive trois heures plus tard au Centre de maintenance respiratoire, Varian et Luka voient qu'elle porte un bonnet en laine orange, des gants orange et un pull orange. Elle a les joues roses et les yeux pleins de joie.

"J'ai l'impression que tu essaies de nous dire quelque chose, marmonne Luka, avant de se remettre à compulser les papiers sur son bureau.

— Un peu, oui !" dit Leysa. Se penchant, elle frôle des lèvres la tempe de son frère et fait une petite révérence en direction de Varian, qui n'aime pas qu'on le touche. "Ça va marcher, les mecs ! Une révolution orange et non sanglante ! Les bureaux de vote sont sur le point de fermer, et cette fois Iouchtchenko va carrément l'emporter ! Pour une fois, c'est le pouvoir du peuple qui gagne !

— Quel rapport avec toi, sœurette ?

— Je ne comprends même pas la question, frérot.

— Que je sache, tu n'habites pas à Kiev mais à Rodeotown.

— Nos *deux* parents sont nés à Odessa, et pour eux les résultats de ces élections comptent énormément. Ça affectera non seulement tous leurs parents et amis en Ukraine, mais l'Europe de l'Est en général !"

Leysa tire de son sac de voyage une bouteille de champagne et la coince dans le petit réfrigérateur de l'infirmerie, parmi les suppositoires, les suspensions d'antibiotiques et les boîtes d'insuline. "D'ailleurs le monde entier devrait s'intéresser à ce qui se passe en Ukraine ! Au lieu de fabriquer des cocktails Molotov ou de s'acheter des kalachs, au lieu de se transformer en soldats robots, les manifestants se sont contentés de porter la couleur orange et d'occuper la place de l'Indépendance. Ils n'ont pas versé une goutte de sang, et ils vont l'emporter ! Pour une fois qu'on a quelque chose à fêter !"

Varian, le dos aux Romanyuk, est en train d'ouvrir les cartons de médicaments qu'ils viennent de recevoir, et de ranger leur contenu dans un placard selon les étiquettes sur les étagères. "Drôle comme   les deux candidats s'appellent Victor Leurs parents   avaient vraiment envie   de les voir gagner   Maintenant les deux Victor   prétendent être   victorieux

— Et donc on lit quoi aujourd'hui ?" demande Luka, le coupant.

Leysa le regarde, touchée au vif. "Dis donc, frérot ! Qu'est-ce qui se passe ? En quel honneur tu joues les douches froides comme ça ?"

Varian, qui redoute le conflit en général mais surtout entre deux êtres qu'il aime, se met à fredonner pour couvrir le son de leur voix. Soudain il entend un fracas. Il se retourne. Vision singulière que ce grand médecin dégingandé, portant blouse blanche, blue-jean et santiags, qui vient de défoncer de son poing le classeur métallique.

En un éclair, Leysa est auprès de lui, les bras autour de ses épaules. "Luka! Pardon… Dis-nous ce qui t'arrive."

Luka se rassoit un moment, puis se relève et envoie valdinguer d'un coup de pied la corbeille métallique, qui heurte de plein fouet le mur en face et retombe au sol. Il se rassoit. Enfin un mot sort d'entre ses lèvres. "Debbie…"

Depuis trois ans maintenant, la cuisinière sourde du chalet des Lupins Rouges fait l'impossible pour tenir compte des goûts et dégoûts de Varian, s'ingéniant à lui apporter des parts généreuses de pâtes, d'assiettes végétariennes, de salades et de tartes à la crème.

Pas touché Debbie non Pas une seule fois touché Debbie

Fredonnant de plus en plus fort, Varian retourne à son placard et commence à déplacer les petites boîtes d'antihistaminiques, les rangeant d'abord par ordre alphabétique puis par date de péremption.

"Quoi, Debbie? demande Leysa.

— On l'a amenée ici hier soir.

— Amenée ici? Qu'est-ce que tu veux dire, amenée? Luka! Qui l'a amenée?

— Les agents de sécurité du chalet.

— Pourquoi?

— Crise d'asthme. Méga-crise d'asthme. Elle a failli y rester."

Il tombe dans l'infirmerie un silence de mort.

"Je t'en prie, fait Leysa tout bas. Dis-nous."

Luka allume une cigarette et aspire profondément la fumée dans ses poumons. S'il y avait une fenêtre, il irait plonger son regard dans la nuit, mais, vu que le CMR est au sous-sol, il se contente de faire basculer son fauteuil en arrière et de fixer le plafond.

"Elle avait besoin de sous, commence-t-il, sur un ton amer. Sa mère, qui habite le Delaware, doit se faire opérer le mois prochain d'une tumeur au cerveau. Ça va coûter une fortune et, étant pauvre, elle n'a aucune assurance. Évidemment.

— Donc?

— Donc. Donc, eh bien voilà, ça faisait un moment que les Polonais et les Russes du septième étage suppliaient Debbie de les aider à fêter Noël, en promettant de bien la rémunérer.

— Et...?

— Et elle a fini par accepter. La fête a duré toute la nuit. Trente-cinq mecs..."

Leysa et Varian blêmissent.

"Quand ils l'ont amenée ici en civière, elle *convulsait* littéralement par manque d'oxygène. Elle avait le corps tordu, le visage tout bleu... On aurait dit un de tes canards après un déversement d'ambroisie.

— Je les hais, dit Leysa, s'affaissant à son tour. Putain, je les hais, ces mecs... Pas ceux que Debbie a baisés pour payer l'opération de sa mère, ceux qui les ont amenés ici. Oh, Luka! la révolution Orange ne l'emportera jamais. La connerie sera toujours gagnante. La gentillesse de Debbie perdra face aux stéroïdes masculins. Les grues blanches perdront face aux grues métalliques."

Elle se tait un moment, puis ajoute en pleurant : "J'en ai marre, je n'en peux plus... Tout ce que j'aime on le bousille. J'aime les oiseaux et on massacre les oiseaux. J'aime les mots et on massacre les mots..."

Fredonnant désespérément dans un coin de la pièce, Varian ne sait plus où donner de la tête. Pour consoler Leysa, pour qu'elle cesse de pleurer et retrouve sa personnalité normale, il fixe le mur et récite une page de *La Dame au petit chien*, nouvelle de Tchekhov qu'elle aime entre toutes :

Ces paroles, si ordinaires, indignèrent Gourov sans qu'il sût pourquoi, lui parurent humiliantes, malpropres. Quelles mœurs barbares, quels visages ! Quelles nuits incohérentes, quelles journées sans intérêt, sans rien qui les distinguât ! Jouer frénétiquement aux cartes, se goinfrer, s'enivrer, parler tout le temps de la même chose. Des affaires inutiles et des conversations toujours sur les mêmes sujets dévorent la meilleure part du temps, les meilleures forces, et, à la fin des fins, il ne reste plus qu'une vie étriquée, rampante, on ne sait quelle calembredaine qu'on ne peut ni quitter ni fuir, comme si l'on était enfermé dans une maison de fous ou en prison !

Sidérée, Leysa regarde Luka. Avale sa salive. Prend une grande respiration. "Merci, Varian, dit-elle. Merci de m'avoir rappelé ce passage. *À la fin, il ne reste plus qu'une vie étriquée, rampante*, oui ! Description admirable de la vie ici dans les sables. Étriquée et rampante."

Un nouveau silence tombe dans l'infirmerie. Le club de lecture se réunit à quatorze heures ; en général tous trois déjeunent ensemble juste avant.

"On mange   un morceau ?   demande Varian.

— Allez-y, vous deux, leur dit Luka. Faut que j'en finisse avec ces paperasses… Je vous rattrape."

Respectant son besoin d'être seul, ils s'éclipsent.

Alors qu'ils terminent leur soupe aux légumes, Leysa tire de son sac une feuille de papier. "On va lire Akhmatova cet après-midi, dit-elle, mais l'autre jour je suis tombée sur un poème de Vyssotski qui m'a fait penser à toi. Ça s'appelle *Le Bouc émissaire*… sans vouloir t'offenser! On peut le lire ensemble en prenant le café, si tu veux."

Varian fait oui de la tête.

Rien que le titre   le bouc   l'animal qui bêle

Quand ils reviennent un peu plus tard avec leur café, il s'installe sur la banquette aux côtés de Leysa. D'abord elle lui lit le poème en russe ; ça le remue d'entendre les sons râpeux de cette langue passer par ses lèvres et sa gorge si belles… Ensuite ils le lisent ensemble en anglais et Varian est tétanisé.

> *Loin de hurler là avec les loups*
> *Il bêlait des chants, des chansons de bouc…*

Comment Leysa pouvait-elle savoir qu'il a été cet animal à la voix cassée, à la voix bêlante, à la voix rauque, se brisant de façon imprévisible? Comment pouvait-elle savoir ça?

> *Il vivait au pré, auprès d'un petit lac*
> *Et n'empiétait pas sur les autres terres*
> *Mais un jour pourtant v'là qu'on le remarque*
> *Et qu'on fait de lui un Bouc émissaire.*

De façon incompréhensible, Vyssotski a écrit la biographie de Varian. Les mots lui donnent envie de pleurer.

> *Comme un héritier v'là qu'on le préserve*
> *Et dans la forêt on décrète alors*
> *Qu'envoyer le Bouc hors de la Réserve*
> *C'est interdit à tous sous peine de mort.*

Arrivés à cette strophe-là, Leysa et Varian se mettent à rire… non seulement parce que c'est drôle mais aussi parce qu'ils sont heureux, rien que de se trouver là à lire de la poésie ensemble. Pendant qu'ils rient ainsi à gorge déployée, leurs bras se frôlent. C'est la première fois que Varian effleure le corps d'une femme non-Beatrix sans décharge électrique ni crise de panique. La première fois qu'une femme, en riant, l'amène plus près d'elle au lieu de le repousser. À son étonnement, c'est Leysa qui sursaute et recule. Leurs yeux se rencontrent ; puis elle parle.

"Je t'aime beaucoup, Varian. Pour de vrai.

— C'est réciproque dit Varian tout bas, et il rougit violemment.

— Je veux juste que tu saches que… si… les choses étaient différentes, ça m'aurait fait plaisir d'être la femme qui… s'allongerait avec toi, t'apprendrait à te détendre et… voilà, serait là pour toi, dans la douceur et la joie, avec son corps et le tien."

Varian ne peut rien dire. Il a les yeux exorbités et une boule dans la gorge ; son pénis, reconnaissant et incrédule, enfle irrésistiblement en direction de Leysa. Clairement, un *mais* se prépare.

"Mais, Varian, même si ça m'aurait fait plaisir, je ne peux pas être la femme qui te donne son corps, parce que mon corps ne m'appartient pas. Je suis trop amoureuse de Gleb. Je vis comme une gifle le contact érotique de tout autre homme que lui. Je ne peux littéralement pas le supporter, pas une seule seconde, je suis désolée.

— Pas grave   Leysa" dit Varian d'une voix presque inaudible, et il détourne d'elle son regard pour que tous les enflements puissent se résorber.

Leysa reprend la feuille en hochant lentement la tête.

"Plus tard dans le poème, dit-elle tout bas, le Bouc émissaire se transforme en dictateur. Il se met à parler d'une voix tonitruante, à grogner et à beugler, à dominer les ours et les renards. Tu comprends, n'est-ce pas… C'est comme une mise en garde… Vyssotski essaie de nous dire que quand les opprimés prennent le pouvoir, ils peuvent devenir oppresseurs à leur tour. Écoute :

Dans une Réserve, je ne sais plus où
Le Bouc mène le bal, mais plus comme avant
Il a fini par hurler comme les loups
Et il grogne aussi comme les ours maintenant."

Leysa regarde Varian, et son cœur dégringole dans le vide.

Elle le sait donc? Mais comment a-t-elle deviné?   Que lui a raconté Luka? Comment?   Essaie-t-elle   de me dire qu'elle est   au courant   pour Dorothée Lejeune   et ses formules magiques ?   Ou   pire   pour Redwing ? C'est

ça ? Luka sait-il   que que que Ensemble le
frère et la sœur   se seraient-ils demandé si certaines   des vic   des vic récentes   certaines des
étrange   étran glégléglégléglaglaglotte jubiler jugu-
ler gargouille gargouillis glotte glotte glottis certaines des victimes récentes   n'étaient pas   Lui
aurait-il   *Que sait-elle ?*

PEUR

C'est parce que   le corps de l'accusé engendre des
ténèbres, monsieur   C'est ce que Luka   lui a
expliqué   au cours d'une de leurs conversations
au   Centre de maintenance respiratoire   Il
était déjà au courant   de la cryptorchidie   à
la naissance et de la voix qui avait mué tardive-
ment   Alors il avait fait des recherches   et des
lectures

C'est fascinant   a-t-il dit Franchement je
n'ai jamais croisé   un cas comme le tien   Mais
si tu veux changer quelque chose Varian   le premier truc à faire c'est   cesser de te sentir coupable   D'accord ?

On a   fait oui de la tête

Tu vois   a poursuivi Luka   au cœur du cerveau   il y a un petit bidule   qui s'appelle l'épi-
physe   ou la glande pinéale   C'est elle qui
s'occupe   de la synthèse nocturne de la neurohor-
mone   la mélatonine Bon comme tu sais la mélatonine   a un effet antigonadotrope   c'est-à-dire
qu'elle inhibe   l'apparition des caractéristiques
sexuelles secondaires   genre   poils aux aisselles et
au menton couilles qui grossissent   et ainsi de
suite   En général ces caractéristiques adviennent

parce qu'à la puberté la production de mélatonine baisse La lumière du jour est censé interrompre l'émission de mélatonine dans le sang mais dans ton cas va savoir pourquoi ça n'a pas fonctionné Tu m'as dit avoir vécu une puberté tardive ta voix n'a mué que vers seize ans Ma théorie c'est que ton corps engendre des ténèbres Tu vois ce que je veux dire? Tu as très probablement une surproduction de mélatonine Tu es un nyctalope un homme de la nuit Un Batman en quelque sorte

On avait confiance en Luka Il était comme non pas un père mais peut-être un frère aîné À cette époque on avait déjà eu plusieurs discussions avec lui au sujet de la consommation de plus en plus importante d'images sombres L'accusé espérait encore que le médecin saurait l'aider à éviter à éviter le pire car tout cela ne cessait de s'assombrir de l'envahir de le déborder de le submerger et il commençait à perdre le contrôle Et quand on a avoué à Luka qu'on était mort de peur Luka a essayé de détendre l'atmosphère en lisant à voix haute un passage de *Monsieur Prokhartchine* de Dostoïevski

Comment! s'écria Mark Ivanovitch, mais qu'est-ce qui vous fait peur comme ça? Qu'est-ce que vous avez donc à divaguer? Qui est-ce qui pense à vous, seulement, mon bon monsieur? Le droit d'avoir peur, dites, vous l'avez, seulement? Qui vous êtes? Quoi vous êtes? Un zéro, monsieur, une crêpe, toute ronde, voilà! Pourquoi vous le faites, ce tintouin? Une bonne femme qu'on écrase dans la rue, ça y est, on vous écrase aussi? un ivrogne, je ne sais pas, pas capable de garder ses poches, et vous aussi, on vous coupe vos basques? Un

*immeuble qui brûle, et vous aussi, alors, votre tête, elle
a le feu, hein? C'est ça, dites-moi, monsieur? C'est ça,
mon bon, c'est ça?*

Cette nuit-là   on a   enfin avoué   à Luka
qu'à vingt-six ans on n'avait   encore jamais   fait
l'amour avec une femme IRL   seulement avec
son   soi par le truchement de   plusieurs centaines de milliers   d'images Luka a hoché la
tête Ouais ben à vrai dire Varian c'est pas génial
pour ta santé ça   La consommation   d'images
sombres   n'est pas un remède parce que   tes
énergies vitales au lieu de circuler   se déversent dans
le vide et ça t'épuise De longues années   d'auto-
assistance   peuvent réellement   te vider en tant
qu'homme   Tu comprends?   Tu m'écoutes?

On l'écoutait, monsieur   mais on n'avait   pas
la moindre idée   où aller à partir de là

VII

MORTIER

Varian a rendez-vous avec Luka. Il n'est pas en retard mais, lorsqu'il arrive sur le site d'AbsoCrude, le Centre de maintenance respiratoire est introuvable. On a dû le déplacer! À sa place il n'y a qu'une dalle de béton plate, grise et anonyme. Il erre de-ci de-là, consultant nerveusement sa montre, et pénètre enfin dans une sorte de grotte que les machines ont creusée dans la façade de la falaise. Voyant un trou dans le plafond, il comprend que le nouveau CMR doit être là-haut. Il a du mal à s'agripper aux rebords du trou, mais parvient au bout d'un moment à s'y hisser. Après être passé par un tunnel étroit et inconfortable, il débouche sur une sorte de passerelle en bois. À mesure qu'il avance, se servant de son téléphone cellulaire comme torche, les yeux lui sortent de la tête. Sur des étals à sa droite et à sa gauche sont allongés des dizaines de corps humains incroyablement mutilés, aux membres amputés et aux moignons pourrissants. Pour ne pas céder à la panique, il essaie de les compter mais c'est impossible, il y en a trop. Un peu plus loin, il voit un groupe de vieillards malades et affaiblis, qui se tiennent blottis les uns contre les autres et parlent à voix basse. Quand il arrive enfin à l'infirmerie, il trouve Luka penché sur une table en train de disséquer un corps de femme. Jetant un coup d'œil à la

ronde, Varian voit, posés çà et là sur des socles blancs
comme autant de sculptures dans une galerie d'art, de
grands morceaux sanguinolents de corps humains. Au
bout d'un moment Luka se redresse et le salue. Puis
il fait le tour de la pièce en frôlant les bouts de corps,
les pinçant et les caressant familièrement comme pour
les saluer eux aussi. "Regarde celle-ci, Var! elle a l'air
sympa!" dit-il en revenant près de la table d'opéra-
tion. Ce disant, il attrape un sabre et scinde preste-
ment la tête de la femme en deux, à l'horizontale. Il
n'y a pas de sang.

Varian se réveille dans des sueurs froides. Cellule
nuit noire. Le goutte-à-goutte arrive juste, il doit être
trois heures. On le pique, on l'accroche par les veines
et on le quitte. Fracas métallique. Pas lourds. Silence.

Pourquoi? pourquoi pourquoi dans le
rêve   Luka se comportait-il   de manière
si   familière avec les morts?

Malgré lui, la nourriture liquide lui fait du bien
et il récupère un peu de cohérence. Flottant par-dessus les années, une vieille conversation de l'Île Grise
lui revient en mémoire. "Sincèrement   mère la
vie   après la mort   n'est pas concevable – Mais
Varian, comment peux-tu dire une chose pareille? – Il
arrive qu'on voie   un corps sans âme   mais jamais
le contraire – Je ne comprends pas. – Jamais   on
n'a croisé une   âme sans corps"
"Âmes et corps sont comme dents et gencives",
avait dit Luka un jour, alors qu'ils pratiquaient
ensemble la respiration artificielle sur un haleteur.
Le patient était d'origine portoricaine et, bien que

jeune, n'avait presque plus de dents ; il avait dû souffrir d'une infection des gencives carabinée. "Comment   ça? avait demandé Varian. – Ben, tu vois bien, avait dit Luka. C'est très bien les dents, mais, hein? elles valent quoi sans gencives?"

"Comme ça   tu crois en l'âme?   avait demandé Varian un peu plus tard, quand le patient s'était remis à respirer tout seul. – Pour moi, avait alors répondu Luka, l'âme c'est comme le coucher du soleil. – Comment   ça? – Eh bien, du point de vue scientifique, on sait avec certitude que ça n'existe pas. Le soleil ne se lève ni ne se couche, et l'âme c'est un truc qu'au long des millénaires le cerveau humain a appris à construire, à des fins de survie. Mais, même s'ils ne sont pas réels, ils sont importants. – Importants   pour quoi ? – Ben, pour la poésie, la beauté, l'amour… Comment on ferait pour tomber amoureux sans âme et sans coucher de soleil? Hein, Varian? Tu peux me dire ça?" Plus tard, Luka était revenu à la charge. "Tu peux imaginer, toi, Varian, un monde sans âme et sans coucher de soleil? – Oui   – Ah bon? – On n'a même pas   à l'imaginer   On y est"

Le lendemain midi, au lieu de déposer une boîte en polystyrène sur le passe-plat de Varian, les troodons ouvrent la porte et claironnent : "Changement de routine! Surprise!" Ils le menottent et le traînent dehors.

Le soleil l'aveugle. Il a perdu tout sens du temps, et serait incapable de dire s'il se trouve à BigMax depuis une semaine ou un an (en réalité cela ne fait qu'une semaine). Une fosse longue et profonde a été creusée dans la cour, et plusieurs feux y brûlent.

Écorchés et vidés de leurs tripes, des cadavres d'animaux tournent sur des broches, leur matière grasse fond et goutte sur les braises. Ce barbecue titanesque est supervisé par des centaines d'autres détenus vêtus exactement comme lui. Inondé par l'odeur sombre et sexuelle de la viande grillée, le corps de Varian se transforme en un champ de bataille. Son estomac affamé s'élance en direction de la nourriture, tandis que son cœur et son esprit se figent d'horreur.

Tout est corps   tout est corps   Le cœur et même l'esprit humain relèvent du corps   tout comme le cœur   et l'esprit   des cochons   et des agneaux   Si on les avalait   on en acquerrait   une connaissance charnelle On pourrait   devenir eux   et se faire   rôtir aussi   Plus tard tous seraient   dévorés ensemble

Mais cette scène n'est peut-être que le prolongement du cauchemar de Varian ; la viande que l'on grille et cuit ici de façon si délicieusement douloureuse vient peut-être des corps humains que disséquait Luka dans son rêve tout à l'heure… Comment savoir ?

Soudain il se trouve dans le bureau du corytho.

"Eh bien, MacLeod. On dirait que tu arrives au bout du rouleau… n'est-ce pas ?"

Varian est indifférent. Pour lui, cette indifférence est un vrai exploit. Il a réussi à passer outre la peur et la douleur, comme les braves à peau rouge d'antan. L'ennemi ne peut plus le blesser ni l'effrayer.

"Hmmmm, poursuit le corytho, en ouvrant grande la bouche dans un bâillement et en se grattant le ventre. On dirait que j'ai trop bouffé, là, j'ai envie de piquer un roupillon… Du coup, je me contenterai aujourd'hui de te raconter une petite histoire. D'accord? C'est une histoire qui se passe en Empire Est. Tu as entendu parler de la Grande Muraille, n'est-ce pas? Entre le troisième et le sixième siècle, des millions d'hommes en Empire Est ont été forcés de construire une frontière en briques d'une longueur de 8851,8 kilomètres. Tu m'as bien entendu, MacLeod? Des millions d'hommes. Pas des milliers, pas des centaines de milliers, des millions. Les mères EE redoutaient de mettre au monde des garçons. Année après année pendant plus de trois siècles, suivant les ordres d'une bonne douzaine d'empereurs immortels, des millions de paysans, de soldats et de criminels ont participé à la construction de ce magnifique mur de briques. Ils ne touchaient pas de salaire. Ils ne gagnaient pas cinquante lunis de l'heure, comme vous autres là-haut à AbsoCrude. C'étaient des *esclaves*, MacLeod. Tu m'entends? Des esclaves. Tu crois qu'ils avaient le droit de se syndiquer et d'écrire des lettres aux journaux? Hein? Tu crois qu'ils avaient le droit de gueuler et de comploter, comme toi et cet enculé de Romanyuk là-haut à Luniville?"

Le corytho attend un instant, puis baisse la voix avant de poursuivre. "Pendant des siècles, MacLeod, la Grande Muraille de l'Empire Est était la seule construction humaine visible depuis l'espace. Aujourd'hui, ce n'est plus le cas. Aujourd'hui, les mines de Terrebrute sont visibles de quinze kilomètres et plus au-dessus de la surface de la Terre. Nous en sommes fiers, savez-vous. Très fiers."

Le corytho bâille à nouveau, puis lâche un rot. "Encore une chose. Si les esclaves EE perdaient la vie en travaillant, ce qui arrivait souvent, on balançait leur corps dans les cuves et on les mélangeait au mortier."

Ainsi étaient-ils   mortifiés   Ainsi devenaient-ils du   mortier   mortel   dans un mur   pour lequel   l'empereur immortel   s'attribuait tout le   mérite

"Voilà, eh bien, l'Empire Est nous a servi de modèle à cet égard aussi. Vois-tu, nos opérations étant d'une complexité redoutable, il se produit parfois des accidents, c'est regrettable mais inévitable. Des journalistes sont venus nous interroger au sujet de ton copain Romanyuk. Et la triste vérité c'est que, vers le milieu de la semaine, il est tombé dans une cuve et a été bouilli avec le soufre et transformé en un joli camion rouge et jaune brillant. Au moins sa graisse aura été une excellente source d'énergie, l'espace de quelques minutes! Et j'ai le regret de t'informer que, voici quelques années, un vieil ex-pêcheur whiskiphile a rencontré le même sort. Tout à fait, un certain Ross MacLeod. Bien que moins inféodé aux forces du Malice que Romanyuk, ton père était lui aussi un baiseur de caribous invétéré et impénitent.
"Voilà toute l'histoire, MacLeod. Hormis les autorités d'AbsoBrut et de BigMax, tu es la seule personne au monde à être au courant. À ta place, je trouverais cela inquiétant."

Mais oui   mais oui   bien sûr   Tout comme   les dieux aztèques et les empereurs   immortels d'antan   le dieu de l'ambroisie   exige ses victimes sacrificielles   Géant   barbu   velu et

glouton   aux yeux fous   il rugit   en se frappant la poitrine   attire vers le froid   glacial ou la
chaleur infernale   de Terrebrute   des hommes du
monde entier   et les engloutit

SERMENT

Sur l'Île Grise, c'est une matinée immaculée de juin, les mouettes tournoient en criant, tournoient en criant, *et caetera*. Varian aide sa mère à se hisser sur le siège passager du vieux pick-up de Ross, tout rouillé et éclaboussé de boue, et ils se dirigent ensemble vers Codborough. Tout à l'heure aura lieu la cérémonie de fin des cours ; avec plusieurs dizaines d'autres étudiants (tous de sexe féminin à part lui et un autre dingo), Varian recevra son diplôme d'infirmier.

Cela fait près de deux ans qu'ils n'ont plus de nouvelles de Ross. À mesure que, mois après mois, le silence de son mari s'allongeait, blanchissait et se durcissait, Beatrix s'est faite plus volubile. Maintenant ses paroles sont pareilles à des algues collées à un os de seiche. Elle jacasse sans fin et sans but, au grand désespoir de Varian.

"Quelle journée sublime, n'est-ce pas, *mein Schatz* ? Ah ! ça fait bien longtemps qu'on n'est pas allés en ville ensemble, hein ? Je me demande pourquoi on a cessé d'aller à l'église. On n'a pas pris de véritable décision à ce sujet, me semble-t-il, pas que je me rappelle en tout cas, on dirait que ça s'est fait comme ça, tout simplement. Mais je dis toujours mes prières… toi aussi, *Engelchen* ? Je prie encore pour ton père, matin et soir. Je prie pour sa santé, et pour qu'il nous écrive. Je prie pour qu'il revienne à la maison et qu'il y reste! Il commence à prendre de l'âge, il aura bientôt soixante ans… pas facile à croire, n'est-ce pas? mais je suis sûre qu'il est encore en vie. S'il lui était arrivé quelque chose là-haut dans les mines, je le saurais. Je le sentirais. Il est sans doute juste déprimé. Et on le comprend! Comment ne pas le comprendre? Oh, mais n'est-ce pas qu'il fait un temps délicieux, mon ange? Regarde-moi ces nuages là-bas, ce n'est pas sublime? On a du mal à dire où s'arrête l'eau et où commence le ciel. Le bon Dieu est quand même le meilleur artiste de tous, tu n'es pas d'accord? Même Rembrandt ne lui arrive pas à la cheville, ah! ah! ah! Je suis si contente qu'on fasse une petite sortie ensemble, Ross… pardon, Varian. Tu avais une si belle voix, petit, tu te rappelles, *mein Schatz*? Quel dommage que tu aies cessé de chanter… Ton père adorait t'écouter chanter à l'église – on entendait ta voix parmi toutes les autres, je te le jure. Mais, bon, fallait bien qu'elle mue un jour ou l'autre, n'est-ce pas? Ainsi va le monde… Mais je suis encore très fière de toi, *mein Prinz*, obtenir ton diplôme d'infirmier à vingt et un ans, c'est impressionnant, et tes notes sont brillantes comme toujours. Tu tiens de mon *Vati* – ah! quel dommage que tu ne l'aies pas connu! C'était un professeur d'université, tu sais, en Allemagne. Presque tous les livres chez nous viennent de sa bibliothèque, tu savais ça? Mon cousin me les a envoyés par bateau après la guerre. L'attaque des mille bombardiers sur Cologne a touché leur immeuble et mes parents ont été tués sur le coup, mais au moins on a pu sauver les livres, ça me console un peu. Ça fait un souvenir.

"Regarde, Varian, c'est là que j'ai habité quand je suis arrivée à l'Île Grise, petite – la petite maison grise là-bas, qui fait le coin, tu la vois? Oui, celle-là, juste là… Une de mes tantes m'a accueillie chez elle… Charlotte, elle s'appelait. Elle s'était installée ici dans les années vingt, elle croyait faire partie de la communauté, alors ça l'a vraiment blessée quand tout le monde nous a rejetées à cause de la guerre. C'était terrible, tu ne peux pas t'imaginer! On nous a traitées d'espionnes, d'ennemies étrangères, et pire encore… des noms si affreux que je ne peux même pas les répéter. On nous harcelait, on nous moquait, on nous évitait dans la rue, certains commerçants refusaient même de nous servir. Une fois, un gosse a même lapidé tante Charlotte, tu peux croire à une telle chose? Une femme honnête, bien éduquée, et sa nièce… comment pouvait-on être des espionnes? Ce n'était pas drôle, je t'assure. Tante Charlotte m'a demandé de ne plus jamais parler l'allemand avec elle, mais la langue me manquait terriblement. C'est pourquoi ça m'a fait si plaisir quand tu t'es mis à lire les livres d'*Opa*, et que je t'ai appris l'allemand, et que c'était notre secret spécial, tu te rappelles, *Engelchen*? Charlotte était pharmacienne, exactement comme toi! Bon, d'accord, pas *exactement* comme toi, je sais que tu es infirmier avec une spécialisation en pharmacologie, mais quand même, c'est une sacrée coïncidence, tu ne trouves pas? que mon fils choisisse de travailler dans le même domaine que la femme qui m'a élevée? À vrai dire je songeais à devenir pharmacienne moi aussi, quand Ross a débarqué et demandé ma main. Ah, j'étais bien contente de changer de nom, de me débarrasser de mon nom allemand. En déménageant sur la côte nord pour vivre avec ton p'pa, j'ai décidé de taire mes origines. Je n'en ai parlé à *personne*. Je ne voulais pas que ça recommence, les regards en biais et les insultes. Quand on me posait des questions sur ma famille, je me contentais de sourire et de changer de sujet. Charlotte est morte de la grippe peu après mon mariage avec ton père… À vrai dire, j'ai toujours cru qu'elle était morte de solitude. Et quand on s'est mariés, Ross n'avait pas envie que je travaille. À l'époque, les femmes c'était le foyer, les hommes le monde extérieur. Pour un homme, être capable d'entretenir sa famille était une question d'orgueil. Ce n'était pas comme aujourd'hui, où tout le monde travaille ou chôme en même temps, et la vie de famille part à vau-l'eau. Moi je te parle des années cinquante. Oui, *mein kleiner Engel*, on était marié depuis vingt ans quand tu as décidé de débarquer en 1979, tu te rends compte ? Mais je suis tellement contente que tu l'aies fait ! Ton p'pa était fier de pouvoir nous entretenir tous les trois. La pêche à la morue était encore une industrie florissante à l'époque. Tu n'en croirais pas tes yeux comme la mer était poissonneuse ! C'est pour ça qu'après le moratoire, Ross est tombé dans une dépression. On pourrait même dire qu'il était cliniquement malade, je me demande parfois s'il n'aurait pas dû voir quelqu'un… Mais tu vois ton père en train de déballer ses problèmes devant un parfait inconnu ? Au lieu de ça, il s'est tourné vers la bouteille. Alors quand des emplois se sont créés à Terrebrute, tout le monde a pensé que c'était la bonne solution, n'est-ce pas ? Tu te rappelles, on s'est réunis tous les trois pour en discuter et on a pris la décision ensemble. Mais là, ça fait presque deux ans qu'on n'a plus de ses nouvelles et ça fait mal, ah, là, là… Mais tout est entre les mains du Seigneur, ce n'est pas à nous de juger. Et là, tu vas recevoir ton diplôme en infirmerie! C'est formidable, Ross… pardon, Varian… je suis si fière de toi! N'est-ce pas que c'est une journée magnifique? Tu as une idée de ce que tu voudras faire au sortir de l'université, *Schatz*?

— Oui

— Pardon?

— Oui

— Oui quoi?

— On on

— Respire profondément, Varian.

— On voudrait aller dans l'Ouest chercher son père"

Ils viennent d'entrer dans la baie qui serre doucement dans ses bras la ville de Codborough. Tout ce qu'ils voient en dévalant tranquillement la colline est si aimé, si familier… Les rangées de façades en bois de toutes les couleurs : mauve, turquoise, jaune moutarde, rose profond, vert bouteille et gris… l'imposant palais de justice en pierre bleutée… la basilique catholique là-haut, découpée en silhouette contre le ciel (pas leur église à eux!)… et, à leur gauche, au-delà du port avec ses hangars et ses voiles blanches et brillantes, lançant sous le soleil de juin des scintillements argentés… la mer.

"Mais…

— On le retrouvera et on le ramènera à l'Île Grise

— … Toi?

— On partira là tout de suite au mois de juillet On passera l'été à le chercher et on fera tout pour être de retour à l'automne Il est impensable de continuer ainsi mois après mois   à ne pas savoir

— Mais, *Engelein*, tu sais bien que je ne peux pas me débrouiller seule!

— Mère   tu as tes amies   tes voi-sines   Tout le monde t'aime   Tu peux comp-ter sur leur aide   La séparation ne devrait pas être bien   longue

— Oh… mais *toi*, Varian! Comment feras-tu pour survivre là-bas?

— Mais   mère   on n'a pas le choix   À vingt et un ans on est un homme   et il est grand temps de   le prouver   Alors voilà   Ici et maintenant   on jure   de faire tout ce qui est en   son pouvoir pour   retrouver son père   Voilà   l'église   Il faut   chercher une place   pour   se garer

— Varian, ce n'est pas la plus belle journée que tu as vue de toute ta vie?"

ROUGE

Marnie Vermilion se penche pour poser un ange en plâtre blanc au pied de la tombe de sa fille. Quand elle se redresse, son œil enregistre l'effet général avec satisfaction. Quelqu'un a apporté un nouveau vase de roses blanches artificielles, probablement sa sœur Connie, elle les aura vues au supermarché et les aura achetées sur un coup de tête, Connie avait adoré la petite Rosie. Sur le tombeau et tout autour, rien que du rouge et du blanc : petits bracelets et colliers en perles rouges, croix blanches et anges blancs, superbe rouge-gorge offert par son oncle Joe, bougies blanches et rouges, roses rouges et lys blancs artificiels, Vierge blanche, et le nounours préféré de Rosie, ours blanc qui a traversé toute son enfance avec elle et semble avoir survécu sans trop de dégâts à son premier hiver dehors, sans parler des lattes rouges et blanches qui entourent le tombeau lui-même. Tous les tombeaux du cimetière sont entourés de palissades blanches à l'exception de celui-ci, ils ressemblent à des lits d'enfant parce que, disait autrefois la maman de Marnie, en mourant on redevient comme un petit enfant et on retourne au giron de la Terre Mère. C'est Floyd le frère de Marnie qui a sculpté la magnifique croix en bois à la tête du tombeau, avec un cœur à chacun de ses trois bouts, et c'est Cole son autre frère qui a gravé l'inscription sur la plaque: *Rosie Cecilia Betty Marnie Vermilion, Doux Ange de Fille, 1989-2001, Dors Bien Chérie On se Réjouit de te Retrouver au Ciel.*

Un an déjà, se dit Marnie, et ils viennent encore. Nos amis et voisins de Peltham viennent encore nombreux, répandre des larmes, de l'amour et des fleurs sur le tombeau de ma fille. J'espère qu'elle sent à quel point elle est aimée. Pourquoi elle est morte? Comment elle est morte? Elle est morte d'avoir vécu ici à Peltham. Elle est morte d'avoir respiré l'air de Peltham et d'avoir bu l'eau de Peltham, de s'être assise sur la mousse de Peltham, de s'être baignée dans la baie de Peltham et d'avoir touché le poisson de Peltham. Elle adorait m'aider à sécher le poisson, elle le faisait mieux que moi. On l'ouvre au couteau, on le pose sur la table, on le découpe *schlak!* à l'angle comme ça, et on le suspend pour qu'il sèche. Elle est morte d'avoir eu des boutons et des taches rouges sur les bras et sur les jambes. Elle est morte d'avoir vu ses ongles devenir jaunes puis orange. Elle est morte d'avoir vécu ici, d'avoir mangé ce que mangent les gens d'ici et bu ce qu'ils boivent.

Marnie se retourne pour quitter le cimetière. En se dirigeant vers la rue, elle entend tinter sur sa gauche les carillons éoliens du tombeau d'Elsie Severinat. Comme Elsie était chamane, son tombeau est plus grand que les autres et protégé par une structure de bâtons et de toile, un peu comme une tente. Accrochés à son toit, des carillons en bois ou en métal tintent doucement à des rythmes différents. Ce doit être génial d'entendre ça quand on est mort, se dit Marnie. Rien ne me ferait plus plaisir, quand je serai morte, que d'entendre des carillons tinter dans le vent.

Un peu de sable s'est introduit sous les lanières de ses sandales rouges et insinué entre ses orteils aux ongles peints en rouge. Le frottement l'agace. Elle s'appuie avec impatience contre la clôture du cimetière pour ôter ses sandales tour à tour, essuyant un pied tout en se tenant en équilibre instable sur l'autre. C'était plus amusant quand elle était petite : ils allaient tous se baigner dans la rivière et elle rentrait à la maison avec plein de sable entre les orteils, elle aimait bien cette sensation à l'époque, avoir du sable entre les orteils.

Marnie allume une cigarette et propulse son corps maigre en direction du bureau de poste, où un taxi doit venir la chercher à cinq heures. Son allure est rapide mais un peu chancelante, non seulement parce qu'elle porte des talons aiguilles, mais aussi parce qu'elle est défoncée. Les rares individus qu'elle croise en chemin sont des épaves humaines : tous semblent en sur- ou en sous-poids, malades, alcooliques, handicapés, tordus. Elle s'efforce de ne pas les regarder. Par ici, on est vieux à quarante ans. Si on franchit la cinquantaine sans être enterré, c'est un miracle. Les nôtres sont toujours morts jeunes, c'est vrai, disait son papa. La différence c'est qu'avant on savait pourquoi on vivait.

En marchant, elle ne regarde ni à gauche, vers le delta du fleuve majestueux, les petites îles sombres à conifères, le port avec ses barques de pêche abandonnées et ses cabanes croulantes à la peinture écaillée, ni à droite, vers le centre culturel clinquant neuf, récemment offert à la ville par LibreMonde Noir, comme le proclame en lettres rouges l'inscription sur la façade en béton. Le bâtiment est vide mais comportera bientôt, d'après les panneaux plantés devant, une galerie d'art, une bibliothèque, un jardin d'enfants et une maison de retraite. On n'avait pas besoin de centres culturels dans le temps, se dit Marnie. Le centre de notre culture était partout.

Elle porte un pantalon noir moulant, un petit haut noir sans manches et, sous tout ce noir, un string et un soutif en dentelles rouge vif qui font semblant d'être des soieries parisiennes mais sont en réalité de la lingerie synthétique bon marché, achetée la semaine dernière au Monoprix de Luniville. Cette lingerie figure au premier plan des selfies qu'elle a postés cette semaine avec son annonce sur le site Dernière Page du service Escortes de Luniville.

"Délicieuse peau indigène", promet l'annonce. En faisant les photos, elle tourne toujours le corps de telle sorte que l'objectif ne capte pas les traces de seringue sur ses avant-bras, et rejette la tête en arrière comme si on venait de la gifler.

"Je suis une petite pute très autoritaire et veux que tu me posède", promet l'annonce. Avant de faire les selfies, elle bourre de mouchoirs en papier les bonnets C de son soutien-gorge pour accentuer son décolleté.

"J'ai faim de tes mauvaises intensions", promet l'annonce. Elle se maquille avec soin, s'enduisant le visage de plusieurs couches de fond de teint et d'anticernes dans l'espoir que les hommes, persuadés qu'elle a dix-neuf au lieu de vingt-neuf ans, se mettront à bander et l'appelleront.

"Viens punir cette vilaine petite conasse indigène, promet l'annonce. Gicle-lui un texto!" Vu que les hommes peuvent zoomer sur les photos à l'écran, le rembourrage et le maquillage doivent être bien faits.

"Je suis pas cheap, promet l'annonce, et c'est pas Vous qui fixez mon prix. Trois cents lunis me feront crémer et crier." Cette semaine elle a reçu une réponse dans la minute, d'un garçon qui disait avoir vingt-trois ans, être plutôt mince, et pouvoir payer en liquide, ce qui l'avait rassurée. Elle lui avait envoyé l'adresse de l'hôtel dont elle se servait à Luniville, en ajoutant : "Suffit de demandé Redwing on me conait."

Les annonces de femmes étaient précises en matière de tarif, mais faisaient presque toujours miroiter au moins la possibilité d'un contact affectif. Sur d'autres sites, Marnie avait vu les annonces des hommes ; il y en avait des milliers. Celles-là n'évoquaient ni argent ni tendresse, mais se contentaient de préciser la nature de la prestation et le sexe du partenaire recherchés. Les photos pouvaient être durailles. Marnie, qui croit avoir tout vu depuis qu'elle a commencé le tapin, a quand même été secouée par les images d'orgies masculines dans les camps de travail. Les hommes se shootaient aux stéroïdes avant de s'enfiler comme des chiens, sans protection... La syphilis s'était répandue à Terrebrute comme une traînée de poudre, ces dernières années. Pas évident d'obliger un homme à mettre une capote alors qu'on joue à être son esclave, mais Marnie n'a pas le choix : avec trois gamins qui l'attendent à la maison, elle ne peut se permettre de tomber malade.

Zut et flûte, le taxi est déjà là à l'attendre, avec le moteur et le compteur qui tournent. Marnie regarde sa montre. Il a raison, merde, j'ai cinq minutes de retard. Elle s'installe sur le siège arrière et claque la portière. Le trajet jusqu'à l'aéroport va lui coûter quinze putains de lunis au lieu de huit ; sur les trois cents de sa nuit de travail, elle en a déjà balancé sept à la poubelle.

Tout coûte cher à Peltham. Ses parents disaient que ça n'avait pas toujours été ainsi, mais ils sont morts et maintenant c'est ainsi. Marnie a trois gosses à nourrir et son mari Jaden est en taule pour s'être livré à ce qui s'appelait autrefois la chasse et ce qui s'appelle aujourd'hui le braconnage. La vérité c'est que TOUTES CES TERRES SONT À NOUS, même selon les termes de leurs propres putains de traités, alors ils ont décidé que les traités étaient caducs. Pas la peine de protester, on ne peut pas l'emporter sur les Blancs car ce sont eux qui font et défont les règles. Ils décident quand ils veulent arriver et repartir, qui ils sont et qui vous êtes, quel est votre nom et comment l'épeler, quand rédiger un traité et comment le signer, qui doit le signer et sa validité. Nous on décide de rien, on se contente de mourir. Ils ont le droit de foutre plein de mercure et d'arsenic dans les orignaux et les poissons qui habitent ce qu'ils appellent nos terres, de sorte qu'on attrape le cancer en mangeant nos propres bêtes, mais si nous on pose un seul gros orteil sur les terres qu'ils viennent de s'approprier, ils peuvent nous arrêter et nous écrouer.

Le chauffeur ne demande même pas à Marnie où elle va : sapée comme elle l'est, sa seule destination possible est l'aéroport. Il n'y a pas de proie pour les putes à Peltham. Le vol pour Luniville décolle dans vingt minutes. Le chauffeur est aborigène, lui aussi ; elle connaît son nom et lui connaît le sien, mais ils ne se parlent pas car chacun réprouve les compromis de l'autre. Trois semaines sur quatre, le garçon travaille au site de LibreMonde Noir et habite un de leurs camps là-bas ; pendant sa semaine de congé, il fait le taxi à Peltham. Les deux se foudroient du regard dans le rétroviseur. Ils dépassent un panneau sur lequel le mot *Peltham* est barré d'un trait rouge.

Les Blancs changent nos noms et les noms de nos villages, se dit Marnie, pour qu'on ne reconnaisse plus notre propre monde. Pour qu'on n'ait plus de monde. À l'école j'ai appris l'ancien nom de notre ville, mais je l'ai déjà oublié. Le mot *Peltham* occupe toute la place dans ma tête. *Peltham* en souvenir des millions d'animaux abattus, écorchés et laissés là dans la neige, petits tas de chair sanguinolente, pendant que leurs peaux étaient nettoyées, entassées et envoyées de l'autre côté de l'océan pour être transformées en manteaux de fourrure, en bottes ou en chaussures de cuir, et vendues aux riches Blancs de là-bas. Depuis le début, les Blancs ne nous ont apporté que maladie et désolation.

Marnie donne au chauffeur ses quinze putains de lunis, sans le remercier et sans recroiser son regard. Sa colère est telle qu'en fourrageant dans son porte-monnaie lamé argent, elle casse un de ses ongles vernis de rouge. Merde. Merde, merde, merde, putain de *merde*! En plus, il a fallu que ça tombe sur le médius, on va croire qu'elle se spécialise en pénétration digitale. Zut et merde.

Elle est en manque. Elle espère avoir le temps de se faire une ligne dans la salle de bains de l'hôtel avant l'arrivée du client. Pourvu que le putain d'avion n'ait pas une demi-heure de retard, comme la semaine dernière. Les enfants de Marnie s'occupent les uns des autres un soir par semaine quand elle descend tapiner à Luniville. Sa fille aînée, Tammie, qui a dix ans, sait ce que fait sa maman comme travail. Elle sait pourquoi, le jeudi après-midi, Marnie se sape à mort et cherche à avoir l'air jeune. Jeudi, c'est jour de paie dans les mines. Avoir un gros chèque en main allume les mecs et ils sont nombreux à descendre à Luniville à la recherche d'un peu d'action. Le jeudi soir, la ville dégouline littéralement de testostérone. Marnie allume une cigarette.

"Mademoiselle, vous êtes dans un espace non-fumeurs, dit aussitôt la voix autoritaire d'une femme.

— Depuis quand? dit Marnie, en se retournant.

— Depuis lundi dernier. Merci d'éteindre immédiatement votre cigarette.

— Putain j'hallucine. On est chez les mormons ou quoi? L'industrie verse dans l'air des tonnes de benzène et d'arsenic tous les jours et tu te fais du souci pour un peu de nicotine?

— Vous voulez que j'appelle la police?

— Va te faire foutre."

Ouvrant d'un coup de pied la porte arrière du minuscule bâtiment de l'aéroport, elle sort fumer sur la rampe des handicapés. C'est l'heure des moustiques, mais la fumée la protège des insectes sanguinaires. À vrai dire elle éprouve plutôt de la sympathie pour les moustiques. Ce ne sont jamais que des mamans qui cherchent à nourrir leurs enfants. Pourquoi vous geignez? leur demande-t-elle. Ça vous trahit! Cessez de geindre, vous vivrez plus longtemps!

Après avoir montré son billet, elle grimpe dans le petit avion en même temps qu'une grappe de gros hommes d'affaires blancs et quelques autochtones, eux aussi obèses. Encore cent lunis prélevés à sa passe. Une fois réglés la chambre, le trajet en avion et en taxi, il lui reste quatre-vingts lunis pour payer la nourriture, le loyer et l'électricité d'une famille de quatre pendant une semaine. Ces putains de dentelles rouges m'ont coûté presque quinze lunis ; prochaine fois que je déconne comme ça, on me coupera le crédit.

Elle n'a d'autre choix que de cibler les tordus et de préciser qu'elle est autochtone. S'ils ne savent pas ça avant d'entrer dans la chambre, ils peuvent devenir mauvais ; elle l'a appris une fois à ses dépens et cela lui a largement suffi. Si on dit qu'on est autochtone mais qu'on a juste envie de s'amuser, on ne trouvera pas preneur, vu que la concurrence est raide et que les chasseurs préfèrent des proies à la peau brune ou noire ou jaune. Les Peaux-Rouges doivent supplier d'être maltraitées. Ces dernières années, un bon millier d'entre elles ont été rayées de la carte : assassinées ou "disparues". C'est toujours une question de peau. Ouep, les Blancs continuent de nous écorcher, de tanner notre peau et d'en faire une marchandise… "Délicieuse peau indigène."

Ils planent au-dessus de la tourbière. Pas de routes par ici. On ne peut faire le trajet Peltham-Luniville en voiture qu'en hiver, quand la tourbière est gelée. Mais quel intérêt ? se dit Marnie. Ça prendrait sept heures au lieu d'une, l'aller-retour me prendrait deux journées ! Remontant la manche de sa veste, elle scrute l'intérieur de son avant-bras. Plus grand-chose comme putain de veine valable… Ses yeux se déplacent vers le delta du fleuve, en bas : du bleu argent ondulant dans la verdure. Mêmes motifs sinueux que ses propres veines, les petites se déversant dans les grandes et se précipitant vers le cœur pour être réapprovisionnées en oxygène. Notre corps est comme la Terre, disait ma maman autrefois. Ça reflète une grande sagesse. L'air qu'on aspire dans les poumons nourrit le sang du cœur, tout comme l'air au-dessus de la Terre nourrit ses rivières.

Elle s'assoupit un moment, pour être réveillée un peu plus tard par l'atterrissage cahoteux ; ils sont arrivés au minuscule aéroport de Luniville sud. Pas ce nouvel aéroport rutilant qui a coûté des millions de lunis, et où des travailleurs EE sortent de leurs jumbo-jets comme des robots, déjà vêtus pour les mines, depuis le casque jaune jusqu'aux bottes brillantes. Marnie a entendu dire qu'on projetait 24/7 sur les murs du nouvel aéroport un film sur les aurores boréales, la pollution de l'air étant si grave par ici qu'on ne voit plus le ciel nocturne ! Une nuit de juin, quand ils avaient seize ans, Marnie et Jaden avaient échangé leur premier baiser sous ces sublimes volutes cosmiques rose et pourpre. Elle avait eu son premier bébé à dix-sept ans. Rosie. Celle qui est maintenant au paradis.

Marnie gagne toujours le centre-ville en stop. Aujourd'hui une Volvo s'arrête presque tout de suite pour l'embarquer. Au volant : une jeune femme sémillante à la peau brune. Elle lui dit qu'elle s'appelle Briona, qu'elle vient de Trinidad et travaille dans un refuge ici à Luniville. Trépignant d'impatience de se faire une ligne dans la salle de bains de l'hôtel, Marnie a du mal à l'écouter.

Alors qu'elles sont arrêtées à un feu rouge, son attention est attirée par un drôle de brouhaha à sa droite. Jetant un coup d'œil par la vitre, elle voit, à la terrasse d'un café, un groupe de trentenaires blancs, bien sapés et plus ou moins en surpoids, qui s'agitent en courant et se rentrent dedans. "Dis donc, ils ont commencé tôt", dit-elle. À regarder de plus près, elle voit qu'ils sont reliés les uns aux autres par un long élastique : plus ils courent, plus étroitement l'élastique les serre, et quand ils se heurtent au niveau de la poitrine, du ventre ou des fesses, ils hurlent de rire. Le feu passe au vert et la Volvo s'éloigne.

"J'ai rien compris à leur cirque, murmure Marnie.

— Esprit d'équipe.

— Pardon ?

— C'est sûrement de nouvelles recrues de la municipalité. Au bout de quelques semaines au bureau, on organise ce type de soirée pour qu'ils fassent connaissance, vous savez… Briser la glace, en quelque sorte.

— Ça me rappelle les traîneaux à chiens. Quand j'étais gamine, on se servait encore de traîneaux pour se déplacer en hiver. Mais les chiens étaient mieux coordonnés que ça !

— Et en plus, ils allaient quelque part ! dit Briona en éclatant de rire.

— Esprit d'équipe. Putain, j'hallucine.

— Comme vous dites… Bon, voilà votre hôtel, on y est. J'ai eu plaisir à faire votre connaissance."

Briona dévisage Marnie, mais elle n'arrive pas à croiser son regard. Happée, obsédée par son besoin de coke, Marnie sort de la voiture et referme la portière.

"Merci."

Se penchant, Briona tend le bras pour passer à Marnie, par la vitre ouverte, sa carte de visite où est inscrit le numéro de téléphone du refuge.

"Passez me dire bonjour un de ces jours. Sérieusement ! N'hésitez pas."

Il est vingt heures. Le soleil vient de glisser sous la ligne d'horizon, mais sa pâle luminosité sera visible toute la nuit. Marnie a la drogue dans les veines. Elle soupire. Se sent un peu mieux. Appelle ses enfants. Oui, tout va bien, ils ont dîné. Ils ont mangé une boîte de boulettes de viande, et des chips. Ils sont devant la télé. Ils regardent *Six pieds sous terre*, un épisode génial. Ils ont envie d'y retourner. Non, non, ce n'est pas trop effrayant pour les petits. Au revoir, maman ! À demain !

Elle s'assoit sur le divan, tapissé d'un tissu brun granuleux et grumeleux au contact déplaisant, mal assorti à sa tenue rouge et noire. Regarde sa montre : huit heures dix. Le client a du retard. Se lève et écarte légèrement les horribles rideaux en toile brune. Les vitres des fenêtres sont maculées de boue ; il est clair qu'elles ont traversé plusieurs hivers sans être lavées. La fenêtre donne sur un parking à l'arrière de l'hôtel. On ne voit que camions et bennes, jeeps et fourgons. Au loin s'étale un centre commercial géant, toutes enseignes allumées et clignotantes : SHAMROCK INN — KARAOKÉ IRLANDAIS TOUS LES SOIRS ! EXCELLENTE CUISINE LIBANAISE — MA BOULÉ C'EST TABOULÉ ! PREMIÈRE ÉGLISE ÉVANGÉLISTE — RÉNOVEZ VOTRE ÂME ! CUISINE FAMILIALE — DÉLICIEUX PALOURDES ET FRUITS DE MER ! MASSAGE AYURVÉDIQUE — DÉTENTE PROFONDE À PARTIR DE $49.99 !

Se sentant stressée malgré la coke, Marnie referme les rideaux. Elle essaie de faire les cent pas, mais ses talons n'arrêtent pas de s'accrocher dans la moquette grise bon marché. Le réfrigérateur vide tousse et crachote, comme s'il en avait marre de bosser pour rien. Comme moi, se dit Marnie. Tout comme moi. Elle allume le poste de télévision, puis se rappelle qu'il est hors service, ça lui a valu une remise de trois lunis sur le prix de la chambre. Se rassoit et frotte l'ongle de son majeur droit. Fallait casser cet ongle-là, putain de merde. Se relève. Aperçoit par hasard son reflet dans la glace, à l'intérieur de la porte du placard. La femme dans la glace a l'air hagarde, vieille, défoncée.

"Jeune et belle, j'ai faim de tes mauvaises intensions", se dit-elle, et elle regarde ses propres yeux immenses et sombres, les pupilles dilatées par la came.

"Je suis pas cheap", se dit-elle.

On frappe à la porte.

POÈTE

Au Club des miracles relatifs, monsieur   on
pouvait écouter Leysa lire à voix haute   des
heures durant   Elle a appris   à l'accusé à lire
aux patients   à sentir   le son de sa propre
voix   non seulement dans la gorge mais   dans
le ventre   dans le sternum   et à ne pas en
avoir peur   Leysa l'a aidé à comprendre puis à
partager   les nouvelles étonnantes   de
Tchekhov Tolstoï Dostoïevski oh mais surtout ça brise la voix   et le cœur d'y penser   surtout elle lui a   apporté les poèmes et les chansons
de Vladimir Vyssotski   Poèmes et chansons
qui entraient droit   dans son âme   et semblaient écrits   exprès pour lui *Silence blanc* par
exemple   avec des strophes et des vers   comme
ceux-ci

De notre gorge jaillit le silence
Notre faiblesse grandit comme une ombre
Et l'éternité du jour polaire
Récompensera nos nuits de désespoir.

Vous entendez comme c'est beau, monsieur?   Vous
entendez comme c'est beau?   Multipliez ça par un

293

million   et vous aurez une   petite idée de   ce qui se passait dans son cœur lorsque   là-haut à l'infirmerie d'AbsoBrut Leysa lui lisait ou lui chantait des poèmes de   Vyssotski

> *Le nord, la volonté, l'espérance, pays sans frontières*
> *Neige sans boue, comme une longue vie sans men-*
> *   songe*
> *Les corbeaux n'arracheront pas nos yeux de nos orbites*
> *Parce qu'ici est aux corbeaux zone interdite.*

Impossible de   vous dire impossible de vous dire Pardon désolé   Soyez patient   c'est important   On voudrait vous réciter également la dernière strophe   mais en contrôlant ses émotions   pour vous la transmettre aussi clairement   et puissamment   que si l'on était Vyssotski en personne

> *Qui n'a pas cru aux prophéties de malheur*
> *Ni cherché dans la neige un instant de repos*
> *Celui-là doit connaître la rencontre*
> *Qui le récompensera de sa solitude.*

Oui   d'une certaine façon   il semblait à l'accusé   que Leysa Romanyuk était   cette *récompense de sa solitude*   Comprenez-vous ?   Il lui semblait que quelqu'un était enfin venu à sa *rencontre*   C'est inexprimable   la sensation   que lui donnait   sa présence   Un autre poème disait   Un autre poème intitulé *Je n'aime pas*   disait par exemple   *Je n'aime pas le cynisme froid*   Vous comprenez ?   Ça l'a saisi et nourri   Ou *Le doute des vers de terre, l'hommage médaillé*   Quelle juxtaposition   n'est-ce pas ?   Leysa   leur a fait remarquer comme c'était   brillant de la part de   Vyssotski de faire se côtoyer   dans un même vers ces deux choses   qu'il n'aimait pas *le doute des vers de terre, l'hommage médaillé*   Et quand il a dit   *Je n'aime pas la violence et l'impuissance*   on   s'est mis à   vraiment adorer ce type   Oui grâce à la voix de Leysa   et à ses vieux vinyles on sentait   le poète lui-même commencer à pénétrer en soi

Vyssotski n'était pas comme Jésus   il avait une épouse   une belle actrice blonde franco-russe du nom   de Marina Vlady   Tous les   patients pouvaient se reconnaître en lui   parce qu'il connaissait le grand Nord   le froid   la neige   la beauté des aurores boréales   la tristesse   et l'étendue   infinie   des terres de désolation inté-rieures   On était si reconnaissant envers   Vys-sotski d'avoir mis tout cela   en mots !   En plus   comme presque tout le monde   à Terre-brute   Vyssotski avait des problèmes   de dépen-dance   aux substances   Il disait   *Je ne m'aime pas quand j'ai la trouille*   Ce n'est pas extraordi-naire d'avoir écrit cela ?

> *Je ne m'aime pas quand j'ai la trouille*
> *lorsqu'on frappe des innocents, je suis peiné*
> *Je n'aime pas lorsqu'on squatte mon âme*
> *En particulier quand c'est pour y cracher*

Pour la toute   première fois   parce qu'un autre être humain avait écrit ces vers de poésie   je me suis senti un peu   moins seul

TRADUCTIONS DU RUSSE*

Anton Tchekhov, *La Dame au petit chien*, par Vladimir Vol-
koff.

Fédor Dostoïevski, *Le Petit Héros*, par Élise Fétissoff ; *Monsieur Prokhartchine*, par André Markowicz.

Anna Akhmatova, extrait en exergue, "MCMXXI", *Anno
Domini* ; "Nous ne nous croiserons pas...", *ibid.* ; "Oui,
à nous...", *Terre natale* : traduction d'André Markowicz.

Ossip Mandelstam, *Chantons, frères, la pénombre de la liberté*
(1918) : traduction d'André Markowicz.

Vladimir Vyssotski, *Le Bouc émissaire*, par Henri Avril ; *Le
Silence blanc*, par Jean-Jacques Marie ; *Je n'aime pas*, par
Sarah P. Struve.

* L'auteur remercie chaleureusement André Markowicz pour
son aide.

DU MÊME AUTEUR

ROMANS, RÉCITS, NOUVELLES

LES VARIATIONS GOLDBERG, romance, Seuil, 1981 ; Babel n° 101.
HISTOIRE D'OMAYA, Seuil, 1985 ; Babel n° 338.
TROIS FOIS SEPTEMBRE, Seuil, 1989 ; Babel n° 388.
CANTIQUE DES PLAINES, Actes Sud/Leméac, 1993 ; Babel n° 142 ; "Les Inépuisables", 2013.
LA VIREVOLTE, Actes Sud/Leméac, 1994 ; Babel n° 212.
INSTRUMENTS DES TÉNÈBRES, Actes Sud/Leméac, 1996 ; Babel n° 304.
L'EMPREINTE DE L'ANGE, Actes Sud/Leméac, 1998 ; Babel n° 431.
PRODIGE, Actes Sud/Leméac, 1999 ; Babel n° 515.
LIMBES/LIMBO, Actes Sud/Leméac, 2000.
DOLCE AGONIA, Actes Sud/Leméac, 2001 ; Babel n° 548.
UNE ADORATION, Actes Sud/Leméac, 2003 ; Babel n° 650.
LIGNES DE FAILLE, Actes Sud/Leméac, 2006 ; Babel n° 841.
INFRAROUGE, Actes Sud/Leméac, 2010 ; Babel n° 1112.
DANSE NOIRE, Actes Sud/Leméac, 2013 ; Babel n° 1316.
BAD GIRL. CLASSES DE LITTÉRATURE, Actes Sud/Leméac, 2014 ; Babel n°1379.
LE CLUB DES MIRACLES RELATIFS, Actes Sud/Leméac, 2016.

LIVRES POUR JEUNE PUBLIC

VÉRA VEUT LA VÉRITÉ (avec Léa), École des Loisirs, 1992.
DORA DEMANDE DES DÉTAILS (avec Léa), École des Loisirs, 1993 ; réédité en un volume avec le précédent, 2013.
LES SOULIERS D'OR, Gallimard, "Page blanche", 1998.
ULTRAVIOLET, Thierry Magnier, 2011 ; repris dans une édition avec CD, 2013.
PLUS DE SAISONS !, Thierry Magnier, 2014.

ESSAIS

JOUER AU PAPA ET À L'AMANT, Ramsay, 1979.
DIRE ET INTERDIRE. ÉLÉMENTS DE JUROLOGIE, Payot, 1980 ; "Petite bibliothèque Payot", 2002.
MOSAÏQUE DE LA PORNOGRAPHIE, Denoël, 1982 ; Payot, 2004.
À L'AMOUR COMME À LA GUERRE. CORRESPONDANCE (en collaboration avec Samuel Kinser), Seuil, 1984.
LETTRES PARISIENNES. AUTOPSIE DE L'EXIL (en collaboration avec Leïla Sebbar), Bernard Barrault, 1986 ; J'ai lu, 1999.
JOURNAL DE LA CRÉATION, Seuil, 1990 ; Babel n° 470.
TOMBEAU DE ROMAIN GARY, Actes Sud/Leméac, 1995 ; Babel n° 363.
DÉSIRS ET RÉALITÉS. TEXTES CHOISIS 1978-1994, Leméac/Actes Sud, 1995 ; Babel n° 498.
NORD PERDU suivi de *DOUZE FRANCE*, Actes Sud/Leméac, 1999 ; Babel n° 637.
ÂMES ET CORPS. TEXTES CHOISIS 1981-2003, Leméac/Actes Sud, 2004 ; Babel n° 975.

PROFESSEURS DE DÉSESPOIR, Leméac/Actes Sud, 2004 ; Babel n° 715.
PASSIONS D'ANNIE LECLERC, Actes Sud/Leméac, 2007.
L'ESPÈCE FABULATRICE, Actes Sud/Leméac, 2008 ; Babel n° 1009.
REFLETS DANS UN ŒIL D'HOMME, Actes Sud/Leméac, 2012 ; Babel n° 1200.
CARNETS DE L'INCARNATION, Leméac/Actes Sud, 2016.

THÉÂTRE
ANGELA ET MARINA (en collaboration avec Valérie Grail), Actes Sud-Papiers/Leméac, 2002.
UNE ADORATION (adaptation théâtrale de Lorraine Pintal), Leméac, 2006
MASCARADE (avec Sacha), Actes Sud Junior, 2008.
JOCASTE REINE, Actes Sud/Leméac, 2009.
KLATCH AVANT LE CIEL, Actes Sud-Papiers/Leméac, 2011.

LIVRES EN COLLABORATION AVEC DES ARTISTES
TU ES MON AMOUR DEPUIS TANT D'ANNÉES (avec des dessins de Rachid Koraïchi), Thierry Magnier, 2001.
VISAGES DE L'AUBE (avec des photographies de Valérie Winckler), Actes Sud/Leméac, 2001.
LE CHANT DU BOCAGE (en collaboration avec Tzvetan Todorov, avec des photographies de Jean-Jacques Cournut), Actes Sud, 2005.
LES BRACONNIERS D'HISTOIRES (avec des dessins de Chloé Poizat), Thierry Magnier, 2007.
LISIÈRES (avec des photographies de Mihai Mangiulea), Biro Éditeur, 2008.
POSER NUE (avec des sanguines de Guy Oberson), Biro & Cohen Éditeurs, 2011.
DÉMONS QUOTIDIENS (avec des dessins de Ralph Petty), L'Iconoclaste/Leméac, 2011.
EDMUND ALLEYN OU LE DÉTACHEMENT (avec des lavis d'Edmund Alleyn), Leméac/Simon Blais, 2011.
TERRESTRES (avec des reproductions d'œuvres de Guy Oberson), Actes Sud/Leméac, 2014.
LA FILLE POILUE (avec des aquarelles et des dessins de Guy Oberson), Éditions du Chemin de fer, 2016.

TRADUCTIONS
Jane Lazarre, *Le Nœud maternel*, L'Aube, 1994 ; repris sous le titre *Splendeur (et misères) de la maternité*, 2001.
Eva Figes, *Spectres*, Actes Sud/Leméac, 1996.
Ethel Gorham, *My Tailor is Rich*, Actes Sud, 1998.
Göran Tunström, *Un prosateur à New York*, Actes Sud/Leméac, 2000.
Göran Tunström, *Chants de jalousie* (poèmes traduits en collaboration avec Lena Grumbach), Actes Sud/Leméac, 2007.
Karen Mulhallen, *Code orange*, poèmes, édition bilingue, Black Moss, 2015.

OUVRAGE RÉALISÉ
PAR L'ATELIER GRAPHIQUE ACTES SUD
ACHEVÉ D'IMPRIMER
SUR ROTO-PAGE
EN MARS 2016
PAR L'IMPRIMERIE FLOCH
À MAYENNE
POUR LE COMPTE DES ÉDITIONS
ACTES SUD
LE MÉJAN
PLACE NINA-BERBEROVA
13200 ARLES